suhrkamp taschenbuch 2641

»Vulgär früh am Morgen des dritten Januar weckte mich das Telefon aus einem merkwürdigen Traum. Ein Bestattungsinstitut. Mein Freund Josef sei gestorben. In der Nacht. Man sei auf dem Weg, die Leiche zu mir zu bringen.«

Dieser Anruf wirft den Computerspezialisten Jens Gassner aus der Bahn. Josef, sein Freund und Partner, wird ihm in die Wohnung gebracht. Er soll durch ein Amulett ums Leben gekommen sein. Obwohl Gassner zunächst nur den Tod seines Freundes aufklären will, verstrickt er sich immer mehr in die Suche nach dem geheimnisvollen Glücksbringer. Als Softwarefachmann für virtuelle Realität versteigt er sich in groteske Computerspiele. Was haben die merkwürdigen Nachrichten, die in Gassners Parallelwirklichkeit, in den von ihm erzeugten oder erdachten Cyberspaces, auftauchen, mit seiner wilden Fahrt zu tun? Entfernt sich Gassner mit jeder neuen Information nur weiter von seinem Ziel? Wird aus der Suche nach dem Amulett eine Flucht aus dem Labyrinth?

In *Das Amulett* wird ein gelangweilter Computerspezialist unversehens zum Mittelpunkt eines atemberaubenden Abenteuerromans.

Herbert Genzmer, geboren 1952 in Krefeld, lebt als Schriftsteller und Übersetzer in Tarragona und Berkeley. Er veröffentlichte *Cockroach Hotel. Ängste, Manhattan Bridge. Geschichte einer Nacht, Freitagabend,* die Romane *Die Einsamkeit des Zauberers, Letzte Blicke – flüchtige Details* und eine *Deutsche Grammatik*.

Herbert Genzmer
Das Amulett

Roman

Phantastische Bibliothek
Band 338

Suhrkamp

Redaktion und Beratung: Franz Rottensteiner
Umschlagfoto: Herbert Genzmer

suhrkamp taschenbuch 2641
Erste Auflage 1996

Lizenzausgabe mit freundlicher Genehmigung des Insel Verlags
Frankfurt am Main und Leipzig
Suhrkamp Taschenbuch Verlag

Druck: Nomos Verlagsgesellschaft, Baden-Baden
Printed in Germany
Umschlag nach Entwürfen von
Willy Fleckhaus und Rolf Staudt

1 2 3 4 5 6 – 01 00 99 98 97 96

Der Teufel besitzt die Kunst, uns glauben zu machen, daß er nicht existiert.

Fantomas

Für Sofie

Vulgär früh am Morgen des dritten Januar weckte mich das Telefon aus einem merkwürdigen Traum. Ein Bestattungsinstitut. Mein Freund Josef gestorben. In der Nacht. Man sei auf dem Weg, die Leiche zu mir zu bringen.

Ich stand orientierungslos. Zwischen Schlafen und Wachen. Deshalb ist meine Reaktion schwer zu beschreiben. Aber wenn ich ehrlich bin, so war es mir, abgesehen davon, daß Entsetzen mitschwang, eher lästig. Wie soll ich es sagen, ohne als Unmensch zu erscheinen? Es paßte nicht in meine Pläne. Ich hatte mir vorgenommen zu arbeiten. Hatte Erledigungen; die Wasserspülung meiner Toilette war kaputt. Ich mußte die Hausverwaltung anrufen, brauchte einen Klempner. Dinge geschahen. Gestern hatte ein Automat meine Eurocheque-Karte eingezogen, ein dummes Versehen, aber ich mußte zur Bank, mich darum kümmern. Jetzt das. Betroffenheit, natürlich! Doch wohin mit einer Leiche, bei mir? Tausend Gedanken und Gefühle flirrten durch meinen Kopf. Da war auch Scham über meine Reaktion. In Gedanken streifte ich unser gemeinsames Projekt. Aber dann, was hatte ich noch damit zu tun? Allerdings fragte ich, warum er nicht bei sich, bei seiner Frau und seinen Kindern aufgebahrt würde? Seine Familie sei seit seinem Tod verschwunden. Warum dann nicht bei seiner Mutter, seinem Bruder, anderen Mitgliedern seiner Familie? Warum bei mir? Die Mutter habe einen Zusammenbruch erlitten, der Bruder lebe zu weit weg. Es gebe keinen anderen Ort. Ich müsse mich damit abfinden.

In meiner Verwirrung konnte ich dem nichts entgegensetzen, alles schien einleuchtend und zwingend. Es gelang mir nicht, logisch zu denken oder angemessen zu reagieren – wie reagiert man angemessen in einer solchen Situation? Der Tod trifft uns immer unvorbereitet, und es gibt keine festgelegte Art und Weise, damit umzugehen. Auch nicht für mich, der ich mit dem Tod so vertraut zu sein glaubte, weil ich ihn schon so oft erlebt hatte. Ich war als Vollwaise aufgewachsen, mit nicht einmal zehn Jahren dazu geworden, als meine Eltern bei einem Autounfall ums Leben kamen.

Dazu kam, Josef war mein einziger Freund.

Und ich war immer noch nicht richtig wach.

Ich wollte natürlich wissen, woran er gestorben war, denn ich hatte ihn noch vor einigen Tagen getroffen, und er hatte sich wohlgefühlt. Ich hatte soviel zu tun. Mein Gott, mein einziger Freund sollte tot sein, und ich begriff es noch nicht und dachte nur an mich. Die Antworten des Mannes am Telefon blieben ausweichend, darüber könne man mir nichts Genaues sagen, ich solle die Ärzte befragen, vielleicht die Polizei. Überhaupt sei man schon unterwegs und bringe seine sterblichen Überreste. Sterbliche Überreste? Also es war entschieden. Man hatte mich nicht angerufen, um meine Zustimmung zu erhalten, man hatte mir einen Sachverhalt mitgeteilt. Das brachte mich auf. Es folgten kurze Kondolenzfloskeln, und die Leitung war tot. Und ich stand da mit dem Hörer in der Hand, ratlos.

Wohin mit Josef, mit seiner Leiche, in meiner kleinen Wohnung? Und die Toilette funktionierte nicht. Ich wollte einfach nicht mit einem Toten in meiner Wohnung sein, eventuell übernachten, wenn sich keine andere Lösung fände. Natürlich nannte ich Josef noch nicht die Leiche, dafür war alles zu neu. Erstaunlich an meinem Verhalten war für mich, daß ich mich dem Tod gegenüber so irrational verhielt. Ich, der ich Rationalität über alles schätzte. Warum erregte die Vorstellung einer gemeinsamen Nacht mit einem Toten in meiner Wohnung Grauen in mir? Wie war man auf mich gekommen? Wer hatte dem Bestattungsunternehmen meine Nummer, meinen Namen gegeben? Konnte Josef ohne Unfall gestorben sein? Den schloß ich aus, sonst hätte man mir eindeutig gesagt, er sei verunglückt. Überhaupt war er der Gesündere und Stärkere von uns beiden, kräftiger und viel zu jung zum Sterben. Aber wann hat man das richtige Alter? Waren meine Eltern damals alt genug?

Ich stand. Es klingelte. Schwarzgekleidete Männer, die kaum grüßten, trugen einen Zinksarg herein, stellten ihn zielsicher vor meinem Schreibtisch ab, öffneten den Deckel, entfalteten ein weißes Tuch, und ich sah die nackte Leiche des toten Josef. Er hatte keinen Bart mehr, mußte sich seit unserem letzten Treffen rasiert haben, aber auch sonst sah das Gesicht verändert aus, fremd, eigenartig eingefallen! Eigentlich kannte ich ihn nur mit Bart. Abgesehen von unserer Kindheit. Ich hatte Bärte noch nie gemocht. Das sagte ich ihm immer. Aber so gefiel er mir auch nicht, und ich entdeckte zum ersten Mal, daß er kein Kinn hatte, was mir für Josef, der ja nichts mehr daran ändern konnte, fast unangenehm war. Jetzt rasiert, aber eben tot. Josef, der Mathematiker, mein Freund, mein Partner. Plötzlich war ich gerührt, ich starrte in den Sarg und vergaß, mich um die Männer in Schwarz zu kümmern und ihnen, die mit berufsmäßiger Präzision ihrer Arbeit nachgingen, Fragen zu stellen. Es machte mir nicht einmal etwas aus, in Pyjama und Hausschuhen vor ihnen zu stehen, ein Bekleidungszustand, den ich im Umgang mit anderen Menschen nicht duldete. Josef war der erste Gleichaltrige, der plötzlich nicht mehr lebte. Ich fühlte mich verletzlich. Offensichtlich bedeutete es etwas anderes, wenn die Eltern starben, da erwartete man es fast, akzeptierte es leichter, immerhin waren sie älter. Aber wenn dieser gleichaltrige Freund tot war, so war auch ich nicht unsterblich. Kinder hielten sich dafür. Was das anbelangte, war ich ein Kind geblieben. Die Männer in meiner Wohnung taten so, als sei ich nicht da, redeten nicht mit mir, wechselten kein Wort untereinander. Routinierte Handgriffe. Sie faßten Josef, hoben ihn aus dem Sarg und legten ihn auf meinen Schreibtisch, den sie von allem Daraufliegenden freigemacht hatten, nahmen den wieder geschlossenen Sarg, und noch bevor ich mich wieder gefangen und mir die Tränen, die mir peinlich waren, aus den Augen gewischt hatte, waren sie weg.

Da stand ich vor meinem Schreibtisch, und statt meiner Arbeit lag Josefs Leiche darauf. Ich betrachtete ihn wieder. Er wirkte fast lebendig, wie schlafend, nur auf seiner Brust war ein blasser bräunlicher runder Fleck, wie von einer Verbrennung. Ich dachte mir nichts dabei, stand da und überlegte, was ich machen sollte. Wie konnte ich die Ordnung auf meinem Schreibtisch wiederherstellen? Als ich aus meinen Überlegungen erwachte, fiel mir ein, ich könnte das Bestattungsunternehmen anrufen. Mit einem Schlag wurde mir klar, daß ich weder Namen noch Telefonnummer hatte. Sollte ich die Polizei anrufen? Seine Familie? Was tun? Josef konnte nicht bei mir bleiben. Wie lange, bis seine Leiche in Verwesung überging? Ich dachte solche Gedanken, und gleichzeitig waren sie mir unangenehm. Etwas mußte geschehen, ich wollte mit jemandem sprechen, um Klarheit zu bekommen. Aufklärung.

Ich ging in die Küche, weg von der Leiche, und ausgelöst durch den räumlichen Wechsel, dachte ich anders über die Situation nach und entdeckte ihre Verfänglichkeit. Wer würde mir glauben, daß mir all das wirklich geschehen war? Wie sollte ich es beweisen? Josef und ich hatten Differenzen bei unserem gemeinsamen Projekt. Man konnte uns als Konkurrenten betrachten. Jetzt lag er hier. Auf meinem Schreibtisch. Nichts deutete auf die Anlieferung durch ein Bestattungsunternehmen hin. Auf der Brust hatte er diesen Verbrennungsfleck. Es lag auf der Hand, daß man mich für schuldig hielte. Sollte ich durchs Haus laufen und Nachbarn fragen, ob sie die Zustellung beobachtet hatten, sie unter Umständen bezeugen würden? Machte ich mich nicht gerade damit verdächtig? Wer sich verteidigt, klagt sich an! Schon suchte ich Zeugen für den Beweis einer Unschuld, obwohl es nicht einmal eine Anschuldigung gab. Aber der Gedanke, daß ich für Josefs Mörder gehalten werden könnte, brachte mich um den Verstand. Wen anrufen? Die einzige Person, mit der ich mich je beraten hatte, Josef, war tot. Ich war immer schon Einzelgänger, auch als ich noch Umgang pflegte mit anderen Menschen, hatte ich es vorgezogen, mich auf mich selbst zu verlassen, meine Ehe war daran gescheitert. Meine Frau warf mir vor, sie habe sich aus meinem Leben ausgeschlossen gefühlt, ich hätte sie nicht wahrgenommen. Die Ehe war ohnehin ein Fehler.

Ich ging zum Fenster und schaute hinaus. Auf den parkenden Autos lag ein Hauch von Frost, der die Farben dämpfte. Schwarz bildeten die kahlen Bäume zu dem grauen Winterhimmel einen filigranen Kontrast. Wintermorgen. Die Menschen gingen vermummt, Nebelschwaden trieben ihnen aus

Mündern und Nasen. Das Leben ging seinen gewohnt monotonen Gang. Warum auch nicht! Ein grauer Vater ging mit seinem kleinen grauen Sohn. Hand in Hand. Ich trug eine graue Flanellhose, war vielleicht sieben oder acht, als ich mit meinem Vater auf einer Schotterstraße am Rhein um die Wette lief. Ich wollte es ihm zeigen. Lachend lief ich über den hellen Asphalt genau in der Farbe meiner Hose, und kurz vor dem Ziel, dem Ende der Straße, stolperte ich, schlug hin und rutschte über den Splitt. Es war Sonntag. Über einem weißen Hemd trug ich einen kamelhaarfarbenen Pullover mit V-Ausschnitt und eine kleine dunkelblaue Fliege. Ich erinnerte mich deutlich. Ich lag noch bäuchlings auf dem Boden, da sickerte bereits Blut durch die Hosenknie, die Ellbogen von Hemd und Pullover. Schmerz spürte ich keinen, das wußte ich noch ganz genau. Ich hatte gewonnen, soviel war klar. Ich wollte mich gerade aufrichten, hochstemmen, da war mein Vater schon bei mir, riß mich an einem Arm hoch und schlug mir ins Gesicht. Schrie. Ich verstand nichts. Meine Wange brannte. Im Hintergrund sah ich meine Mutter heranlaufen, in der Hand ein weißes Taschentuch, das sie schwenkte. Vater faßte mich hart am Kinn, jetzt brausten die Schmerzen mit voller Gewalt, ich begann zu weinen und hörte nur noch: Du Versager! Fast angewidert schob er mich weg und ging, zog eine Zigarette aus der Schachtel und rauchte. Dann war die Mutter da. Tränen wurden getrocknet, Blut mit dem mit Speichel befeuchteten Taschentuch abgewischt. Das war mir unangenehm. Dann stritten sie. Das war meine Schuld. Immer wenn sie Streit hatten, war es meine Schuld.

Ich dachte an Josef und wischte mir die Tränen ab, die ich zu unterdrücken versuchte. Männer weinen nicht. Biß mir auf die Lippen. Wie sollte ich das erklären? Und wem?

Meine Familienidylle ging damals abrupt zuende. Auf der Rückfahrt von einem langen Wochenende in den Bergen platzte ein Reifen, der Wagen überschlug sich mehrmals und zerschellte schließlich an der Betonrampe einer Autobahnbrücke. Die Eltern waren allein unterwegs, wie immer, und hatten mich in der Obhut der Großmutter und der Schwester gelassen. Aber Kinder vergessen schnell, wenn es plötzlich Annehmlichkeiten gibt, an die man nie gedacht hat. Die Frauen kümmerten sich nur noch um mich, erfüllten mir jeden Wunsch. Ich brauchte nicht mehr montags und donnerstags in den Leichtathletikclub und dienstags und freitags zum Schwimmen, um die mens-sana-in-corpore-sano-Pläne meines Vaters in die Tat umzusetzen. Ich mußte nicht mehr um acht Uhr zu Bett gehen. Drängte man mich dazu, so genügte eine Anspielung auf die toten Eltern, und die Frauen, meine Erzieherinnen, zerschmolzen, und ich hatte meinen Willen. Meine schulischen Leistungen ließen nach. Man versetzte mich nicht in die nächste Klasse. In anderen Familien eine Tragödie, machte man sich bei mir mehr Gedanken darüber, wie ich diesen neuerlichen Schock überstehen könnte. Man beriet, wie mir zu helfen sei, machte mir Geschenke, verschaffte mir Nachhilfelehrer. Kurz, aus mir wurde ein verwöhnter Pubertierender, dann ein zickiger Jugendlicher, schließlich, als ich mit zwanzig völlig allein dastand, ein verschlossener, eigenbrötlerischer Mensch.

Ich lebte etwa zehn Jahre bis zu meinem Abitur zwischen der Großmutter, einer Tante, einer viel älteren Schwester. Lauter Frauen. Alle drei starben im Verlauf dieser Zeit an Alter und Krankheit. Durch eine Kette von Toten also daran gewöhnt, allein zurückzubleiben, konnte ich doch wohl mit diesem neuerlichen Verlust auf rationale Weise umgehen, ohne mich in Sentimentalitäten zu verlieren. So mußte ich die Sache betrachten!

Aber es hatte Probleme gegeben. Josef und ich entwickelten gemeinsam ein Projekt. Im Laufe der Zeit ergaben sich jedoch erhebliche Schwierigkeiten bei der Arbeit, und wir zogen es schließlich vor, nicht mehr zusammenzuarbeiten, sondern uns unseren jeweiligen Themenschwerpunkten zuzuwenden und nur noch gelegentlich zu treffen, um die Arbeit zu diskutieren. Ich für meinen Teil betrachtete die Arbeit sowieso als beendet und wandte mich Neuem zu. Das war das Hauptproblem: Es sei meine Schuld, wenn das Projekt nicht in seinem Sinne abgeschlossen würde. Schuld! Immer hatte ich die Schuld an allem!

Ich schaute durch die offene Tür zu Josef hinüber, und mir wurde klar, daß mich all das schon lange nicht mehr interessierte. Ich war weitergegangen. Zu langes Verharren bei einer Sache lag mir nicht. Wer bremst, hat Angst, sagte ich mir.

Bei unserer Arbeit handelte es sich um das Teilprojekt eines Forschungsauftrags der NASA, den ich über einen ehemaligen Studienkollegen aus Palo Alto bekommen hatte. Josef hatte ich in das Projekt hineingebracht. Wir waren, wie die Amerikaner auch, mit simulierten Realitäten beschäftigt, wobei wir uns auf perfekte Weise ergänzten. Josef kam von der mathematischen Seite, ich von der sprachlichen. Unser Ziel war ein Cyberspace, in dem Sprache und simulierte Wirklichkeit in neuer Weise zusammenspielen sollten, in dem die Kommunikation mit dem Computer veränderte Dimensionen bekäme. Aktive Interaktion zwischen Rechner und Benutzer war das Ziel. Die denkende Maschine. Künstliche Intelligenz. Solche Sachen.

– Du bist nicht bei der Sache, schrie Josef.

– Warum nicht?

– Weil du dich verzettelst! Herumspielst! Weil es dir um was anderes geht!

– Als um deine Karriere an der Universität? Als darum, daß du dich profilieren willst?

– Wessen Arbeit steckt denn in diesem Projekt?

– Ich dachte, oder besser, ich denke, daß es unsere gemeinsame Arbeit ist.

– Der Computerfachmann bin ich, vergiß das nicht.

– Interessant! Vergiß du nicht, daß dir das Projekt in den Schoß gefallen ist. Aber versteh mich nicht falsch, ich habe damit keine Probleme. Bin sogar bereit, deine Position zu verstehen. Du willst diese Stelle, du willst sie wirklich, und vielleicht brauchst du sie sogar. Immerhin bist von uns beiden du der Familienvater.

– Meine Familie hat nichts damit zu tun.

– Ich bin frei. Wenn es mir heute passen würde, könnte ich in jedes andere Land der Welt gehen. Du nicht. Das ist der Unterschied. Mit diesem Projekt befriedige ich meine Neugierde, verschaffe mir die Mittel, tun und lassen zu können, was ich will. Du befriedigst deinen Ehrgeiz, es ist wichtig für deine Karriere. Ich spiele.

– Und tust etwas gegen deine Langeweile.

– Erinnerst du dich, wie der Hauptsatz von Claudius heißt? Energie wird weder geschaffen noch vernichtet, sie wird nur umgewandelt.

– Langweile mich nicht mit deiner Thermodynamik.

– Und weißt du noch, was er bedeutet? Nichts geht verloren, es wird nur für konstruktive mechanische, chemische oder biologische Zwecke unbrauchbar.

– Warum erzählst du mir das?

– Entropie hat auch soziologische oder soziale Aspekte. Du verbrauchst deine Energie für Neid und Ehrgeiz. Durch dieses Gestrampele beschleunigst du den Entropieprozeß. So zeigt sich ein Davor und ein Danach. Du bist in unserer gemeinsamen Arbeit in ein Danach abgetaucht. Wir geraten in Unordnung. Verbrauchen uns. Mit jedem Argument, jedem falschen Gedanken, jedem Gebrauch deiner Sprech- und Denkwerkzeuge für deine Motive, mit jedem Meter, den du in die verkehrte Richtung gehst, wandelst du freie Energie in gebundene um. Das Ergebnis ist nicht mehr nutzbare Niedrigtemperaturwärme. Bevor wir es jedoch zu völliger Erkaltung kommen lassen, schlage ich vor, daß wir mit größerer Distanz arbeiten. Ich bin sowieso davon überzeugt, daß die Arbeit beendet ist. Du meinst, wir könnten uns nicht trennen, dafür seien wir zu sehr verwoben, aber wir können uns weniger oft sehen. Auf Wiedersehen!

Unser letztes Gespräch.

Das Biepen meines Computers riß mich aus meinen Erinnerungen. Der Monitor knisterte statisch. Jemand schaltete sich in meine Leitung und nahm Kontakt auf. Ich ging hinüber, vermied es, Josef anzusehen. Ich erwartete keine Nachricht. Nach einigem Flimmern erschien, Wort für Wort, der folgende Text: NEHMEN SIE IHR SCHWEIZER MESSER UND TRENNEN SIE DER LEICHE DIE GLIEDMASSEN AB, SONST GESCHIEHT ETWAS FURCHTBARES. SCHULD AN ALLEM HAT DAS AMULETT. ICH BESCHWÖRE SIE: BENUTZEN SIE IHR MESSER, FINDEN UND ZERSTÖREN SIE DAS AMULETT ... statisches Flackern, dann: ... FINDEN UND ZERSTÖREN SIE DAS AMULETT ... NUR

SIE KÖNNEN LÖSUNG IST IN SINGA Dann riß der Text ab. Ich faßte mich und drückte die Print-Screen-Taste, jedoch, wie sich zeigte, zu spät. Der Drucker brachte nur noch: FINDEN UND ZERSTÖREN SIE DAS AMULETT ... NUR SIE KÖNNEN LÖSUNG IST IN SINGA – gleichzeitig ging ein letztes Zucken über den Schirm, dann nichts mehr, dann war er tot.

Amulett? Woher war die Nachricht gekommen? Jetzt gab es keine Möglichkeit mehr, den Sender ausfindig zu machen. Ich drückte einige Tasten, schrieb: Was bedeutet Amulett? Der Schirm blieb tot. Ich blickte zu Josef hinüber, und wie in einer Trance nahm ich mein Schweizer Messer und handelte, als wollte ich der Anweisung folgen. Schrak zusammen – entsetzt über mich selbst, warf ich das Messer zu Boden. Noch vor einer Stunde hatte ich ein Leben, konkrete Pläne für diesen Tag, und jetzt? Ich erhielt anonyme Nachrichten, die mir rieten, einer Leiche, die seit einer halben Stunde auf meinem Schreibtisch lag, die Gliedmaßen abzuschneiden. Wahnsinnige verlangten unglaubliche Handlungen von mir. Was hatte ein Amulett mit Josefs Tod zu tun? Für so etwas hatte ich keine Zeit. Wie sollte ich etwas finden, von dessen Existenz ich nicht einmal wußte? Warum sollte nur ich in der Lage sein? Wieder betrachtete ich das Textfragment. Warum fühlte ich mich unversehens schuldig? Ich hatte nichts damit zu tun. Ich brauchte meine Routine, wollte arbeiten. Wollte meine Ordnung nicht zerstört haben. Ich beschäftigte mich mit Regeln. Dies hier war eine Regelverletzung, eine Ausnahme, für die in der Grammatik meines Lebens kein Platz war.

Ich versuchte, Augen und Gedanken von Josef fortzubringen, abzuwenden. Es gelang nicht. Ich konnte nicht nachdenken, in diesem Zimmer und in meiner ganzen Wohnung nicht atmen. Ich mußte raus! Dort kam ich zu keinem Ergebnis. Ohne mich umzusehen, ging ich ins Schlafzimmer, zog mich an und verließ meine Wohnung.

Engstirnig wie Gassner war, wollte er nicht wahrhaben, daß ich sehr wohl ohne ihn weiterarbeiten konnte. Wir hatten zwar unseren Vertrag, aber seine Arbeit war im eigentlichen Sinne getan. Hinzu kam, daß inzwischen ich mit den Leuten in Silicon Valley verhandelte, nicht mehr er, unfähig wie er war, einen normalen Umgang mit Menschen zu pflegen. Er hatte noch nicht begriffen, daß ich alle Fäden in der Hand hielt. Am Projekt konnte ich darüber hinaus noch Verbesserungen anbringen, gegen die er sich immer gesperrt hatte, weil sie es verzögerten und damit unsere Auszahlung. Das war das einzige, woran er interessiert schien, obwohl er kein Geld brauchte, er hatte genug. Ich wollte das Projekt verbessern, ausbauen, dann präsentieren. Allein. Das hätte mir einen Lehrstuhl eingebracht, meine Karriere begründet. Seine Vorträge über Thermodynamik, angewendet auf zwischenmenschliche Beziehungen, waren nett, aber was weiß ein menschlicher Krüppel wie Gassner von Beziehungen oder davon, wie Menschen miteinander umgehen.

Auf einem langen Spaziergang dachte ich über alles nach. Es war interessant, wie sich meine Gefühle verschoben. Zunächst machte sich eine Verwunderung breit, ein Erstaunen darüber, daß mir so etwas geschehen konnte. Normalerweise schottete ich mich gegen Überraschungen ab. Versuchte, Eventualitäten einzuplanen bzw. durch Planung zu verhindern, sie zumindest aber zu entschärfen durch Vorbereitetsein. Was an jenem Morgen geschehen war, hatte mich getroffen und wehrlos gemacht. Auf meinem Gang durch die Stadt dachte ich mehr über mich als über die Situation nach, die ich zu bewältigen hatte. Es ging um mich. Josef tot. Mein Freund. Ich hatte, zugegeben, nur eine vage Vorstellung davon, was das bedeutet: Freundschaft. Er war fast die einzige Person, zu der ich seit unserer Kindheit Kontakt hatte. Er beschäftigte sich mit ähnlichen Dingen. Also war er mein Freund. Ich habe eine schlechte Hand mit Menschen, suchte mir immer schon die verkehrten aus. Wenn ich neue Leute kennenlernte und ihnen erzählte, womit ich mich beschäftigte, zeigte deren Reaktion etwas wie freundlich herablassendes Mitleid. Solche Dinge, machte man mir unzweideutig klar, sind langweilig; und die Leute, die sich damit beschäftigten, ebenfalls. Heute ist das anders. Heute ist mein Thema brandaktuell. Damals nicht. Ich war zu früh dran. All das war keine Frage von Intuitionen meinerseits, es wurde offen ausgesprochen. Immer schon. Josef stellte sich oft hinter mich. Schon in der Schule. Von dem Stigma jedoch, ein Langweiler zu sein, wurde mein Verhältnis zu Menschen überschattet. Das war so. Durch die Umstände meines Lebens blieb ich anderen seltsam. Man schnitt mich. Der Tod meiner Eltern brachte mich in den Besitz von Geld, machte mich auch in dieser Hinsicht unabhängig. Ich mußte nichts tun, tat alles aus Interesse. Das machte mich den anderen unheimlich. Darum verbrachte ich meine Zeit allein, und das war gut so. Daß ich das Leben für ein in Ritualen und Routinen erstarrtes Produkt existentieller Langeweile hielt, hatte nichts mit der Wahrnehmung zu tun, der ich durch die anderen Menschen ausgesetzt war. *Ich* war für mich nicht langweilig, auch wenn ich das Leben als langweilig betrachtete. *Ich* war eine schillernde und interessante Persönlichkeit, hatte es nur längst aufgegeben, das andern zu vermitteln. So wurde ich zum Einzelgänger. Kontakte zu Frauen, minimal. Der Versuch einer Ehe scheiterte, das ließ sich voraussehen. Es entsprang meinem damaligen Verlangen, mich in der neuen Kultur, in Kalifornien, in den USA, zurechtzufinden, mich besser einzugliedern. Der Versuch eben, vielleicht doch wie andere zu sein. Ich dachte, ich könnte dort neu anfangen, und als dazugehörig betrachtete ich eine Frau. Untertauchen in Normalität. Es konnte nicht gelingen, denn ich bedachte nicht, daß ich ja mich überallhin mitnahm. Es dauerte nicht lange, die Trennung schmerzte nicht. Dann war ich wieder allein. Danach verfiel ich für einige Zeit dem Wahn, mich mit Frauen ausschließlich sexuell zu beschäftigen. Auch das dauerte nicht lange. Zum Bruch damit kam es nach einer von Josefs Parties. Josef gab Parties! Auch da unterschieden wir uns. Ich habe noch nie eine Party gegeben. Wozu auch. Wir gingen zu ihr. Irgendwann schwang eine verspiegelte Schranktür auf. Unfreiwillig wurde ich Zeuge unserer absurden Verrichtung. Ich ließ es, für immer. Überbewertung von Sexualität gestattete ich mir nie wieder. Mein Spiegelbild hatte genügt. Es war wie ein Riß in der Realität. Als hätte ich hinter die Wirklichkeit geschaut. Für den Bruchteil einer Sekunde. Das reichte. Ich lerne schnell.

Ich habe seit damals darauf verzichtet, mit Tieren oder Menschen in Berührung zu kommen. Erspare mir schon die Vorstellung. Ich fühlte mich unbeschwert, von mir und meinem Intellekt beherrscht und gesteuert und nicht von einer ungewissen und trügerischen Libido. Als hörte man mit dem Rauchen auf. Man braucht nur die erste Zigarette nicht wieder zu rauchen, das erste Glas nicht wieder zu trinken. Es war leicht, eine Wohltat.

Gedanken rasten auf dem Spaziergang durcheinander, Konzentration fiel mir schwer. Assoziationen und Erinnerungen flackerten in mein Bewußtsein und versanken spurlos. Schließlich faßte ich mehrere Entschlüsse. Einer davon war, Josefs Frau anzurufen. Zusammenbruch oder nicht. Das fiel mir nicht leicht, denn wir waren nie ausgekommen miteinander. Sie gehörte zu den Personen, die mitleidig lächelten, wenn das Gespräch auf meine Person kam. Aber ich mußte mit ihr sprechen. Vor allem, um meine Position klarzustellen. Dann wollte ich versuchen, mit Josefs Bruder zu reden. Ich hatte ihn nie gemocht. Er mich auch nicht. Aber mit der Leiche auf meinem Schreibtisch mußte etwas geschehen. Ich nahm mir vor, die Polizei einzuschalten, sollten meine Anrufe keine Ergebnisse bringen. Auch das haßte ich, die Einschaltung von Institutionen in persönliche Angelegenheiten war mir ekelhaft – an meiner Scheidung war mir unerträglich, daß ich mein privatestes Leben vor Fremden ausbreiten mußte –, aber ich durfte nicht in irgendeinen Verdacht geraten. Von unseren Auftraggebern in Kalifornien Informationen zu bekommen, schloß ich aus. Auch wollte ich mich dort nicht mehr telefonisch oder über den Rechner melden, da meine Kontaktpersonen es seit geraumer Zeit schon vorzogen, mit Josef zu verkehren. Endlich faßte ich den Entschluß, den ich schon seit der geheimnisvollen Nachricht auf meinem Rechner als Gedanken mit mir herumtrug: Ich wollte Josefs geheimnisvollen Tod aufklären. Nach allem, was ich bislang wußte, stand er in direktem Zusammenhang mit diesem Amulett. Ich wollte herausbekommen, was das Geheimnis des Amuletts war.

– Jens, mein Kleiner, komm zu mir! Meine Großmutter. Die anderen, meine Tante, meine Schwester, standen mit verheulten Gesichtern im Hintergrund. Mutter und Vater ... Sie begann wieder zu heulen und brachte den Satz nicht zu Ende, zog mich nur an sich. Ich wußte, was sie mir zu sagen versuchte.

Immerzu hatte man mir den Tod anderer mitgeteilt. Jetzt war es an mir, die Nachricht zu überbringen. Ich war ungeübt darin. Hatte nicht die Wörter oder die Syntax, um das zu tun. Ich war immer Empfänger dieses Vokabulars gewesen, nie Sender. Was, wenn ich eins seiner Kinder am Telefon hätte?

Josef war der einzige wirkliche Freund, den ich jemals hatte. Ihm allein fühlte ich mich verpflichtet. Allerdings hatten wir uns durch die veränderten Umstände – er mit Frau und vier Kindern, ich allein – vor einigen Jahren aus den Augen verloren. Josef verbrachte ein Jahr als Austauschlehrer in Singapur. Er war Mathematiker. Interessanterweise war ausgerechnet die Mathematik unser einziges wirkliches Bindeglied. Obwohl Josef Mathematik mehr aus Opportunismus studiert hatte. Mathematiker fanden Anstellungen. Später hatten wir uns wiedergetroffen. Dann kam das gemeinsame Projekt. Wir waren Partner geworden. Es gab Schwierigkeiten, dennoch war mein Gefühl der Verbundenheit ungebrochen. Die Aufklärung seines unerwarteten Todes war ich nicht nur dem Freund schuldig, sondern auch mir. Ich hatte Schwierigkeiten, mit Menschen umzugehen. Es war mir lieb, als Josef in die Rolle dessen schlüpfte, der die Verbindungen in die USA aufrechterhielt. Josef war der Gewandtere, der Geschmeidigere, nicht nur im direkten Umgang mit Menschen, auch in der allgemeinen Bewältigung des Lebens. Als ich mir die Worte zurechtzulegen versuchte, mit denen ich seiner Familie den Tod mitteilen wollte, fiel mich eine große Traurigkeit an. Mit

Tränen in den Augen lief ich durch die Straßen. Und wenn ich durch einen mir unbekannten Umstand doch schuld an seinem Tod hatte?

Wo sollte ich mit meiner Suche beginnen? Wo das Amulett finden? Wie etwas zerstören, von dem ich nicht einmal wußte, wie es aussah? Tatsächlich in Singapur, denn nur diese Stadt konnte in der Nachricht gemeint sein. Singa – pur? Ich sah mich um in der Stadt, durch die ich lief und wo ich niemanden kannte. Das Wintergrau um mich her, das ich haßte und das mir dennoch vertraut war, mich einhüllte und beschützte. Der ständige Frühling in Kalifornien hatte mich gelangweilt. Die meisten Menschen liefen stumm aneinander vorbei, sahen durch einander hindurch, wenn sie den Blick überhaupt vom Boden lösten. So lief auch ich. So war ich immer gelaufen. Und plötzlich erschien es mir nicht mehr normal. Es stimmte nicht mehr. Wo also beginnen?

Josef war vor kurzem noch einmal allein in Singapur gewesen. Ohne seine Familie. Die Verbindung war logisch. Zumindest existierte sie. Er äußerte sich sehr vage über seine Reise, sagte, er habe »Dinge« zu klären. Ich glaubte, er sei wegen einer Frau dorthin zurückgekehrt, Tracy Scholler, einer amerikanischen Kollegin aus der deutschen Schule. Schon damals, bei seinem einjährigen Aufenthalt, hatte er mir von ihr geschrieben. Ich hatte mich nie dafür interessiert und nicht danach gefragt. Ich war zu diskret. Entweder er wollte darüber sprechen oder nicht. Was mich erstaunte, war der Schleier eines Geheimnisses, den er um alles legte, was mit dieser Stadt zu tun hatte.

Der Schlüssel mußte in Singapur liegen, denn seit seiner Rückkehr hatte Josef sich merkwürdig verändert, lebte zurückgezogen, war weniger mitteilsam und beschäftigte sich, so erzählte er mir bei unserem letzten Treffen, mit ostasiatischer Philosophie. Dinge sollten als eins akzeptiert werden, auch wenn sie sich aus verschiedenen Perspektiven unterschiedlich präsentierten oder so interpretiert werden konnten. Von seiner letzten Reise war er fahrig, aggressiv, aber auch verschlossen zurückgekehrt. Dann gab es jene abgerissene Nachricht auf dem Schirm: Lösung ist in Singa – pur. Tracy Scholler in Singapur sollte meine erste Anlaufstelle sein. Ohne sie jemals gesehen zu haben, fühlte ich, daß sie etwas wußte.

Schon folgte ich Intuitionen. Aber eigentlich habe ich das immer getan. Es war nicht neu und erstaunte mich doch.

Als ich mir Josefs Leiche vergegenwärtigte, durchzuckte mich eine Idee: der runde braune Fleck. Das, was ich für eine Verbrennung hielt. Auf seiner Brust. Dort, wo ein Anhänger oder ein Amulett hinge. War es das schon? Das Amulett?

Mit Plänen im Kopf und also ruhiger geworden, ging ich nach Hause zurück, um zu essen, meine Anrufe zu erledigen, alle Schritte in bezug auf Josefs Leiche einzuleiten und meine Abreise vorzubereiten.

Als ich klein war, aß ich nichts außer Fischstäbchen und Haferflocken. Ich habe alle Menschen, die mit der Herstellung meiner Nahrung beschäftigt waren, terrorisiert. Wann ich anfing, mich zu verändern, weiß ich nicht mehr. Plötzlich begann ich alles zu essen, kochte selbst. Wer kocht, kann sich mit nichts anderem beschäftigen. Es ist wie ein Spiel. Man kann ein Spiel nur dann gut spielen, wenn man an nichts anderes denkt. Also ging ich zu Hause direkt in die Küche und begann zu kochen. Ich war erregt. Mein Vorhaben schien mir verwegen. Ich brauchte noch etwas Zeit, um mich von der Richtigkeit meines Plans zu überzeugen. Kochen half dabei. Der Prozeß der Zubereitung von Essen sollte als ein Puffer dienen, mich ablenken vom Unmittelbaren und sich zwischen mich und meine mich umgebende Realität schieben. Kochen ist Regeln unterworfen. Regeln beruhigen. Es hat eine eigene Grammatik. In diesem Mikrokosmos läßt sich zwar immer auch nach Art der Fraktale die Gesamtwirklichkeit wiederfinden, aber sie ist durch feste Regeln gebannt. Die Ereignisse der letzten Stunden hatten mich aus den Angeln gehoben, denn sie unterlagen keiner Gesetzmäßigkeit. Was geschah, schien willkürlich. Ich jedenfalls konnte noch keine Struktur erkennen.

In Josefs Zimmer, so nannte ich jetzt mein Arbeitszimmer, konnte ich noch nicht sofort gehen. Ich aß, trank dazu ein Glas Wein, zögerte den Gang bewußt hinaus. Schließlich ließ es sich nicht länger aufschieben, und ich mußte in den anderen Raum hinüber zum Telefon. Ich öffnete die Tür, und ein Schrei entfuhr mir: Josef war nicht mehr da! Ja, es sah aus, als sei er niemals dagewesen. Alle Dinge, die auf meinem Schreibtisch gelegen hatten, als sie ihn brachten, befanden sich genau an ihrer Stelle. Das Buch, in dem ich gelesen hatte, war aufgeschlagen, wo ich die Lektüre unterbrochen hatte, Stifte, Papier, Kalender, Spiele, Brieföffner lagen da wie zuvor. Josef war niemals dagewesen.

Das veränderte die Situation. Dringender als zuvor mußte ich hinter das Geheimnis seines Todes kommen. Aber mir wurde klar, daß ich jetzt mit niemandem mehr darüber sprechen konnte. Wer hätte mich nicht für verrückt gehalten? Ich mußte verschwinden. Zwangsläufig würde man mich für Josefs Tod verantwortlich machen. Motive hatte ich genug. Josefs Frau würde nur zu gern bereit sein, gegen mich auszusagen. Die wartete nur auf eine solche Gelegenheit, mich, das Genie, zu stürzen. Die Nerven überreizten. Ich mußte nach Singapur.

Ich nahm das Telefon und wählte die Nummer eines Reisebüros, das seit Jahren meine Reisen für mich buchte. Dort kannte man mich. Der Langweiler geht wieder auf große Fahrt, wird die Frau gedacht haben, die dort arbeitete.

Realistisch betrachtet, hatten Gassner und ich immer ein kompliziertes Verhältnis. Ich gestehe, er war der kreativere von uns beiden. Aber er hatte Probleme. Sein Verhältnis zu Frauen war von einer so neurotischen Grundstruktur geprägt, daß es streckenweise unerträglich war. Ich glaube, er hatte Angst vor Frauen. Einmal sprachen wir über seine Ehe in Kalifornien, sein »amerikanisches Verhältnis«, wie er es nannte, und er erzählte mir Details, die mich schließlich dazu brachten, auch über meine Ehe zu sprechen. Obwohl wir uns lange kannten, tauschten wir uns nie über diese Dinge aus. Dazu bestand keine Veranlassung. Ich erzählte ihm, daß mich die Art meiner Frau, sich beim Essen der Gabel zuzubeugen, statt sie dem Munde entgegenzuheben, wahnsinnig machte. Ich versuchte zu vermeiden, mit ihr an einem Tisch zu essen. Das war zu jener Zeit einfach. Wir hatten erst zwei Kinder, und ich verbrachte den ganzen Tag in der Universität und arbeitete an der Umarbeitung meiner Dissertation in eine Veröffentlichung für eine breitere Leserschaft. »Die dunkle Seite der Wahrscheinlichkeit« war ein ausgezeichneter Titel, aber ich konnte das Buch nicht schreiben. War blockiert. Also verbrachte ich die Tage in der Bibliothek und aß allein. Vielleicht hat dieser pragmatische Umgang mit der Marotte meiner Frau damals unsere Ehe gerettet.

In dieser Phase meines Lebens langweilten die Frauen mich eher, denn ich war von dem Ehrgeiz besessen, einen Lehrstuhl an einer deutschen Universität zu bekommen. Alles andere wurde vor dem Hintergrund dieses Ziels unwichtig.

Gassner reiste. Gassner hatte eine Dissertation vorgelegt, der Rest interessierte ihn nicht. Gassner hatte keine Familie, aber Geld. Gassner war kreativ. Ständig hatte er neue Ideen. Ständig wollte er mich animieren, mit ihm in seine Projekte einzusteigen. Aber er verstand das Leben nicht, wußte eigentlich nicht, worum es ging. Dann kam der Forschungsauftrag aus Kalifornien. Gassners Kontakte. Ich griff mit beiden Händen zu. Dies war meine große Chance.

Vor dem NASA-Auftrag schrieb er mir diesen Brief aus Spanien.

Lieber Josef,

Ich sitze im Café und beobachte eine Frau, die mir gegenübersitzt. Sie gefällt mir. Ich finde sie sogar äußerst attraktiv, ihre olivfarbene Haut, das dicke, vor Schwärze fast bläulich schimmernde Haar, die Lippen. Sie ist schön. Während mein Blick an ihr hinuntergleitet, fällt mir zu meinem Entsetzen auf, daß sie an ihrem linken Fuß eine Verformung hat. Eine wegen der Farbe ihrer Haut eigenartig grünlichrote Narbe zieht sich vom äußeren Knöchel über ihre Fessel bis auf den Ansatz ihres Schienbeins. Als sie gerade aufstand, um sich am Automaten in der

Ecke Zigaretten zu ziehen, bemerkte ich ein leichtes Hinken, vielleicht nicht einmal ein Hinken, mehr ein vages Einknicken, oder nicht mal das, vielleicht nur eine leichte Asymmetrie im Setzen ihrer Füße, einen leichten Knick der Beine, die eigentlich parallel stehen sollten. Von diesem Makel angewidert, schaue ich weg. Lösche die Frau aus meiner Wahrnehmung.

Wie Du weißt, hatte meine Frau in ihrer Jugend einen Unfall. Die Umstände dieses Unfalls und dessen Auswirkungen auf unser Verhältnis jedoch habe ich Dir nie erzählt. Sie war nachts mit einem Freund über eine hölzerne Eisenbahnbrücke gegangen. Als sie sich mitten auf der schmalen Brücke befanden, auf der es nur die hölzernen Schwellen gab, keinen Seitenweg, denn Fußgänger waren nicht vorgesehen, hörten sie den Zug. Sie mußten weg, kamen jedoch wegen der Schwellen nicht schnell genug voran. In der Dunkelheit würde der Lokführer sie nicht sehen, der Zug hätte sie erreicht, noch bevor sie auf der anderen Seite angekommen wären. Sie mußten springen.

Alice hatte schlanke lange Beine, aber ihr linkes Bein war von Operationsnarben übersät, sie zog sich an Fuß und Schienbein so viele Brüche zu, daß das Bein nie wieder gerade wurde, es war in einem einzigartigen Faltenwurf gefroren. Den linken Fuß setzte sie unglücklich.

Zu Beginn unserer Beziehung war mir dieser Makel nie wirklich aufgefallen, ich sah ihn wohl, nahm ihn aber nicht wahr, denn anderes war wichtiger. Im Verlauf unseres gemeinsamen Lebens jedoch wurde dieses Handicap deutlicher, schob sich immer mehr in den Vordergrund, bis von Alice nichts weiter übrigblieb als ihr schiefstehender Fuß, ihre Narben und das unerfreulich zerbogene Bein. Der Fehler hatte übernommen und war zum Hauptmerkmal ihrer selbst geworden. Proportional zum Abbau der Liebe und der Lust hatte er zugenommen, bis er Alice vereinnahmt hatte, bis er Alice geworden war. Diesem Prozeß zuzuschauen war schmerzhaft, denn mit ihm starb die Liebe. Ich wurde Zeuge eines langsamen Todes.

Wie also sollte ich mich dieser Frau hier im Café nähern, da ich doch diesen Makel wegen meiner geschärften Wahrnehmung und größeren Sensibilität direkt zu Beginn bereits bemerkte? Noch ist es natürlich nicht so weit, daß die olivfarbene Schöne Narbe und Nachziehen geworden ist, aber es ist abzusehen. Das Ende unserer Beziehung, die nie bestehen wird, hat schon eingesetzt. Der Erkaltungsprozeß. Wie damit umgehen?

Ich schlage vor, daß wir aus diesem Zwischenfall ein Videospiel machen. Natürlich für Männer und Frauen. Ich bin sicher, daß Frauen ebenso fühlen. Es kann gar nicht anders sein.

Als Titel schwebt mir »Existentielles Verzagen« vor. Was hältst Du von dieser Idee?

Als Spielplan stelle ich mir vor, daß mit Ma-

keln ausgestattete Personen (Männer und Frauen) auftauchen. Diese Gebrechen (es braucht sich hier natürlich nicht nur um körperliche Gebrechen zu handeln; es könnten genausogut auch Angewohnheiten oder Marotten sein) werden im Spielverlauf größer. Ziel des Spiels ist es, diese »Fehler« zu übertünchen. Der Spieler (oder die Spielerin) muß es schaffen, das langsame Verschwinden der Person hinter ihrem Defekt zu verhindern.

Wir würden damit einen Beitrag zur Aufrechterhaltung des Status quo der zwischengeschlechtlichen Beziehungen leisten.

Denk darüber nach und laß mich Deine Meinung wissen. Und jetzt trinke ich auf Dein Wohl ein Bier!

Gassners Ideen.

Mehr kam fast nie. Zwar konnte er sich dahinterklemmen, wenn er von etwas begeistert war, nur dauerte es nie lange, bis er das Interesse wieder verlor. Obwohl er einiges tatsächlich in die Praxis umsetzte. Geboren jedoch waren sie alle, das sagte ich ihm öfter, aus seiner Langeweile, aus seiner Unfähigkeit, ein praktisches, zielgerichtetes Leben zu führen.

Gassner spielte, aber er war kein Spieler.

Dann begann unsere gemeinsame Arbeit an dem Projekt in virtueller Realität. Die Wende in meinem Leben. Die Schnittstelle in unserem Verhältnis. Er lieferte die Ideen, ich arbeitete daran.

Da er sich nicht dahinterklemmte, es vorzog, gleichzeitig an verschiedenen anderen Ideen zu arbeiten, da er reiste, wurde der Kontakt zwischen unseren Auftraggebern in Kalifornien und ihm schwächer, und ich übernahm die Rolle des Verhandelnden. Gassners Ideen waren da. Ich brauchte sie nur noch zu benutzen.

Zu jener Zeit begann ich darüber nachzudenken, wie ich ihn verschwinden lassen könnte, um allein zu sein. Der Gedanke nahm zusehends Kontur an. Wie ich es anstellen sollte, wußte ich noch nicht. Sein Verschwinden, vielleicht sein langsames Verschwinden, sollte in jedem Fall einhergehen mit einer Diskreditierung seiner Person und seiner Arbeit.

Es war Zufall, daß mir eines Tages, während ich über die Möglichkeiten seines Verschwindens aus meinem Leben und unserem Projekt nachdachte, beim Durchsehen meiner Papiere dieser Brief wieder in die Hände fiel und ich sofort wußte, was zu tun war.

Kurz vor meinem Abflug rief ich doch noch bei Josefs Frau Marga an. Ohne Ergebnis, es meldete sich nur ein Anrufbeantworter. Ich hinterließ keine Nachricht.

In Singapur fand ich ein preiswertes Hotel auf Bencoolen Street. Diesen Straßennamen kannte ich von Josef. Ich schlief mich aus, schlenderte durch die Stadt, um ein Gefühl für die andere Welt zu bekommen, obwohl sie, außer durch die Tatsache, daß das Stadtbild von Chinesen, Malayen und Indern beherrscht wurde, nicht so anders wirkte. Auf den ersten Blick. Alle Attribute westlichen Wohlstands waren hier im Superlativ vertreten. Architektonisch bot sich nichts Außergewöhnliches oder Fremdartiges. Es schien eher so, als habe man in den letzten Jahren hart daran gearbeitet, jede eigene Prägung zu zerstören, und die wenigen im traditionellen Stil verbliebenen Stadtteile wirkten künstlich, wie kleine Disneylands. Meine Gänge halfen mir, mich oberflächlich zu orientieren. Ich litt unter der schwülen und ungewohnten Hitze. Ständiger Hochsommer. Die einzige Jahreszeit. Die geringste Anstrengung durchnäßte mein Hemd. Auch verletzte die farbige Blumenpracht überall meine Augen, fügte ihnen nicht nachweisbare Schäden zu. Ständig lief ich mit Sonnenbrille, um mich gegen dieses brillante Farbflimmern zu schützen. Der abrupte Wechsel vom vertrauten Grau, von winterlichen Temperaturen in diese Farb- und Hitzehölle, war nicht aufzufangen. Das Atmen war erschwert, der Kreislauf aus dem Gleichlauf. Leichtbekleidete Menschen. Körperfunktionen traten zu offensichtlich in den Vordergrund. Zu alldem der Geruch. Verwesung. In dieser einen, alles verschlingenden Jahreszeit blühte, verfiel, verweste und keimte immerzu alles. Verfall legte sich olfaktorisch am drängendsten über diese Welt. Betäubende Schwaden trieben aus Abwasserrinnen, Kloaken, Blumenbeeten, Achselhöhlen.

Ich brauchte einige Tage, bis ich die Schule anrief, an der Josef gearbeitet hatte, und Tracy Scholler verlangte, seine amerikanische Kollegin.

Das Telefon ist ein wenig hilfreiches Kommunikationsgerät. Es führt unsere Sinne in die Irre. Andererseits war mir intuitiv klar, daß Scholler unsicher klang. Merkwürdig war ihre Reaktion auf meine Nachricht von Josefs Tod. Ich kann nicht sagen, was ich erwartete, aber sie reagierte, als sei sie nicht erstaunt, als berichte ich ihr nichts Neues, als wisse sie bereits alles. In ihrer Stimme schwang auch so etwas wie »Das habe ich mir gedacht!« mit. Ich sagte ihr nichts über das geheimnisvolle Amulett, damit wollte ich warten, bis wir uns gegenüberstanden. Mein Plan war, sie mit den Details von Josefs Tod aus der Reserve zu locken, um so an Informationen, die sie haben mochte, heranzukommen. Durch ihr Verhalten am Telefon geriet mein Plan ins Wanken.

Wir verabredeten uns in einer Bar, die Josefs Stammbar gewesen war. Ich kannte den Namen aus seinen Erzählungen. Er hatte mir geschrieben, daß man sich dort fünfzig Jahre zurück in die Vergangenheit bewegen würde.

Das APANG DATANG lag in einem kleinen Park in der Stadtmitte und wirkte von außen luftig und transparent, wie die meisten der chinesischen Häuser. Ich war absichtlich fast eine halbe Stunde zu früh gekommen, um vor ihr dort zu sein. Wäre sie vor mir schon dort gewesen, sie hätte das Terrain beherrscht. Das mußte verhindert werden. Auf den Terrassen an allen vier Seiten des Hauses standen Bambusmöbel. Ventilatoren drehten sich sacht im Inneren und auf den Terrassen. Im Hintergrund befand sich ein langer Tresen, die Holzregale waren mit Flaschen und Gläsern gefüllt. In den Ekken, an einigen Säulen und hinter der Bar hingen kleine, rotlackierte chinesische Hausaltäre, und Weihrauchstäbchen glommen davor. Ihr süßlicher, schwerer Geruch mischte sich unter die Verwesung. Ich brauchte einige Zeit, bis ich das Taschentuch von meinem Gesicht entfernen konnte, bis ich mich zumindest teilweise an all diese Düfte gewöhnt hatte. Die Wände des Lokals waren schmucklos in einem matten Grün gestrichen. Schief hingen Plakate von Anchor Stout und Tiger Beer, lokalen Biersorten, herum. Die Bedienung stellten Malayen. Die Gäste schienen fast ausschließlich Engländer zu sein. Sie sprachen und gebärdeten sich, wie ich mir nach entsprechenden Filmen Engländer in den Kolonien vorstellte, und ich fühlte mich tatsächlich aus Zeit und Ort versetzt, so fremd war alles, so fremd redeten sie dort. Draußen Singapur, Asien, drinnen »Out of Africa«. Seitdem ich in Amerika gelebt hatte, konnte ich mir ein Lächeln nicht mehr verkneifen, wenn ich britisches Englisch hörte. Es wirkte unecht. Lächerlich. Monty Python. Und diese Art von Humor habe ich noch nie gemocht.

Ich ging an die Bar, und eine ekelhaft überhebliche und aufgetakelte ältere Frau – die Besitzerin – kam und fragte mich, was ich trinken wolle. Ein Bier. Sie nannte mehrere Marken, legte mir sogar eine Karte vor, und als sie merkte, daß ich mich nicht auskannte, empfahl sie mir das teuerste. Ich schaute auf ein Bierplakat mit einer schönen Chinesin: abgespreiztes nacktes Bein, langer Schlitz im schwarzseidenen Kimono, und bestellte Anchor Stout und schaute sie herausfordernd an. Zur Strafe holte sie es nicht selbst, sondern gab meine Bestellung an einen der Kellner weiter, der loslief und das Bier für mich aus dem Eisfach holte. Das war hier so, das hatte ich beobachtet, aber während sie sich bei anderen Gästen das Getränk bringen ließ, um es dann selber zu servieren, überließ sie das in meinem Fall dem Jungen. Ihr Verhalten irritierte mich keineswegs. Daran war ich gewöhnt. Ich war bis zu meinem zwanzigsten Lebensjahr zu Hause die Nummer eins gewesen. Das reichte mir.

Neben mir an der Bar stand ein Paar. Er kantig und unternehmerhaft, sie petite und spitz. Ständig sprachen sie über Häuser, die er jetzt dafür fertig habe. Einmal kam die Wirtin und fragte, ob *das* Haus schon fertig sei dafür, und er bejahte. Ich kümmerte mich nicht um sie. Plötzlich jedoch nahmen sie mich als Anwesenden wahr und fragten, ob ich neu in der Stadt sei. Warteten keine Antwort ab, sondern meinten gleich, daß man das merke, und musterten mich von oben bis unten, er mit kritischem Blick, sie mit abschätzenden Augen, die sie übertrieben niederschlug, als ihr bewußt wurde, daß ich merkte, wie sie mich taxierte.

Links neben dem Eingang stand ein langer Tisch, auf dem Horsd'œuvres angeboten wurden, von denen die Gäste sich bedienten.

– Die sind gratis, bedienen Sie sich ruhig, flüsterte sie mir übertrieben laut und vertraut zu. Ich lehnte ab. Sah ich etwa so aus, als sei ich darauf angewiesen, umsonst essen zu können? Ich war fast geneigt, ihren Vorschlag als Unverschämtheit zu betrachten. Lächelte aber nur kalt, aber höflich zurück. Was bildeten sich diese Menschen ein?

Die Tür öffnete sich, und eine Frau trat ein. Man kannte sie. Nach Josefs Beschreibung war mir sofort klar, daß es sich um Tracy Scholler handelte. Sie grüßte die Frau hinter der Bar, und bei einigen der Gäste blieb sie stehen, schüttelte ihre Hand, anderen winkte sie zu.

– Sie müssen Josefs Freund sein!

– Woher wissen Sie das?

– Sie sind der einzige, den ich hier nicht kenne!

Sie war Ende Zwanzig oder Anfang Dreißig, fast nicht geschminkt, sehr sportlich, mit mittellangem blondem Haar, einem glatten offenen amerikanischen Gesicht mit riesigem Mund und perfekten Zähnen, die sie bei jedem Lächeln oder Grinsen zeigte. Sie hatte einen frischen sonnengebräunten Teint und schien am gesamten Körper von blassen Sommersprossen bedeckt zu sein. Ein Makel, den ich durchaus attraktiv fand. Ihr aggressiv forsches Auftreten erstaunte mich nicht, denn durch mein

Leben in den USA war ich mit diesem Verhalten bei Frauen vertraut. Was mich irritierte, war die völlige Unbefangenheit, mit der sie sich bewegte, und das vor dem Hintergrund der Nachricht von Josefs Tod. An ihrem leichten Wanken und ihren Gesten fiel mir schließlich auf, daß sie angetrunken war. Übertrieben weit beugte sie sich zur Wirtin über den Tresen und flüsterte mit ihr. Die beiden sahen in meine Richtung. Jetzt wurde es um so offensichtlicher, wie betrunken sie war, denn sie verlor einige Male das Gleichgewicht und stürzte fast. Einmal fing ich sie gerade noch auf und fragte, ob sie sich nicht lieber setzen wolle. Das sei ihr sowieso alles gleichgültig, von jetzt an könne ihr nichts mehr passieren, denn sie habe es jetzt endlich. Ich versuchte, mit ihr über Josefs Tod zu sprechen, und wollte so den Boden für meine Fragen nach dem Amulett bereiten, aber sie war zu betrunken, schien gleichgültig oder zu sehr mit sich selbst und ihrem Rausch beschäftigt, um darauf einzugehen. Als die Wirtin sich wieder anderen Gästen zuwendete, fragte ich sie, was es denn sei, das sie gefunden habe. Alles ja noch nicht, aber die ersten Fäden zum Amulett habe sie bereits, und an die anderen komme sie schon heran. Ich schaute sie erstaunt an. Sie war mir zuvorgekommen, und ich reagierte ungeschickt, denn statt sie reden zu lassen, beschwor ich sie, vorsichtig zu sein, nichts zu unternehmen, brachte das Gespräch wieder auf Josef und rückte seinen mysteriösen Tod in direkte Nähe des Amuletts. Plötzlich schien mir völlig einleuchtend, daß mit diesem Amulett verbunden sein mußte, was ich suchte. Ich wollte mehr wissen, also fragte ich, warum sie von Fäden spreche, von den ersten Fäden? Was hatten Fäden mit einem Amulett zu tun? Aus den Augenwinkeln heraus bemerkte ich, daß das Paar, das noch immer an der Bar stand, sie mißbilligend ansah, ja sie durch Zeichen von offenem Ärger zum Verstummen bringen wollte. Und tatsächlich schien sich Tracy Scholler zu fangen, spielte unversehens sehr betrunken und wollte nichts mehr sagen. Ich konnte keine Informationen mehr bekommen. Schließlich begann sie mich zu ignorieren und, wie mir schien, sich über mich lustig zu machen. Auch fiel mir auf, daß zwischen dem Paar und der Wirtin ein stillschweigendes Einvernehmen bestand; sie tauschten tadelnde Blicke über Scholler aus. Das war mir klar. Weiter kam nichts mehr. Sie verhielt sich, als habe sie das Interesse an mir verloren. Ja, als sei ich nicht mehr da. Eigentümlich blieb, daß sie keine Reaktion auf die Nachricht von Josefs Tod zeigte und auch nichts wissen wollte. Ich schrieb das ihrem Zustand zu und beschloß zu gehen. Ich griff in meine Tasche, um zu zahlen, und fand darin eine Visitenkarte der Bar, auf die jemand Malabar Street gekritzelt hatte.

Niemand war gegangen, niemand hinzugekommen, niemand sah mich konspirativ an, niemand ignorierte mich überdeutlich. Also steckte ich die Karte wieder ein. Als ich ging und mich von ihr mit den Worten, ich riefe an, verabschiedete, nickte sie nur und wandte sich wieder dem Paar zu, mit dem sie jetzt in ein Gespräch vertieft war.

Ich weiß nicht, was ich mir von dem Zusammentreffen mit Tracy Scholler versprochen hatte, auf keinen Fall aber diese Gleichgültigkeit. Ich dachte über ihre mysteriösen Anspielungen auf Fäden, die, miteinander verwoben, ein Amulett ergäben, nach. Aber wie sollte das einen Sinn ergeben?

Ich schlenderte über Orchard Road und entschloß mich schließlich, der Karte zu folgen, und nahm ein Taxi zur Malabar Street. Ich fand eine chinesische Straße mit alten Häusern, kleinen Nudelsuppenständen und winzigen Bars. Hier sah es so aus, wie ich mir die Stadt und Asien überhaupt vorgestellt hatte. Ich lief die Straße zweimal hinauf und hinunter in der unbestimmten Hoffnung, angesprochen zu werden oder die Karte auf eine andere Weise erklärt zu bekommen, aber nichts geschah. Am unteren Ende, dort, wo Malabar Street in Bugis Street einmündet, befanden sich hell erleuchtete Bars und Straßencafés, und Tausende Menschen schoben sich durch die Gasse. Eine Kakophonie indischer, malayischer und chinesischer Musik von den kleinen Ständen der Raubkassettenverkäufer durchzitterte die Luft. Verärgert trank ich ein Bier an einem der Straßenstände genau in der Mitte von Malabar Street. Was hatte ich erwartet? Ich nippte an meinem Getränk, stand in der feuchten heißen Nacht und schwitzte das Getrunkene wieder aus. Ich war in eine Sackgasse geraten. Gibst du die falsche Antwort, füttert sie dir der Computer immer wieder zurück. Ad nauseam. Ich mußte meine Strategie ändern.

Es gibt zwei Arten von Computerspielen. Die einfachere hat sehr viel mit Geschicklichkeit zu tun, Reaktionsvermögen, Schnelligkeit. Man bewegt Dinge hin und her, entkommt, holt ein, schießt ab oder vermeidet, abgeschossen zu werden. Die intelligentere ist sprachlich. Der Spieler interagiert mit dem Rechner, der eine Situation vorgibt, auf die der Spieler antworten muß. Trifft er eine der richtigen Antworten, kommt er weiter, und der Computer macht neue Vorgaben, von denen die meisten in Sackgassen führen, einen jedoch längere Zeit in dem Glauben lassen, auf dem richtigen Weg zu sein. Diese Spiele haben die Struktur eines Labyrinths. Binäre Entscheidungen leiten und verleiten. Beiden Arten liegt ein Prinzip zugrunde: Je weiter man kommt, desto schwieriger werden diese Spiele; die Angriffe werden dichter, die Situationen komplexer. Unendlich jedoch ist keines dieser Spiele. Mir schwebte ein offenes Spiel vor. Dafür bedürfte es natürlich einer sehr großen Speicherkapazität, aber das Ideale daran wäre, daß das Spiel das Leben in einem Maßstab von eins-zu-eins abbildete. Lösungen wären immer scheinbar und produzierten nur neue Problemstellungen.

Ich war in einer Sackgasse, mußte also nur meine Strategie ändern und würde Ergebnisse erzielen.

Ich trank noch ein Bier. Mein Plan stand fest, ich wollte mich in Singapur umsehen und herausfinden, was Josef hier gemacht hatte, welcher Josef er hier war, welches Leben er hier geführt hatte, ich nahm mir vor, in seine Lieblingsbars und -restaurants zu gehen, durch Viertel zu schlendern, von denen er mir geschrieben hatte, wollte abtauchen in die letzten authentischen chinesischen, malayischen und indischen Viertel, wollte mit seinen anderen Kollegen sprechen. Tracy Scholler? Diesen Weg wollte ich zunächst ignorieren. Er hatte mich nirgendwohin gebracht. Binäre Entscheidung: eins oder null. Also null! Ihre mysteriösen Äußerungen über Fäden, die, miteinander verwoben, ein Amulett ergäben, brachten mich jetzt nicht weiter. Wie konnte mir eine Spur aus alkoholisierten Sätzen etwas bedeuten? Ich zahlte und schlenderte zum Hotel zurück. In Bugis Street meinte ich, im Inneren eines Straßencafés Schollers Gesicht zu erkennen.

Sie sind in einem rauchigen Saal, in dem die Versammlung stattfindet. Er gehört zu einem Hotelgasthof, wo ich ein Zimmer habe. Überall stehen in schwarzen Hemden mit kahlgeschorenen Schädeln Skinheads, Schlägertypen. Durch die Reihen laufen Frauen in Dirndln, an jeder Faust fünf Maßkrüge. In einer Ecke entdecke ich die Klassenkameraden von Josef und mir. Seit Jahren habe ich sie nicht mehr gesehen. Zögernd gehe ich zu ihnen, grüße sie und frage, was sie hier machen. Ich solle still sein, fährt Schulz mich an, was denn ich meine, warum sie da seien? Hier liefen die Stränge zusammen, hier seien Informationen über die Fäden zu bekommen.

– Die Fäden des Amuletts, frage ich.

Er sieht mich feindselig an, winkt ab und wendet sich der Bühne zu, auf der niemand zu sehen ist.

Ich bin verwirrt und gehe in den Ausschank neben dem Saal und bestelle ein Bier. Wenige Minuten später kommt Köhler, der auch im Saal war. Er sieht sich nervös um, während wir dort stehen und zusammen ein Bier trinken. Ich komme auf Josefs Tod zu sprechen, und er regt sich auf. Sei vorsichtig mit deinen Nachforschungen, sagt er. Obwohl, im Moment ist es noch nicht so gefährlich, das Amulett ist noch nicht wieder neu gewebt worden. Zusammenhanglos spricht Köhler von Häusern. Dann wird es ihm, wie er unvermittelt sagt, zu mulmig, mit mir gesehen zu werden, und er geht in den Saal zurück, in dem jetzt frenetischer Applaus aufbraust. Vor der Saaltür, von einigen Schlägertypen in Schach gehalten, stehen Gegner mit Transparenten. Ich gehe weg, wandere ziellos durch eine fremde Stadt, vorbei an romanischen Häusern und Gebäuden.

Schließlich betrete ich ein Lokal, das bis auf eine Frau und den Wirt leer ist. Die Frau ist attraktiv, vielleicht dreißig, schlank, groß, blond, hat Sommersprossen, wie es scheint, überall. Als sie mich wahrnimmt, stößt sie den Wirt an, und der nickt. Sie kommt direkt auf mich zu und sagt, sie habe Informationen für mich, die mich interessieren würden. Man habe mich erwartet. Ich fasse sie um die Taille. Wir trinken viel, und die Frau und ich werden intim. Der Wirt geht ab, zeigt uns noch, wo wir schlafen können. Ich warte darauf aufzuwachen.

– Wenn du es mir besorgen kannst, sage ich dir alles, was ich weiß, flüstert sie in mein Ohr und beißt hinein. Ich habe nie etwas davon, wenn ich mit Männern schlafe.

Ich finde es ungerecht, was sie sagt, fast, als halte sie die Spielregeln nicht ein. Aber es ist eine Herausforderung. Schließlich enden wir in einer viel zu kleinen Badewanne und stehen unter fließendem Wasser, das sie plötzlich auf kalt dreht. Schreiend laufen wir tropfnaß aus dem Bad und in das Zimmer, in dem wir schlafen sollen. Ich will mich abtrocknen, mich so naß nicht in das fremde Bett legen, aber sie zieht mich hinein, schreit mir ein mit gedehntem a versehenes ›Langweilig‹ ins Gesicht. Ich zucke und muß mich zusammennehmen, um nicht eilfertig das Gegenteil zu beweisen. Wie, das weiß ich nicht, nur weg von diesem Wort will ich. Also lasse ich mich ins Bett sinken, in die schon von ihr feuchten Laken. Sie murmelt, was es mit dem Amulett auf sich habe, allerdings erst, nachdem sie mir versichert hat, daß sie nichts von mir gehabt habe, daß sie mir die Informationen aus Mitleid gebe. Ich stelle Fragen. Immer mehr Fragen. Sie verzetteln sich, drehen sich im Kreis, und die Personen beginnen in den Wänden zu versinken, werden eins mit den Möbeln, trommeln, klopfen gegen die Wände, wehren sich gegen ihr Verschwinden, klopfen immer stärker, Stimmen zucken durch den Schleier, in dem alles versinkt.

Ich erwachte schweißgebadet, lag in nassen Laken auf einer feuchten Matratze. Im Traum wußte ich, daß die Vollendung des neuen Amuletts unmittelbar bevorstand. Hörte ein letztes Klopfen und sah, wie ein kleines Couvert unter meiner Zimmertür durchgeschoben wurde. Benommen stand ich auf, wischte mit der Hand die letzten Weben des Alptraums weg und ging zur Tür. Da war niemand. Ich hob den Umschlag auf, warf ihn aufs Bett und ging an das Becken in der Zimmerecke. Heller Tag. Das kalte Wasser war lauwarm und brachte keine Erfrischung.

In dem Umschlag steckte eine zerknitterte Karte

des APANG DATANG, und auf der Rückseite standen in derselben fahrigen Schrift wieder die gleichen zwei Wörter: Malabar Street. Ich suchte die Karte, die mir dort zugesteckt worden war, um die Schrift zu vergleichen. Sie war nirgends zu finden.

Die nächsten Tage blieb ich im Hotel und in der Umgebung der Bencoolen Street. Aß in den kleinen Eßzentren und versuchte ein Gefühl für mein Hiersein zu bekommen. Wollte Bilanz ziehen, aber es war zu früh. Tags war ich erschlagen, nachts schlief ich nicht oder wälzte mich in Alpträumen, aus denen ich schreiend erwachte, um einige Stunden wach zu liegen. Der Gedanke an das Amulett ließ mich nicht mehr los, ich zermarterte mir den Kopf, um herauszufinden, was es bedeutete, ob es *überhaupt* etwas bedeutete. Was waren diese Fäden, von denen ich geträumt, von denen ich zuvor gehört hatte? Woher sollten die nächsten Fäden kommen? Ich rief Tracy Scholler an, aber sie war nicht mehr erreichbar. Ich suchte die Bibliotheken des Goethe-Instituts und des Amerika-Hauses auf, und wie besessen vergrub ich mich in Büchern, in denen ich Informationen über das geheimnisvolle Amulett zu finden hoffte. Lange schon hatte die Suche nach dem, was das Amulett ausmachte, die Sorge um Josefs Tod abgelöst. Ein Amulett trägt Geheimzeichen und verleiht seinem Träger Kraft und Wohlstand. Es soll geheime Macht verleihen und Böses von seinem Träger abwenden. Schützen also. Was aber, wenn das Amulett selbst so geheim ist, daß niemand weiß, wie es aussieht, daß es keine Person gibt, die es beschreiben könnte? In einer Ausgabe der Encyclopedia Britannica von 1898 fand ich unter ›amulet‹: Name eines Geheimbundes, der gegen Ende des ersten Jahrtausends in Konstantinopel aktiv war und seit dem Beginn des zweiten nicht mehr auftauchte. Die Begründerin des Geheimbundes soll eine alexandrinische Jüdin mit dem Namen Silberwasser gewesen sein. Eine Frau! Wie in meinem Traum.

Sollte ich nach Istanbul reisen? Ich war verzweifelt! Das Amulett hatte begonnen, mich zu übernehmen. Ich wurde erregt, wenn ich es mir vorzustellen versuchte. Mein Mund wurde trocken. Die Handflächen naß. Ich zitterte. Das waren Zeichen von Sucht. Ich war in einem exaltierten Zustand, fast schon manisch in der Sprunghaftigkeit meiner Launen, litt an gelegentlichen Aussetzern, die mir die tägliche Abwicklung des Lebens erschwerten.

Ich fühlte mich einsam, und manchmal sehnte ich mich nach meiner Mutter. Das war kein neues Gefühl, aber es war kein gutes Zeichen. Ich kannte es aus ähnlichen Situationen und Empfindungen von Alleinsein. Sie war seit dreißig Jahren tot.

Manchmal – wenn ich mich fühle, wie ich mich fühlte – möchte ich mich auf ihrem Schoß zusammenrollen und sagen: Mütterchen, ich will zurückkriechen in deinen warmen dunklen Bauch und einfach verschwinden. Nicht mehr sein. Wenn ich von diesem Gefühl angefallen wurde, als ich noch mit Frauen zusammen war, legte ich manchmal meinen Kopf auf ihren Schoß. Gesagt habe ich nichts. Verstanden hätten mich die Frauen sowieso nicht. Entweder sie hätten gedacht, daß mit mir etwas nicht stimmt, oder es hätte ihre Mutterinstinkte geweckt und mehr ausgelöst – lawinenhaft –, als ich beabsichtigte, denn ich wollte ja nur verschwinden. Nicht wieder Sohn werden.

Die Hitze setzte mir zu. Der Lärm von der Straße strapazierte meine Nerven. Gegen das ständige Gebrodel steckte ich mir Pfropfen ins Ohr, kleine gelbe Schaumstoffzylinder, die ich zu schmalen Stäbchen knetete und mir in den Gehörgang schob. Einmal eingeführt, dehnten sie sich und schlossen das Ohr ab.

Ich hörte nichts mehr.

Von draußen.

Aber was da plötzlich aus mir herausschrie, war lauter als alles. Es brüllte. Die Stille war ein Irrtum. *Ich* war laut. Der Puls hämmerte, das Herz dröhnte, der Atem rasselte, der Magen gurgelte ... doch vor allem, ich hörte mich denken. Ich wurde erdrückt vom mechanischen Klicken meiner Gedanken, die Geräusche machten wie beim Absaven von Daten bei einem alten Diskettenlaufwerk. Archaische Laute.

Atemlos schaffte ich es gerade noch, mir mit verzweifelter Kraft die Pfropfen aus den Ohren zu reißen.

Bei alldem Hitze.

Nach einer Woche hatte ich mich gefangen. Wagte wieder ausgedehntere Gänge durch die Stadt. Ging nun jeden Abend zur Malabar Street. Ich wußte nicht, was ich dort zu finden hoffte, aber ich setzte mich auf einen kleinen Hocker an den Getränkestand in der Mitte der Straße, wo ich schon einmal gesessen hatte. Am vierten Abend sah ich sie in einer Bar sitzen. Tracy Scholler. Außer dem Wirt war niemand da. Ich eilte an der offenen Tür vorbei, um Zeit zum Nachdenken zu haben. Nachdem ich einige Male tief aus- und eingeatmet hatte, betrat ich den Barraum. Als Scholler mich wahrnahm, stieß sie den Wirt an, und der nickte. Sie kam auf mich zu und sagte, sie habe Informationen für mich, die mich interessieren dürften. Sie habe mich erwartet. Wo ich so lange gesteckt hätte? Ich faßte sie um die Taille, und sie blieb und preßte sich an mich. Ich war zu verwirrt, um meine mir fremde Vorgehensweise zu erklären. Das kannte ich, aber es fühlte sich gut an, einen menschlichen Körper im Arm zu halten. Wir tranken und begannen uns zu küssen. Es wunderte mich nicht, daß mir das geschah, ich akzeptierte alles. Tracy war angetrunken. Wankte wieder. Um halb elf kam der Wirt an unseren Tisch und sagte, er schließe jetzt, es sei Schluß, wir sollten nach Hause gehen. Ich beschwerte mich, sagte ihm, um diese Zeit könne er nicht einfach schließen, es sei zu früh. Die beiden feixten sich zu, während ich mich erregte. Schließlich lenkte er ein und bot mir an, für fünfzig Dollar die Bar offenzuhalten.

Scholler, inzwischen auf meinem Schoß, schrie dazwischen: Langweilig! Sie dehnte das a immer länger, verlangte endlich, ich solle ihm die fünfzig Dollar geben, damit Ruhe sei. Beschimpfte mich: Geiziger Spießer! Ich fühlte mich getroffen, seltsam demaskiert. Doch bevor ich noch reagieren konnte, entschuldigte er sich, sagte, die Zeiten hätten sich geändert, und er könne sein Lokal nicht mehr nach Belieben geöffnet halten. Ich könne das nicht beurteilen, denn ich sei so lange weg gewesen, die Dinge hätten sich verändert. Ich versuchte ihm zu erklären, daß ich zum ersten Mal hier war, daß wir uns nicht kannten, daß sich nichts verändert hatte. Wie sollte ich ihm erklären, daß ich dieses Gespräch kannte? Er wollte nichts davon wissen. Da ich mich weigerte zu zahlen, aber auch nicht ging, lud er uns ins Hinterzimmer ein. Er verschloß Fenster und Türe mit hölzernen Läden und versicherte sich mehrmals, daß alles abgeriegelt war. Das Hinterzimmer war Teil seiner Wohnung. Wir tranken viel, und Scholler und ich wurden intimer. Der Wirt ging ab, zeigte uns aber noch, wo wir schlafen konnten. Ich wartete darauf aufzuwachen. Ich war, das mußte so sein, in einem Traum. Oder in einer Endlosschleife. Ich kannte alles!

In diesem Moment stand der Wirt wieder neben uns, er wirkte ängstlich und beschwor sie, still zu sein. Es sei zu gefährlich. Ich, er sprach mich direkt an, ich solle alles vergessen, nach Hause fahren, dort bleiben und die Affäre aus meinem Gedächtnis streichen. Mensch! Hau ab! Hau ab, schrie er. Ich winkte ab.

Sie ignorierte ihn und begann zu sprechen. Es gebe immer nur eins, immer nur eine Person also, die das Amulett tragen könne. Es setze sich zusammen aus einer Vielzahl Fäden, die die Person, die das Amulett bekomme, aus verschiedenen Orten auf der Welt zusammentrage. Man erhalte sie von den unterschiedlichsten Institutionen, Personen und Stellen. Ein System, das Aufschluß darüber gebe, von wo die Fäden kämen, gebe es noch nicht, werde es wahrscheinlich niemals geben. Immer nur der jeweilige Träger des Amuletts wisse, wo die Fäden zu bekommen seien. Beim nächsten schon sei alles anders. Man vermute eine Drahtzieherin, aber niemand wisse Genaueres.

Sei das Amulett einmal fertig, beginne es das Leben seines Trägers aufzusaugen, so lange, bis er oder sie tot sei. Was dann mit dem Amulett geschehe, könne sie mir nicht sagen, aber sie wolle es besitzen, obwohl sie die grauenhaften Konsequenzen kenne. Das Amulett sei verflucht, es erzeuge eine Todessehnsucht schon fast. Für den, der einmal zu weit gegangen sei, gebe es kein Zurück mehr.

Wir seien jetzt Konkurrenten.

Warum sagte sie mir das alles? Um mich in die Irre zu leiten? Um mir zu helfen? Ich schlug mir gegen den Kopf, um mich meines Wachseins zu versichern.

– Silberwasser! Und: Das Ende. Mehr sage ich nicht!

– Gibt es in Istanbul Informationen, fragte ich.
– Vielleicht.

Wie schlafwandlerisch hatte ich mich angezogen. Tracy Scholler hatte mir mit hastigen Bewegungen geholfen, gedrängt, ich solle mich beeilen, sich selbst in einen Kimono gehüllt, und mit ihren letzten Worten hatten wir die wieder offene Tür erreicht. Sanft, aber bestimmt schob sie mich hindurch, und der Wirt schloß direkt hinter mir ab. Ich stand auf der dunklen Malabar Street. Im Osten begann es zu tagen. Gegenüber am Rand der Abwässerkloake saß eine katzengroße Ratte. Verwesungsgeruch in der Luft. Ich stand hilflos und ging staksig weg.

Hatte ich die richtigen Worte gesprochen? Würde das Spiel weitergehen?

Ich lag auf dem Bett in meinem billigen Hotel, versuchte, mich zu konzentrieren. Verglühte dabei. Dachte an Istanbul. Silberwasser. Sollte ich zur Bar zurückgehen und versuchen, mehr zu erfahren? Vor der zugeschlagenen Tür stehend, hatte ich die Lacher der beiden gehört. Vielleicht hatten sie sich über mich lustig gemacht.

Am nächsten Tag flog ich über Kuala Lumpur, Colombo und Moskau nach Istanbul.

Chamoisfarbener Spätnachmittag. Ich laufe ziellos durch ein amerikanisches Provinznest. Mittelständische Häuser mit Vorgärten. Finde sie schmuck, wie sie dastehen mit ihren Terrassen, Rasen, die bis an die Straße führen, ohne Zäune, mit amerikanischen Briefkästen. Amerikanische Ikonen. Darum weiß ich, daß ich in Amerika bin. Plötzlich sehe ich auf der anderen Straßenseite ein Haus, aus dessen oberstem Stockwerk Flammen zu schlagen scheinen. Dann wirkt es wieder so, als sei nichts. Scheiben zerplatzen nicht, niemand schreit. Jedoch Flammen lodern. Ich haste auf das Haus zu, sehe im Näherkommen, daß es sich verändert, es wirkt organisch. Was aus der Distanz wie Giebelfenster im obersten Stock aussah, wirkt jetzt wie ein Schlauch, aus dem die Flammen schlagen wie aus einem Flammenwerfer. Vor mir geht ein alter Mann, mit einer Aktentasche unter dem Arm, der aussieht wie ein fernsehtypischer amerikanischer Opa, mit großem weißem Schnurrbart. Ich renne an ihm vorbei; schnell, aber ohne von der Stelle zu kommen, und er fragt mich, warum ich laufe. Ich rufe zurück, daß ich die Feuerwehr verständigen muß, zeige auf das Feuer. Er bleibt ungerührt, sagt schließlich, wenn es denn sein müsse, da, seine Tasche, und der Feuermelder hänge dort an der Wand. Deutet auf ein Nachbarhaus. Die Tasche fliegt durch die Luft auf mich zu. Sie fangend schreie ich: Wozu? Lachend brüllt er zurück: Sie ist für das Einschlagen des Feuermelders. Mit der Tasche in der Hand unterwegs zum Haus, auf das er gezeigt hat. Ich muß eine Terrassentreppe hinauf, denn dort hängt schräg am Geländer des Hauses der Feuermelder. Im brennenden Haus sind keine Flammen mehr zu sehen. Nur das schmatzende Lecken von Feuer ist zu hören. Ich greife die Tasche und schlage auf den Melder. Nichts! Noch mal. Wieder nichts! Beim näheren Hinsehen entdecke ich, daß dieser Feuermelder eine Deckscheibe aus Panzerglas hat. Ich zucke zusammen, als ich erkenne, daß der Feuermelder ein Flipperautomat ist. Man muß eine eiserne Kugel in ein bestimmtes Loch bringen, damit der Feuermelder Alarm schlägt. Drei Versuche. Der alte Mann beobachtet mich und geht mitleidig lächelnd an mir vorbei, greift seine Tasche und tritt ins Haus, wo ihn ein anderer alter Mann erwartet. Sie unterhalten sich. Während sie miteinander reden, blicken sie zu mir herüber. Sie lächeln nicht mehr. Endlich schießt die Kugel ins Loch, und die Alarmglocke schrillt. Nichts geschieht! Die beiden Männer gehen ab, ohne mich eines weiteren Blikkes zu würdigen. Ich hetze durch die fremden Straßen und setze mich schließlich erschöpft in einen Park einer riesigen grellbunten Art-Deco-Moschee gegenüber, die mitten in diesem Ort steht. Während ich die Fassade mit ihren geraden Linien und falschen Säulen betrachte, auf die Köpfe von stilisierten ägyptischen Pharaonen stiere, kommt mir alles wie ein riesiger Flipperautomat vor. Mein Leben. Die Welt. Blanke, blitzende Kugeln gleiten geräuschlos durch die Kannelierungen, klingelnd prallen sie von den Kapitellen ab, rollen über die offenen Flächen, dringen in die dunklen Öffnungen der Fenster, werden daraus hervorgeschleudert und schlagen scheppernd auf die Fläche zurück, Glas scheint zu brechen, alles erzittert ...

– Meine Damen und Herren, wir überfliegen gerade ein Gebiet mit erheblichen Turbulenzen und möchten Sie bitten, die Sicherheitsgurte anzulegen.

– Sir, your seatbelt, please! Eine Stewardeß stand neben mir und deutete auf meinen Gurt. Wollte fast schon Hand an mich legen. Mit einem Arm stützte sie sich an der Rückenlehne des Sitzes vor mir ab, so stark waren die Bewegungen des Flugzeugs geworden. Ich murmelte und begann mich anzuschnallen. Wir fielen in ein tiefes Luftloch, in freiem Fall glitt die Maschine einige hundert Meter ab. Menschen kreischten. Ich lächelte. Ich hatte mich wieder. Ich konnte diese Angst der Leute um ihre Leben nicht verstehen. Ein Flugzeugabsturz war eine absolut saubere Sache. Was gab es da zu schreien?

Noch im Flugzeug war ich enthusiastisch, aber im Flughafengebäude, auf festem Boden auf mein Gepäck wartend, kamen mir erste Zweifel. Wo beginnen? Wie vorgehen? Istanbul ist eine riesige Stadt.

Ich nahm ein Taxi und ließ mich in den Stadtteil Beşiktaş bringen, dort mietete ich ein Zimmer ganz in der Nähe des Dolmabahçe Palasts, unweit der Europabrücke. Im Flughafen hatte ich mir ein Taschenwörterbuch Deutsch – Türkisch gekauft, und während ich auf meinem Bett lag und dem Muezzin zuhörte, spielte ich mit dem Buch herum, hatte plötzlich eine Idee und schlug ›Silberwasser‹ nach: Türkisch ›Gümüşsuyu‹. Ans Telefonbuch! Unter dem Namen gab es keinen Eintrag. Es war eine Idee, es hätte funktionieren können. Unruhig und unsicher verließ ich das Hotel, rannte durch Straßen und ließ mich schließlich von einem Taxi zum Basar bringen. Ich begann im Gewürzbasar und arbeitete mich durch Menschenmassen hoch bis zum gedeckten Basar, lief tief und immer tiefer hinein, kam in Hauptgänge, in den Bereich der Lederverkäufer, der Teppichhändler, der Schneider, endlich in den Alten Basar. Hier waren die Gänge nur noch einen Meter breit, das Licht gleißend, die Musik laut, hier war der Schmuckbasar. Die Auslagen prangten in Rotgold. Über einem der Läden stand, und ich nahm es zunächst nicht wahr, las es, aber stellte die Verbindung nicht gleich her: Gümüşsuyu! Natürlich, das war es. Die Dame Silberwasser war nicht mehr da, aber ihre Nachfahren. Ich ging hinein und fand einen großen, kräftigen Mann Mitte Vierzig hinter einer Theke aus Glas, die bis zum Bersten mit Silberschmuck gefüllt war, in einem winzigen Laden. Ich sah ihn an, er fragte mich, was er für mich tun könne, nachdem er sich erkundigt hatte, ob ich Englisch oder Französisch spreche. Ich hatte keinen Plan. Sagte – und sah ihm dabei direkt in die Augen –, ich interessierte mich für Amulette. Amulets! sagte er und dehnte das A über Gebühr, wie ich fand. Sagte aber dann nur: Antik oder neu? Neu und antik, antwortete ich ihm und tat geheimnisvoll, was ich so machte: hob meine Augenbrauen, kniff die Augen aber zusammen. Ich weiß nicht, aber ich spielte ein Spiel, und also dachte ich mir: Spiel es schlecht! Er griff in eine Vitrine und zog ein samtausgeschlagenes Tablett mit einem Dutzend Amuletten hervor, die meisten waren alt oder wirkten so. In gelben oder bräunlichorangenen Bernstein waren Siegel oder Koransprüche geschnitten. Ich winkte ab. Was ich wolle, habe er jetzt nicht hier, aber er wisse schon, was es sei, und ich auch, also sollten wir mit dem Versteckspiel aufhören. Ohne weiter zu überlegen, ohne das Tablett aus der Hand zu legen, sagte er nur:

– Ich kenne eines der drei Wörter. Wenn Sie auch eins haben, können wir uns austauschen, uns alles Glück der Welt wünschen und uns gegenseitig beschwören, die Finger davon zu lassen. Schreiben Sie Ihr Wort, wenn Sie eins kennen, auf einen Zettel, und kommen Sie morgen gegen elf Uhr in das kleine Café bei der Moschee in Ortaköy unter der Brücke, unter der Europabrücke.

Ich verließ den Laden und lief leicht zittrig durch den Basar. Verlor mich in Gassen außerhalb des gedeckten Basars und fand meinen Weg nicht wieder. Es war kalt und dunkel, und die meisten Läden waren geschlossen, nur hier und da schien noch Licht aus einem geöffneten Geschäft. Spärliche Beleuchtung kam von alten Straßenlaternen. Gruppen von Männern, zumeist Lastträger, standen um aufgeschnittene Ölfässer, in denen Feuer brannten, und wärmten sich. Ein merkwürdiges Geräusch ließ mich stutzen – ein Mann kniete über einem anderen, hatte ihn bei den Haaren gepackt und schlug seinen Kopf auf das Pflaster der Straße. Das trockene Geräusch des Kopfs, der auf die Steine geschlagen wurde, war markerschütternd. Zuschauer standen herum und sahen schweigend zu. Weder der Schläger noch der Geschlagene, der, wie ich an seinem Widerstand sah, noch nicht besinnungslos war, gaben einen Laut von sich. Traum! Kein Schrei. Kein Stöhnen. Nur das dumpfe Geräusch des Kopfknochens auf dem Kopfsteinpflaster. Ich hastete weiter. Durch Ladenreihen hindurch sah ich Lichter und vorbeifahrende Wagen. Ich hastete auf die Straße, hielt sofort ein Taxi an und ließ mich hinauf nach Sariyer, bis fast ans Schwarze Meer, fahren. Dort ging ich in ein Fischrestaurant. Saß auf einer Terrasse über dem Bosporus, aß, trank, wurde deprimiert. Welches Wort sollte ich diesem Mann anbieten? Würde er mir die Wahrheit geben auf seinem Kärtchen? Oder würde er mich prellen und ein Wort schreiben, das nichts bedeutete, so wie mein Wort nichts bedeuten würde? Welches nichtsbedeutende Wort, das dennoch nach etwas klang, konnte ich für ihn notieren? Es gab nur drei Wörter auf dem Amulett, wenn er der richtige Mann war, wenn er wußte, wovon ich redete, wenn er mich nicht täuschen wollte, wenn ... Ich wankte vor die Tür, ging einige Meter durch das kleine Zentrum des Stadtteils bis zur Uferstraße. In einer düsteren Kneipe auf der anderen Straßenseite trank ich noch ein Bier, spuckte auf den Sägemehlboden, um einheimisch zu sein, dazuzugehören. Was tat ich hier? Ging hinaus und ließ mich von einem Taxifahrer übers Ohr hauen, indem ich ihm nur den Namen des Hotels sagte, nicht aber den Stadtteil. Er chauffierte mich drei Stunden durch die Nacht, dabei zweimal am Hotel vorbei. Im Hotel wollte ich gar nicht sein, denn dort wäre ich allein und dem Rhythmus des Muezzins ausgeliefert. Wieso war ich hier? Welches Wort sollte ich schreiben? Der Cursor blinkte auf dem Monitor in Erwartung meiner Eingabe.

Als ich am nächsten Morgen viel zu früh in Ortaköy ankam, hatte ich noch kein Wort. Es war bedrückend, in diesem Mini-Istanbul aus vergangenen Zeiten unter der Brücke zu sitzen, die hoch oben dröhnte. Ich drehte meinen Stift in der Hand, zog dann, einer Eingebung folgend, meinen kleinen Block aus der Tasche und schrieb: Ende! Hatte nicht Tracy Scholler gesagt: »Silberwasser! Und: Das Ende! Mehr sage ich nicht!« Ich dachte noch einen Moment über das Wort nach, ließ es klingen, war zufrieden mit meiner Wahl, riß den Zettel ab, faltete ihn, steckte ihn in die Hemdtasche und bestellte statt des vierten Kaffees ein Bier. Ich gab nichts und hoffte darauf, alles zu bekommen. Es wäre jedoch nur ein Teil eines Ganzen, dessen ich habhaft werden wollte.

Jedes Detail reflektiert das Ganze. Jeder Teil meines Lebens, jede einzelne kleine Handlung ist eine perfekte Spiegelung meines gesamten Lebens. An jedem Teil läßt sich die Gesamtheit ablesen, dabei ist jeder Einzelaspekt einmalig. Perfekte Fraktale. Niemals sind zwei Handlungen identisch. Ich gehe jetzt ins Kino und sehe einen Film. Ich verlasse das Kino nach der Vorführung, gehe einmal um den Block und sehe mir den Film wieder an. Es ist nicht mehr dasselbe, der zweite wird bestimmt von meinem ersten Besuch, denn ich bin nicht mehr derselbe wie einige Stunden zuvor.

Also kann ich jede kleine Geschichte meiner Geschichte nehmen und daran mein Leben aufzeigen. Ich kann sie jedoch nicht zeitlich variieren. Was ich zu einem gegebenen Zeitpunkt mache, ist immer an diesen Zeitpunkt gebunden. Nicht vorher und nicht hinterher möglich.

Also sitze ich hier, und dieses Hiersein gibt mein gesamtes Dasein wieder, beziehungsweise es birgt mein gesamtes Sein in sich. Damit ist jede Einzelhandlung in sich unendlich und geheimnisvoll, erklärbar nur vor der endlichen Tatsache meines Lebens.

Aber warum sollte ich mir zusätzliche Probleme

machen? Betrug an diesem Mann? Konnte ich denn von seiner Ehrlichkeit und Aufrichtigkeit überzeugt sein? Ich war ihm zu nichts verpflichtet. Spieler sind Konkurrenten und gehen gegeneinander. Nicht miteinander.

Er kam genau um elf Uhr und setzte sich mir gegenüber an den Tisch. Einen Kaffee hatte er im Hereinkommen bestellt, und er stand vor ihm, noch bevor wir uns richtig begrüßt hatten. Er griff sich in die Tasche, zog eine gefaltete Visitenkarte heraus, legte sie auf den Tisch und schob sie auf mich zu. Ich gab ihm meinen Zettel.

– Übrigens mein Name ist Erdoğan Adam, sagte er.

– Nicht Gümüşsuyu, fragte ich erstaunt und erklärte ihm, warum. Er lachte bitter, dann hätte ich gewonnen. Kismet! So viel Zufall gebe es nicht. Nicht wirklich. Er entfaltete meinen Zettel, sah mich enttäuscht an, knüllte das Papier zusammen und warf es unter den Tisch.

– Sie haben nochmals gewonnen!

Ich öffnete seine Karte und las: DUENDE! und bekam eine Gänsehaut.

Nicht einmal dieses Wort hätte ich vollständig gewußt, sei nur durch seine Hilfe einen Schritt weiter, er da, wo er immer war, diese Partie gehe an mich. Ich versuchte noch einzulenken, aber er winkte ab. Nicht unfreundlich oder aggressiv, eher resigniert. Stand auf, verabschiedete sich mit einem Kopfnicken, ging zum Kellner und zahlte alles. Den Versuch, noch etwas zu sagen, brachte er mit einem Blick zum Schweigen. Er wirkte enttäuscht und niedergeschlagen. Wenn dieser Mann eine ebenso von Erwartungen geplagte Nacht hinter sich hatte wie ich, dann mußte seine Enttäuschung grenzenlos sein. Ich blieb noch, nachdem er gegangen war, las das Wort heimlich, sprach es auf alle erdenklichen Weisen aus, hatte aber keine Vorstellung, was es bedeutete, auch nicht, aus welcher Sprache es kommen könnte, obwohl ich vermutete, daß es aus dem Türkischen stammte. Ging schließlich in ein kleines Restaurant, aß und schlenderte fast entspannt zum Hotel zurück.

Dort überlegte ich, wo und wie ich mehr über dieses Wort erfahren könnte. Ich war leer, ich hatte mir von der Kenntnis dieses Wortes viel versprochen, was, das wußte ich selbst nicht genau. Was kann man sich von einem Wort versprechen? Es war da als reines Klanggebilde, das heißt, eigentlich nicht einmal als das, denn da ich nicht wußte, aus welcher Sprache es kam, konnte ich es auch nicht richtig aussprechen. Türkisch war es nicht. Ich hatte mein Wörterbuch bereits befragt. Aber auch das war nicht sicher, denn vielleicht war es ein seltenes Wort dieser Sprache und darum nicht aufgeführt. Da kam mir die Idee, zur Universitätsbibliothek zu fahren und in anderen Wörterbüchern nachzuschlagen. Ich wiederholte das Wort so oft, sprach es leise aus, bis es seine Form verlor und sich verinnerlichte, Teil von mir wurde und dabei völlig unbesetzt blieb. Aber Wörter sind gefährlich. Wörter machen Schicksale, sie manipulieren unsere Gefühle und Gedanken. Selbst dieses Ding, denn mehr war es ja nicht für mich, selbst dieses Ding begann ein Eigenleben in mir zu entwickeln, es war gefüllt mit einer riesigen Menge von Erwartungen. Obwohl ich noch nicht wußte, was diese sechs Buchstaben, diese drei Silben bedeuteten, war mir doch klar, daß ich Großes erführe, würde ich seine Bedeutung entschlüsseln. Allerdings konnte ich nur auf drei Silben schließen, weil ich voreilig die mir bekannten Sprachen voraussetzte. Vielleicht hatte es aber nur eine Silbe, vielleicht war es eine Transkription aus einer orthographisch ganz anders dargestellten Sprache, aus einer Sprache, die schriftlich nicht existierte. Dann würde ich seine Bedeutung nie erfahren.

Mein Taxi blieb in einem Stau stecken. Ich zahlte und lief bis zur Universität, zu ungeduldig, im Taxi zu sitzen und länger zu warten. Im Leseraum der Bibliothek setzte ich mich dorthin, wo die Wörterbücher standen, und begann mit dem Türkischen. Da war es nicht. Deutsch schloß ich aus. Griff zum französischen Wörterbuch. Sprach es, noch während ich durch den Buchstaben D glitt, französisch aus und stellte fest, daß es im Französischen nur zwei Silben hätte. Ohne Erfolg. Italienisch. Kein Eintrag. Niederländisch. Nichts. Arabisch. Nein. Spanisch. Spanisch. Duende. Da stand das Wort. Meine Hände zitterten, aber meine Erwartungen wurden nicht erfüllt. Ich las: duende m Kobold m; hay -s es spukt.

Ich las den Eintrag immer wieder, bis er mir im Kopf spukte, aber ich konnte nichts damit anfangen. Wieder gab es nur zwei Möglichkeiten: entweder die Sache und die Suche hier und jetzt abbrechen; oder weitergehen. Binäre Entscheidungen. Ich dachte an Josef. Verwarf den Gedanken, war ehrlich genug, mir einzugestehen, daß es schon lange nichts mehr mit ihm zu tun hatte. Hier war ich in eigner Mission.

Immerhin hatte ich, auch wenn die Bedeutung mir nichts sagte, die korrekte Aussprache gefunden, und so spielte ich auf dem Weg zum Hotel mit dem Wort und rollte es in meinem Mund herum: el duende, hay duendes, el duende, hay duendes ...

Im Hotel rief ich ein Reisebüro an und buchte für den Abend einen Flug nach Barcelona.

Es war ein merkwürdig irritierendes Gefühl, mit einem Wort, nichts als einem Wort, zu reisen und nicht zu wissen, was es bedeutete, wohl aber zu ahnen, daß wegen dieser drei Silben bereits ein Mensch gestorben war, wer weiß, wie viele schon vor ihm, wie viele in Zukunft. Vielleicht hatte es mit dem Tod zu tun. Aber wie sollte ich mir dieses Amulett, bestehend aus zu drei Wörtern verwobenen Fäden, vorstellen? Vielleicht würde man die Wörter nicht einmal lesen können, wenn das Amulett vollendet war? Vielleicht existierte es nur im Inneren der Fäden, in diesem Text aus Teilen, von denen ich nicht einmal wußte, woher sie kamen oder aus welchem Material sie waren. Der Grammatiker in mir blitzte auf. Durch das Wörterbuch hatte ich nicht nur die Phonologie des Wortes, die materielle Seite des Sprachkörpers, ich hatte auch seine syntaktischen Möglichkeiten. Ich konnte mit diesem Wort Sätze bilden, die mir jedoch nichts bedeuteten, da mir die Semantik fehlte. Ich war ein Stück vorangekommen. Ich suchte Bedeutung, nicht mehr nur Klangkörper. Ich brauchte Hilfe. Mußte mit jemandem darüber sprechen.

Höchstens acht oder neun waren wir, als wir mit dem Leichtathletikclub für ein Wochenende in ein Trainingslager aufs Land fuhren. Gassner saß im Bus allein vorn neben dem Fahrer: Ihm wurde schlecht, wenn er hinten saß, wo wir anderen waren, da mußte er sich übergeben. Gassner war nie sportlich, und alle seine Versuche, beim Laufen, Weit- oder Hochspringen mitzuhalten, waren grotesk. Er wußte das und drückte sich immer. Die anderen hänselten ihn und zogen ihn auf. Wenn wir Fußball oder Handball spielten, wollte ihn keiner, und er blieb bis zum Ende übrig und mußte von einer Mannschaft genommen werden, die ihn dann aufstellte, wo er keinen Schaden anrichten konnte. Stand er im Tor, duckte er sich vor den Bällen weg. Beim Handball wurde oft vorher verabredet, ihn ins Tor zu stellen, und dann spielten wir nicht Handball, sondern Gassner-Abschießen. So war es auch in der Schule, aber da fehlte er meistens beim Sport, bekam anfangs von seiner Mutter, später von seiner Großmutter, Tante oder Schwester Entschuldigungen. Immerzu stand er linkisch herum oder rannte mit, und wurde er doch einmal angespielt, verpatzte er es.

In diesem Lager waren alle anderen ein fest zusammengeschweißter Haufen. Es war zu der Zeit, als wir das, was wir für Sexualität hielten, zum er-

sten Mal für uns entdeckten. Gassner saß abseits und las. Las in einem Trainingslager! Irgendwann riefen wir ihn zu uns und sagten ihm ein magisches Wort: Camelia! Und lachten hinterhältig. Er sah uns an, und es war offensichtlich, daß er nicht wußte, was das Wort bedeutete. Wir selbst hatten auch nur vage Vorstellungen von dem, was es hieß, nur daß es etwas in jenem dunklen Bereich unserer Mütter und älteren Schwestern darstellte, war uns klar. Wir lachten ihn aus. Gassner wurde wütend. Einen nach dem anderen machte er sich an alle heran und wollte wissen, was dieses Wort bedeutete. Wir schlossen ihn bewußt aus und machten uns lustig über ihn, nannten ihn einen Idioten.

Plötzlich war Gassner besessen. Er mußte wissen, was dieses Wort bedeutete, schlug sich sogar mit einem der Jungen, als der ihm die Information mit herablassender Überheblichkeit verweigerte. So hatten wir Jens noch nie gesehen. Wie ein Wilder ging er auf diesen Größeren los und schlug ihm mitten ins Gesicht, daß ihm Blut aus der Nase floß. Kam sogar davon, denn der andere war so überrascht über diesen unvermittelten Ausbruch, daß er sich nicht wehrte. Die Bedeutung des Wortes teilte ihm dennoch niemand mit. Auch noch nach dem Wochenende im Trainingslager versuchte er alles, um es zu verstehen. Als er dann eines Tages auf eine Gruppe von uns zukam und uns die Erklärung des Wortes mit rotem Kopf entgegenschleuderte, hatten wir das Interesse daran längst verloren. Ließen ihn auflaufen und schlossen ihn dadurch erneut aus, denn wir hatten inzwischen heißere Wörter.

Gassner gehörte einfach nicht dazu. Später gab er es auf sich anzubiedern und blieb allein. Meine gelegentlichen Aufwallungen von Mitleid hielt er für Beweise von Freundschaft. Interessant war, daß er sich bei seinen Nachforschungen über die Bedeutung jenes ominösen Worts eigentlich zum ersten Mal für etwas zu begeistern schien.

Mit Wörtern würde man ihn packen können, das war mir klar.

Am Flughafen in Barcelona mietete ich einen Wagen und fuhr, ohne mich weiter aufzuhalten, ohne zu essen oder auch nur an Essen zu denken, direkt ins Kloster Santas Creus, ein Zisterzienserkloster in den katalonischen Bergen südlich von Barcelona in der Provinz Tarragona. Unter den Benediktinern wohnte hier ein portugiesischer Jesuit, Lanza del Vasto, ein Bekannter von mir. Wir sahen uns nicht oft, kannten uns auch nur flüchtig. Aber er schien mir jetzt der einzige Mensch, der mir helfen konnte, der einzige auch, mit dem ich reden, dem ich alles erzählen wollte und konnte, was ich in diesen letzten Tagen erlebt hatte. Seine Geschichte kannte ich nur zum Teil, warum er hier lebte, als Jesuit unter Benediktinern, erzählte er mir nie. Ich hatte aufgegeben, ihn danach zu fragen. Wir schrieben uns gelegentlich, und wenn ich in der Nähe war, besuchte ich ihn, und wir gingen im Garten des Klosters aus dem zwölften Jahrhundert spazieren oder besuchten eines der Konzerte, die im Sommer im großen Saal stattfanden.

Ich kam weit nach Mitternacht in Santas Creus an. Niemand öffnete mir, nicht einmal der Pförtner kam, um mich abzuwimmeln. In einem Hotel in der Nähe nahm ich ein Zimmer. In dieser Nacht träumte ich von geometrischen Figuren, von Dämonen und Teufeln. Erwachte und lag klatschnaß und frierend in meinem Bett und sah noch im Aufwachen die Zahl drei. Es war fünf Uhr. Ich horchte auf alle Geräusche und schlief nicht eher wieder ein, bis ich einen Hahn hörte und fahles Tageslicht in mein Zimmer fiel. Als ich endlich aufwachte, schlugen die Glocken zehn. Ich fühlte mich gerädert. In der Bar des Hotels nahm ich einen Kaffee, aß ein wenig Gebäck und ging dann hinüber zu dem inzwischen weit offen stehenden Tor des Klosters.

Den Mönch fand ich in der Bibliothek. Hier verbrachte er die meiste Zeit, las in den alten Handschriften und schrieb. Ansonsten verrichtete er im Kloster niedere Tätigkeiten wie Garten- oder Putzarbeit. Gelegentlich half er auch in der Küche aus. Nur er würde mir sagen können, was es mit dem Duende und dem Amulett auf sich hatte.

Er saß vor einer dicken Handschrift. Winkte, als er mich sah, und deutete nach draußen. Ich setzte mich auf eine der steinernen Bänke und genoß die Ruhe dieser Umgebung. Wie immer, wenn ich hier war, wünschte ich mir, auch so zu leben. Die Realität meines Alltags strafte diesen Wunsch Lügen.

Ich hatte an jenem Morgen nichts anderes als diese drei Silben mit ihren sechs Buchstaben gedacht, sie multipliziert, dividiert, exponiert, addiert, subtrahiert; all das in einem Klangnebel, der sich aus den Silben zusammensetzte. Ich war so überreizt, daß ich mich nicht bei Begrüßungsformeln aufhielt, sondern sofort das herausbrachte, was seit gestern meinen Kopf eingenommen hatte. Verhaspelte mich, sprudelte über, sagte: Duende, redete vom Amulett. Er hielt mich fest und brachte mich durch Schütteln zum Verstummen. Befahl mir dann, der Reihe nach zu erzählen. Und ich gab ihm die ganze Geschichte, von Josefs Tod, alles. Schließlich dann mein Hilferuf, die Frage nach der Bedeutung des Kobolds, der mir nicht aus dem Kopf gehen wollte.

– Kobold, sagte er. Kobold, nichts sonst. Kobold.

Ich lachte, sagte, dafür sei ich nicht von Istanbul zu ihm gekommen, das könne ich in jedem Wörterbuch nachschlagen. Und wenn es schon Kobold heiße, dann solle er mir sagen, was es bedeute. Kobold, sagte er wieder, nichts als Kobold.

– Paß auf! Er hielt einen vorbeigehenden Padre an und fragte ihn nach der Bedeutung von Duende. Kobold, sagte der, so kleine Männchen. Aber das ist Kinderkram, meinte er und lachte.

Ich war außer mir. Entweder hatte mich der Silberwarenhändler in Istanbul doch hereingelegt, wie ich ihn, oder del Vasto verulkte mich, oder ich selbst hielt mich zum besten. Ein letztes Mal beschwor ich ihn, mir die Wahrheit zu sagen. Lange sah er mich an, stand dann auf und führte mich in eine Ecke des Kreuzgangs.

– Laß die Finger davon, es ist nicht ungefährlich.

– Also gibt es doch etwas, das du weißt, triumphierte ich. Und ich bat ihn, mir alles zu sagen.

– Es ist sehr kompliziert, begann er seine Geschichte, ich muß weit ausholen. Du kennst die Ruine des Kartäuserklosters Scala Dei? Es wurde drei Jahre nach Santas Creus von Alfonso I. von Aragon gebaut. Niemand weiß genau, warum es so schnell nach seiner Fertigstellung verfiel, später wieder aufgebaut wurde, um dann nochmals zu verfallen und in diesem Zustand bis heute zu verharren. Es gibt ein Geheimnis, dessen Umstände ich dir nicht zu berichten brauche, denn sie tragen nicht zum besseren Verständnis der Zusammenhänge bei. Nur so viel solltest du wissen, es ist kein Zufall, daß es in Trümmern liegt. Du kennst es gut, damals, als ich das Kloster noch verließ, waren wir da und haben Spaziergänge gemacht. Ich habe sehr viel Zeit dort verbracht, vielleicht mehr, als gut für mich war, immerhin habe ich gelobt, dieses Kloster hier nie mehr zu verlassen, und das werde ich auch nicht. Ich will auch, habe ich gerade beschlossen, meinen Bericht hier abbrechen.

Er hob abwehrend die Hände, als ich mich beschwerte. Wenn ich mich auf den gefährlichen Weg machte, solle ich vorsichtig sein, ruhig und umsichtig und vor allem geduldig. Ich solle zur Ruine von

Scala Dei fahren, dort vom Drahtverhau aus, der das Gelände einzäune, geradeaus gehen, vorbei an der Kirchenruine, durch einige Häuser steigen und fände dann, mich links haltend, ein kleines rechteckiges Becken. Die Zisterne. Ich erinnerte mich genau, es war ein in eine Ecke gebautes, vielleicht zweieinhalb mal fünf Meter großes Becken von unergründlicher Tiefe. Auf dem Wasser trieb Wasserpest, der Boden war nicht zu sehen, nur manchmal, wenn eine leichte Brise die Oberfläche kräuselte und Sonnenlicht hineinfiel, konnte man ihn in smaragdener Dunkelheit ahnen. Die Fülle der verschiedenen Grüntöne war berauschend. Überwachsen war das Becken von Bougainvillea, und die purpurnen Blütenblätter trieben auf dem Wasser zwischen der hellgrünen Wasserpest. Es war ein Ort, unheimlich zwar, aber so schön, daß man gebannt dort stand und sich nicht losreißen konnte. Darin zu schwimmen, hatte ich nie gewagt, und die bloße Vorstellung, in dieses bodenlose grüne Loch zu tauchen, versetzte mich in Panik. Außer dem Plätschern des einfließenden Wassers hörte man nichts. Der Abfluß war still. Durch den ständigen Durchfluß war das Wasser klar, aber der Blick nach unten verlor sich in grünen Untiefen.

– Du weißt, daß Millais hier sein Bild Ophelia gemalt hat, und Redon hat seine Ophelia auch hier gemalt. Die Ähnlichkeit der beiden Bilder ist ganz offensichtlich, und keiner hat vom anderen abgemalt. Es ist der Ort. Beide haben ihre Modelle mitgenommen, natürlich, wie sie alle ihre Modelle mitnahmen, aber es ist nie klargeworden, ob sie tatsächlich in dem Becken schwammen oder ob sie sie nachträglich hineinmalten. Das Wasser ist kalt. Sehr kalt. Paß auf, darum geht es. Was ich dir jetzt sage, klingt abenteuerlich, aber es ist die Wahrheit.

Er sah mich an.

– In Scala Dei liegt ein Geheimnis, und es ruht noch heute dort. Für dich ist nur ein Aspekt interessant, den steuere ich bei, ich habe ein Manuskript geschrieben, ein Buch über die Figur des Judas. Dieses Buch ist mitverantwortlich für mein Hiersein. In diesem Buch beschäftigt sich eine Stelle mit Amuletten, sie ist jedoch nicht mehr darin enthalten, sondern wurde vor dem Druck von mir herausgenommen. Niemand außer mir hat diesen Text je gelesen. Es ist nur eine Seite, und ich habe sie, weil ich den Ort so sehr schätze und die Seite nicht vernichten wollte, in jenem Becken versteckt. Wenn du genau um zwölf Uhr an der freien Ecke des Beckens stehst, alle anderen drei Ecken stoßen, wie du weißt, an die Mauer, fällt ein Sonnenstrahl an der Turmruine vorbei ins Becken. Genau dort, wo er auf die Seitenwand trifft, findest du in der Wand eine kleine Nische und darin in Plastik verschweißt die fehlende Seite aus meinem Manuskript. Lies sie, steck sie wieder zurück. Ich will, daß sie dort ist. Es ist ein Aberglaube, dessen ich mich schämen sollte, aber ich will, daß sie dort ist.

– Aber jetzt, sagte er und lächelte, wollen wir gehen und einen Kaffee trinken. Lies, und du wirst mehr verstehen, alles kann ich dir nicht mitteilen, ich weiß es selber nicht. Komm! Und schau nicht so besorgt, mach es allein, nimm niemanden mit, aber fürchte dich nicht, es wird dir nichts geschehen, das Becken ist harmlos, nur kalt. Für heute ist es zu spät, beruhige dich! Komm, gehen wir.

Er erwähnte das Schriftstück nicht mehr und fragte mich statt dessen nach meinem Leben aus. Versuchte ich, ihn doch wieder auf das Thema zurückzubringen, hob er die Augenbrauen und redete da weiter, wo ich ihn unterbrochen hatte. Er bot mir an, im Kloster zu übernachten, aber ich mochte die Atmosphäre in einem Kloster noch nie und lehnte ab, verabschiedete mich, versprach mich zu melden, sobald ich mehr erfahren hätte, mußte das aber sofort zurücknehmen und ihm versprechen, ihn mit dem Thema nicht mehr zu behelligen. Er habe zuviel Zeit in seinem Leben mit diesen Chimären verbracht.

Ich war zu aufgeregt, um am Ort zu bleiben. Meine Sachen waren gepackt, und ich fuhr nach La Morera de Montsant, überragt von der Sierra, nicht weit von Scala Dei entfernt. Von dort konnte ich zu Fuß bis zur Ruine des Klosters gehen – ein Fußweg von nicht mehr als fünf Kilometern – oder mit dem Wagen auf einer Piste durch die Weinberge des Priorato bis zum Kloster fahren.

Die Nacht, schlaflos. Panik befiel mich bei der Vorstellung, ins Becken der Ophelia einzutauchen. Wenn ich mich gehenließ, um den Schlaf zu finden, den ich brauchte, merkte ich, wie mein Herz deutlicher hörbar wurde, wie es sich in mein Gehör, in mein Bewußtsein schlich, bis in mir nur noch mein Herz dröhnte, es war kein Schlagen, das ich hörte, es war wie ein dumpfes Rollen, das ich spürte. Hören wurde zu Fühlen. Gewaltsam riß ich mich in den Wachzustand zurück, das Herz wurde mir leiser, ich driftete in Schlaf ab.

In der Nacht träumte ich von Löwen. Sie waren hinter mir her. An mehr erinnerte ich mich am Morgen nicht mehr. In der Nase hatte ich noch den Geruch von Aas und Blut und Wild.

Es war der erste Löwentraum.

Ich muß in der Nacht geschrien haben, denn meine Wirtsleute sahen mich an jenem Morgen merkwürdig an. Ich zahlte, frühstückte nicht, sondern ging mit schamgesenktem Kopf zu meinem Wagen und fuhr nach Scala Dei.

Zwei Stunden vor der von Lanza del Vasto angegebenen Zeit war ich da, hatte eine Tasche mit einem großen Handtuch umgehängt und verhielt mich unauffällig, für den Fall, daß ich jemanden dort treffen sollte, obwohl um diese Zeit nur wenige Touristen unterwegs waren und die Einheimischen diesen Ort nicht besuchten. Ich ging zum Becken. Die gesamte Wasserfläche war von Wasserpest überwuchert. Mich schauderte vor der grünen Dunkelheit unter Wasser. Wenn die Wasseroberfläche opak war, würde kein Sonnenstrahl bis an die zu bezeichnende Stelle dringen. Auch war es fraglich, ob die Sonne heute zur angegebenen Zeit einen Strahl in meine Richtung schicken würde. Schwere Wolken trieben über den Himmel, und nur gelegentliche blaue Fetzen gaben die Sonne frei. Brach sie durch, wärmte sie wohltuend. Verschwand sie wieder hinter den Wolken, wurde es eisig. Schwarz zeichneten sich einige Pinien und Zypressen weiter oben am Berg gegen den Himmel ab. Die anderen Bäume waren kahle graue Ziselierungen vor eingefallenen romanischen und barocken Fassaden, dem abweisenden Himmel. Ich begann die grüne Pflanzenschicht mit einer schaufelartig gefalteten Zeitung abzutragen. Nach vielleicht fünfzehn Minuten hatte ich genug abgehoben, um die Wände sich in der Tiefe verlieren zu sehen. Ich rechnete mir aus, wo der Sonnenstrahl ungefähr auf die Wand treffen würde, und erinnerte mich daran, wie oft ich in den letzten Jahren hier gestanden und in das Becken gesehen hatte, Münzen für geheime Wünsche über meine linke Schulter hineingeworfen, gespuckt, den Finger, nie die ganze Hand vorsichtig hineingesteckt hatte, um die Temperatur zu fühlen, ohne zu wissen oder zu ahnen, daß hier ein Geheimnis verborgen war, dem ich irgendwann einmal auf der Spur sein könnte.

Der Sonnenstrahl mußte zwei oder drei Meter unterhalb des Einlaufs den Punkt auf der Wand markieren, den ich suchte. Ich spähte auf die Wand. Alles war mit grünlichem Schleim überwachsen, vor dessen Anblick es mich bereits ekelte, geschweige denn bei seiner Berührung. Ich ging weg, es blieb mir noch fast eine Stunde. Warum bin ich nicht gleich hineingetaucht? Ich hätte es finden können, aber meine Angst war zu groß. So hielt ich mich an die Regeln. Ich ging die Anhöhe einige Meter hinauf und setzte mich auf einer kleinen Mauer in die Sonne. Nach dem Bergen des Schriftstücks wollte ich essen, dicken schweren Wein trinken, bis ich schliefe. Ruhig!

Windstille. Kein Geräusch. Ich war allein, und nicht einmal ein in der Ferne vorüberfahrender Wagen war zu hören. Dennoch fühlte ich mich nicht allein, ich fühlte mich beobachtet. Vielleicht hing es mit dem Entsetzen bei der Vorstellung zusammen, gleich in dieses Becken zu müssen; dort ausgeliefert zu sein machte mich krank.

Als ich gegen Viertel vor zwölf zur Zisterne zurückkam, schien die Sonne bereits am Turm der Ruine vorbei, und einzelne Strahlenbündel bohrten sich ins Becken. Umgehend zog ich meine Kleider aus, orientierte mich an den Strahlen und versuchte ihrem Lauf zu folgen. Sprang nicht, ließ mich in die grüne Kälte gleiten, nachdem ich mich vorher ein wenig durch Abreiben der Hand- und Fußgelenke abgekühlt hatte. Die Luft blieb mir weg, als ich schwamm, ich wollte nicht am Rand sein, der Ekel vor den schleimigen Wasserpflanzen und Algen war zu groß. Holte tief Luft und tauchte ab an den Punkt, wo die Sonnenstrahlen diffus auf der Wand spielten. Hier mußte ich in den wuchernden Schleim fassen, und ich kratzte ihn mit einem Taschenmesser vom Gemäuer ab. Über mir sprudelte das frische Wasser ins Becken. Nichts. Ich stieg auf, holte Luft und tauchte zurück. Nach dreiviermaligem Auf- und Abtauchen fand ich schließlich einen Schlitz, aus dem ein kleiner Stein vorsprang, ich zog ihn heraus, und in einer Höhlung dahinter lag ein Bündel Plastik. Ich griff es, nahm Stein und Bündel mit nach oben, warf sie auf den Rand und schwang mich, vor Erleichterung und Kälte mich schüttelnd, ebenfalls aufs Trockene, frottierte mich sofort ab und zog mich an. Nahm das Plastikbündel, trocknete es und ging zum Wagen. Erst im Herausschwingen hatte ich einen milden Sog an meinen Füßen gespürt. Aber vor Ekel dachte ich nicht darüber nach.

Eingeschweißt fand ich tatsächlich die Seite eines handgeschriebenen Manuskripts. Ich erkannte Lanzas Schrift. Hastig überflog ich den Text, doch schon jetzt staunte ich. Einmal im Wagen, begann ich, ihn abzuschreiben, ohne ihn jedoch zu verstehen. Er lautete:

Judas gestaltete seinen Text nach der Art der babylonischen Amulette, bemüht, ihn mit Gehalt anzureichern, indem er beharrlich die gleichen Buchstaben wiederkehren ließ, die, wie jeder weiß, wie Schlüssel aussehen und in der Tat die Schlüssel des geheimen Sinns jeder Sprache sind. Dies Werk gelang ihm vortrefflich, so daß er der gewöhnlichen Bedeutung mehr als vierzig weitere Bedeutungen hinzuzufügen vermochte.

Um sie zu enträtseln, mußte man, gleich wie das Auge die Sterne am Firmament zu Bildern zusammenfaßt, die bald den Rücken eines Bären, bald einen Wagen mit hochgestellter Deichsel ergeben, bestimmte Buchstaben im Schriftkörper verbindend gliedern nach Dreiecken, Rauten, Fünfecken, in Gruppen zu dritt, zu sieben, zu zwölf oder nach der Gestalt des Phallus. Wenn man sodann von oben nach unten entlang der Mittelachse buchstabierte, entdeckte man eine abscheuliche Gotteslästerung, im Fleisch des Textes verborgen wie ein Skelett; und im Zentralkreis entdeckte man die Zeichen des Wortes Bohobo, dessen Bedeutung nur Judas auszukosten vermochte.

Judas war sich bewußt, daß er dank diesem Schriftstück, welches den Zauber der Zahl, den Trug der Figur und die Bannkraft des Buchstabens miteinander verquickte, die Heiligkeit seiner Idee beträchtlich erhöht hatte, daß er ein magisches Werkzeug in Händen hielt, einen höchst furchtbaren und kostbaren Gegenstand.

Ich konnte vor Enttäuschung nicht an mich halten und schlug mit der geballten Faust aufs Lenkrad. Das war nicht, was ich erwartet hatte. Keine Silbe sprach vom Duende. Die einzige Hoffnung, die ich hatte, war, daß im Fleisch des Textes das Skelett der Information verborgen war, die ich suchte. Bestenfalls Bohobo fand ich, aber damit addierte ich nur zum Duende ein neues dreisilbiges unbekanntes Wort, dessen Bedeutung wahrlich nur Judas auszukosten vermochte. Wieder einmal blieb ich außen vor. Hatte zwar mehr Informationen, aber besaß wieder nur leere Silben. Ich war nicht Judas.

Einschweißen konnte ich das Schriftstück nicht wieder, ich faltete den Beutel mehrmals, wickelte ein Gummiband darum und hoffte, daß kein Wasser eindringen würde, denn dann wäre der Text unweigerlich zerstört worden. Mit Papier und Stein ging ich zum Becken zurück. Widerwillig zog ich mich aus und glitt ins Wasser. Der Sog war jetzt so stark, daß ich das Gefühl hatte, hinabgezogen zu werden. Dann riß es an mir, und tiefer und tiefer wurde ich in das grüne Loch gesogen. Mit übermenschlicher Anstrengung gelang es mir, mich gegen den Sog zu stemmen und nach oben zu kommen. In meiner Panik war das Oben zu einem winzigen Viereck geworden, ein hellgrünes Licht in einem irisierenden Malstrom. Was ich in Händen hielt, entglitt mir, der Stein und das Bündel fielen und wurden nach unten gesogen. In meinen Schläfen hämmerte das Blut, meine Lungen schmerzten. Ich schwamm, aufwärts, aufwärts, bis ich mit einem Satz aus dem Wasser schoß, noch im Auftauchen die ganze Luft einsaugend, die ich zum Überleben brauchte. Einer Ohnmacht nahe lag ich, die Beine im Wasser, auf der Umrandung.

Als ich endlich aufstehen konnte und mich anzog, lag das Becken wieder friedlich da wie zuvor, und aus seinen Untiefen strahlte es grün.

Zitternd ging ich zum Wagen zurück. Die Fahrertür war angelehnt. Das Auto war aufgebrochen worden. Auf den ersten Blick fehlte nichts. Bei näherem Hinsehen jedoch fand ich, daß man das Blatt aus meinem Notizbuch herausgerissen hatte, auf das ich den Text kopiert hatte. Daß ich es zitieren kann, verdanke ich der Tatsache, daß ich, weil mir so kalt war, mit dem Stift härter aufgedrückt hatte als gewöhnlich, dadurch war der gesamte Text auf dem folgenden Blatt erhalten. Mit einem Bleistift machte ich eine Frottage und erhielt den Text des del Vasto im Negativ.

Ich war beobachtet worden. Es kamen nur drei Personen oder von diesen Entsandte dafür in Betracht. Tracy Scholler, Erdoğan Adam und Lanza del Vasto wußten von meiner Suche. Den Mönch schloß ich aus. Warum sollte er seinen eigenen Text stehlen? Auch zog ich Randpersonen wie den Wirt auf Malabar Street nicht in Erwägung. Blieben die Amerikanerin und der Türke. Nur sie wußten Bescheid und waren Mitspieler um das Amulett. Andererseits bestätigte mir die Observation, daß etwas an der Sache war und ich keiner Chimäre hinterherjagte. Tracy Scholler war weit entfernt. In Singapur. Aus meiner Reise durch das türkische Wörterbuch wußte ich, daß Erdoğan Adam erstgeborener Mann bedeutete. Hatte er mich beschatten lassen, oder war er es selbst? In welcher Beziehung stand sein merkwürdiger Name dazu? Holte er sich zurück, was er mir gegeben hatte auf dieser Jagd nach Wörtern?

Irgendein Selbstmord kommt für mich nicht in Frage, sagte Gassner. Die Beweggründe, aus denen heraus Menschen es tun, übertreffen noch die Absurdität ihrer langweiligen Existenzen. Zum Schreien!

Darauf brauchte ich nicht zu warten. So verschwände er nicht aus meinem Leben.

Ich fuhr direkt nach Barcelona, gab den Wagen zurück und mietete mich im Hotel del Jardin an der Plaça del Pi in der gotischen Altstadt ein. Es war kalt und feucht, die Tage oft grau. Vorfrühling in Barcelona. Ich beschloß, auf unbestimmte Zeit zu bleiben, hoffte, in Barcelona mehr über das Duende zu erfahren. Ich war zu dem Schluß gekommen, daß ich mich zunächst auf dieses Wort konzentrieren sollte. Wenn im Kleinen das Große enthalten ist, wenn Fraktale das Ganze repräsentieren, dann durfte ich mich nicht verzetteln, dann lag der Schlüssel zum Geheimnis des Amuletts und damit zu Josefs Tod wahrscheinlich schon in der Bedeutung des Wortes Duende. Vielleicht sogar in jeder Silbe. Ich konnte mir diese Bedeutung nur hier erschließen. Nach Deutschland zurückzukehren, fand ich sinnlos. Dort war nichts, was damit zu tun hatte. Deutlich wurde mir auch, daß mein Leben dort zu einem Ende gekommen war.

Mein Alltag in der Stadt verlief eintönig. Ich versuchte mir eine feste Routine zu schaffen, aber wo sollte ich beginnen? Wie eine Routine um ein Nichts bauen? Ich nahm Kontakt zu einigen Computerfirmen und Consultingagenturen in Deutschland und in der Stadt auf und begann wieder an Systemen zu basteln, denn nicht nur war es gut, Geld zu verdienen – es beruhigte mich –, ich wollte und mußte mich von dem meinen Kopf beherrschenden Thema ablenken. Zunächst ging es gut, ich arbeitete an kürzeren Programmen, dachte über Grammatik nach. Aber die Arbeit hatte sich verändert. Meine Perspektive war nicht mehr dieselbe. Ich begann, Grammatik, Regelsysteme im allgemeinen mit anderen Augen zu sehen. Auch dachte ich schon lange nicht mehr an mein Leben in Deutschland. Das Gespenst der Langeweile hatte sich verzogen. Ich fühlte mich wohl. Versuchte, Ruhe in mein Leben zu bringen durch die Gleichförmigkeit einer Tätigkeit, die mir mit jedem Tag weniger bedeutete.

Da ich mich nur in meinem Hotel oder in seiner unmittelbaren Nähe aufhielt, lernte ich schnell die Leute der Gegend kennen, was mir besonders am Anfang sehr angenehm war, denn ich fühlte mich allein und ausgelaugt. Wahrscheinlich habe ich nie in meinem Leben mehr Leute gekannt als in jenen Wochen. Nach einiger Zeit jedoch fiel mir auf, daß die Menschen, die ich kennenlernte, sich mit merkwürdigen Dingen beschäftigten, mit seltsamen Theorien, daß sie ständig über die Beschaffung von

Geld sich Gedanken machten. Egal wie. Jedes Mittel war recht. Daß sie in Vorhaben verstrickt waren. Auf der immerwährenden Suche nach Großem. Auf sie alle schien ich wie ein Magnet zu wirken. Jeder, der eine Idee hatte, kam zu mir, um sie mir zu erzählen.

Es begann harmlos. Ich saß morgens entweder in der Chocolatería und frühstückte und las, oder ich war im Café auf dem Platz und trank Wein und aß saure Fische. Zwischendurch machte ich kurze Gänge durch die Stadt oder hielt mich in meinem Zimmer auf, arbeitete an meinen Programmen oder stierte an die Decke und dachte nach, wie es weitergehen sollte. Keine aufregenden Sachen. Noch vor einigen Monaten hatte ich über Langeweile geklagt? Ich konnte es mir kaum mehr vorstellen. Aber ich erinnerte mich an meine Gespräche mit Josef, bevor wir Partner geworden waren. Freundliche Gespräche. Josef verlangte immer von mir, daß ich handelte. Ich sei ihm zu lethargisch, zu wenig beweglich.

– Bloß weil du vier Kinder in die Welt gesetzt hast, bist du doch noch nicht beweglicher als ich! Oder? Das ist doch wohl kein Zeichen von Flexibilität, sondern kranker Fortpflanzungswahn!

– Ja, ja! Ich weiß! Und trotzdem liegst du hier und schreibst Grammatik und aalst dich in den Regeln und freust dich wie ein Kind, wenn du eine geringfügige Abweichung gefunden hast, die du dann in einer neuen Regel bändigen kannst, und wenn du dich mal umschaust, hat die Sprache schon lange weitergelebt, und die Regel, die du gerade entwickelt hast – als große Errungenschaft – gehört zum alten Eisen.

– Und was lernen wir daraus?

– Wir lernen daraus, daß du mal vor die Tür gehen sollst, damit du dich umtust unter den Leuten, die das tun, womit du dich den ganzen Tag theoretisch beschäftigst!

– Handeln soll ich? Handeln bedeutet lügen.

– Wo hast du das denn gelesen?

– Egal wer das geschrieben hat. Und sowieso erschiene es dir wohl eher sonderbar, wenn ich tatsächlich … Wie kann denn dieses kleine schmale rothaarige Kerlchen, würdest du dich fragen, jemals an Handlung denken? So einer wie ich. Oder? Den Handelnden hat man dir ja oft genug beschrieben. Der ist eben eine Nummer größer als ich. Hat vielleicht einen Bart. Und jetzt lächelst du sogar.

Meine Gespräche mit Josef.

Jetzt lebte ich beschaulich in den Frühling hinein und versuchte herauszufinden, wie es weitergehen sollte. Zeit glitt. Die Blumenrambla prangte in Farben. Wirkliche hatten die getrockneten oder falschen Blumen abgelöst. Frühling eben. Zeit der Straßencafés. In dieser neuen Umgebung fühlte ich mich wohl. Ich meine nicht nur die räumliche Umgebung, sondern die emotionale. Ein wenig Angst hatte ich davor, mich zu verlieren. So wie ich Angst davor hatte, zuviel zu trinken. Die Kontrolle sollte immer bei *mir* bleiben. Aber durch meine veränderten Lebensumstände stellte ich mir täglich unter Beweis, daß ich eben nicht der Langweiler war, als den man mich ansah. Manchmal wünschte ich mir, sie hätten mich sehen können: die aus dem Reisebüro, Josefs Frau, alle. Josef! Schwer gemacht wurde mir das Leben nur durch die Menge derer, die mir ihre Geschichten erzählten, ihre Pläne, ihre Jobs, mit denen sie das große Geld machen wollten. Ihre Leben. All das war mir zu modern. Da war besonders einer, ein Amerikaner. Das Leben und wie man Geschäfte machen kann. An einem Morgen spürte er mich in der Chocolatería auf und brüllte mir unter dem Siegel der strengsten Verschwiegenheit das Neueste entgegen. Warum er Vertrauen zu mir hatte? Ich weiß es nicht, wahrscheinlich, weil ich mich weniger als jeder andere zu interessieren schien, weil er es mir also schmackhaft machen mußte, weil er, wenn ich – durch demonstriertes Gelangweiltsein mich auszeichnend – begeistert auf eines seiner aussichtslosen Projekte reagierte, ein gemachter Mann wäre. Vielleicht stellte ich den Gradmesser dar, an dem er den möglichen Erfolg seiner Idee ablesen konnte, zeigte ich nur die geringste Reaktion ... weil er so gut aussehe, sagte er mir an diesem Morgen in der Chocolatería, und erwiesen sei, daß schwangere Frauen, die etwas Häßliches noch kurz vor der

Niederkunft sehen, ein häßliches Kind gebären ... Ich solle nur an die Hasenscharte denken, die die Ungeborenen anfalle und ihre Oberlippe in zwei Lappen klaffen lasse, deren Mütter sich beim Anblick eines Hasen hätten übergeben müssen, der mit abgezogenem Fell, aber intaktem Kopf auf dem Küchentisch liege, im Ekel hätten sie sich gewunden und dazu die Arme und Hände krampfartig verdreht und dadurch ihr Äußeres beziehungsweise das ihrer noch ungeborenen Kinder dermaßen beeinflußt, daß die dann mit ebenjener Verformung der Oberlippe geboren würden, die wir Hasenscharte nennen. Ganz klar sei es ihm geworden, als er vor einigen Tagen den Film ›Elephantman‹ gesehen habe. Sein Plan also, durch geschicktes Marketing – das war es immer, geschicktes Marketing, niemals ungeschicktes, ausgeklügelt mußte es sein – und gute Werbung und mit den entsprechenden Referenzen aufgrund von Erfolgen und mit den dazugehörenden Beziehungen – die waren sowieso das allerwichtigste – ganz leicht eine Ein-Mann-Agentur erfolgreich zu betreiben, in der er eine Ware verkaufen oder besser vermieten würde: sich selbst. Hochschwangere Frauen kämen kurz vor der Niederkunft zu ihm, um nur ihn anzusehen. Stundenweise, antwortete er auf meine Frage, um den, wie er ihn nannte, umgekehrten Hasenscharteneffekt zu erzielen. Als ich nichts weiter sagte und nur nickte, fühlte er sich angestachelt, seinen Plan auszubauen. Bei besonderen Fällen und wenn die Betreffenden in der

Lage seien, das Honorar zu zahlen, bleibe er bei ihnen bis zur letzten Minute, noch im Kreißsaal sei er dabei, um sein Lächeln für diese Frauen zu lächeln. Er allein sei von Stund an dafür verantwortlich, daß Generationen von schönen Menschen die Welt bevölkerten und … Ich hatte bereits gezahlt und ging hinaus.

Ein andermal in einem Straßencafé auf der Rambla, es war ein heißer Tag für die Jahreszeit, rief er mir entgegen, daß er gerade *die* große Entdeckung gemacht habe, er habe an seinem Körper den Schweiß entdeckt. Dabei herausgefunden, daß der so attraktiv, ja begehrenswert rieche, daß er die Idee gehabt habe, den Extrakt seiner Schweißdrüsen zu verkaufen. Seine einzige Beschäftigung – nach seiner Entdeckung als olfaktorisches Wunder – wäre es also, exquisite Speisen zu sich zu nehmen und in den Labors einer Parfumfabrik zu schwitzen.

Ich ging und schwor mir, nie mehr auch nur ein Wort mit ihm zu wechseln und, sollte er mich wieder ansprechen, zuzuschlagen.

Diese Menschen. Von überall kamen sie her. Ausländer. Provinzler. Jede Menge Provinz. Sie alle waren in die Großstadt gekommen, ins Zentrum der Welt. Und jetzt machten sie die Großstadt. Alle hatten einen Traum. Und keiner wollte seiner vorgezeichneten Bahn folgen. Weg wollten sie alle von ihren Kometenbahnen. In die Stadt. Sie strebten so heftig, ihrem Leben zu entkommen, daß ihre Existenz wie ein Hilfeschrei dröhnte. In allen Cafés, allen Diskotheken, in allen Nächten, mit ihrer alles gleichmachenden Kleidung. Und die ganz Jungen schrien am lautesten. Die Alten waren stiller, weil resignierter. Die trugen ihre Schreie von damals wie Abzeichen, wie Beweise dafür, daß sie auch einmal gebrüllt hatten, um aus ihrem Drecksleben herauszukommen. Die Jungen nahmen das nicht zur Kenntnis. So krakeelte jeder für sich. Wie sollte ich das ertragen? Ich, der ich doch wußte, daß alles vorgezeichnet war, daß es keinen Zufall und kein Entkommen gab. Trotz allem, was sich in letzter Zeit ereignet hatte.

Ich war mittendrin.

Aber gehörte ich dazu?

Da gab es einen Deutschen. Zum ersten Mal traf ich ihn in einem Café. Wir unterhielten uns, und er sagte, er müsse mich unbedingt anrufen, er habe mit mir zu reden, er verspreche sich von einem intensiveren Gespräch mit mir und vor allem in anderer Umgebung – dabei sah er sich mißtrauisch um – sehr viel. Leutselig oder weil er auch Deutscher war oder weil ich den anderen bereits vergessen hatte, gab ich ihm meine Telefonnummer und vergaß die Angelegenheit. Als nach zwei Wochen das Telefon klingelte und sich ein Malte Schlutter meldete, wußte ich zunächst nicht, mit wem ich sprach. Als er sich mir wieder ins Gedächtnis gerufen hatte, fragte er umständlich, ob er zu mir kommen könne, er vermute, daß wir bei mir ungestört seien. Ich hatte eigentlich keine Lust, mich mit noch mehr Geheimnis zu beschäftigen, bat ihn dennoch zu kommen, jedoch mehr aus Langeweile als aus wirklichem Interesse. Vielleicht weil ich dachte, daß jeder ein Informationsträger sein könnte, denn auch ich war Leute angegangen, um von ihnen Informationen zu bekommen. Andererseits mußte ich auf der Hut sein, denn ich hielt Hinweise auf das Amulett in Händen, die für andere interessant wären, befänden sie sich auf derselben Suche wie ich. Und woher sollte ich wissen, daß es sich bei ihm nicht um einen Gegenspieler handelte? Ich mußte mich vorsehen. Wenige Minuten später klopfte es an meine Tür. Was er mir erzählte, veränderte mein Verhältnis zu allem, was mich umgab. Es war ebenso irre wie fesselnd, und ich ließ mich in die Visionen von Malte Schlutter ziehen.

Zuerst sprach er von Licht, von Lichtquellen, von extrem intensiven Lichtquellen und von den Schwierigkeiten, die zu erzeugen. Ich stellte ihm keine Frage, ließ ihn einfach reden, wußte nicht, worum es sich handelte, mein Interesse war bescheiden.

– Das Problem ist, eine Lichtquelle zu erzeugen, die so extrem gebündeltes Licht ausschießt – wie soll ich das erklären? Es ist ganz einfach, paß auf: Wenn ich eine normale Taschenlampe nehme, mit einem Durchmesser des Reflektors von, sagen wir, sieben Zentimetern, dann ist der Lichtkegel, den wir an einer Wand sehen, die vielleicht zehn Meter entfernt ist, sagen wir – genau kann ich das im Moment nicht ausrechnen – aber das muß ich auch nicht, es geht mehr darum, daß du die Idee der Sache verstehst, als daß du alle technischen Details erfaßt, dafür sind Techniker wie ich da. Denker.

Er schaute für einen kurzen Moment nachdenklich, fast verunsichert. Die Definition seiner Person innerhalb der selbstgestellten Aufgabe schien ihm plötzlich nicht mehr eindeutig: Techniker oder Denker.

– Egal, rief er. Wenn ich also diesen Lichtstrahl aussende, dann wird das Licht, je weiter die Wand entfernt ist, auf die ich das Licht projiziere, zunehmend diffuser. Das wollen wir nicht!

Ich schüttelte den Kopf und setzte ein bestimmtes: Nein!

– Was wir brauchen, ist eine Lichtquelle, die, wie gesagt, extrem gebündeltes Licht aussendet, der Durchmesser muß sehr klein sein, damit es sich in seiner Ausdehnung nicht verliert und am Ende größer wird als der Mond. So klein muß die Lichtquelle sein, daß man sie mit bloßem Auge nicht mehr sehen kann, selbst mit einem herkömmlichen Vergrößerungsglas darf man sie nicht mehr sehen können. Unter Umständen ist es möglich, sie mit einem Elektronenmikroskop zu sehen, aber, sähe man sie tatsächlich, erblindete man natürlich sofort.

– Natürlich, sagte ich und fragte mich, warum. Fragte mich, warum gerade ich an solche Leute geriet.

– Es war gut, zu dir zu kommen, denn du verstehst mich und denkst nicht, daß ich irre bin.

Und ich schämte mich meiner Gedanken.

– Also man erblindet natürlich sofort, weil die Lichtbündelung so intensiv ist. Eigentlich kann man sagen, daß sie so intensiv ist, daß sie nicht mehr da ist, oder sie ist so hell, daß sie sich selbst negiert, die Enden des Kreises berühren sich, das Lichtextrem wird zum schwarzen Loch. Adamandios Korais, der berühmte griechische Denker, hat diesen Gedanken schon im achtzehnten Jahrhundert vorweggenommen – vielleicht sogar das gesamte Konzept, aber ich will meinen Anteil an der Durchdenkung des Problems nicht unter den Scheffel stellen. Um also einen Lichtpunkt mit einem Durchmesser von fünf Metern auf dem Mond zu erzeugen, muß die Lichtquelle nach Korais' Berechnungen einen Durchmesser von ... aber was langweile ich dich mit technischen Details, die mit der Sache an sich nichts zu tun haben! Wenn wir also einen Lichtpunkt auf dem Mond erzeugen können, der, sagen wir, fünf Meter Durchmesser hat, dann brauchen wir nur extrem starke Teleskope, stellen uns in den Lichtkegel und sehen unseren eigenen Schattenriß auf dem Mond, auf der dunklen Seite des Mondes. Ich, Malte Schlutter, wäre der erste Mann, der seinen Schatten auf den Mond projiziert hätte. Danach gäbe es kein Halten mehr.

Er redete sich jetzt in Ekstase, in seinen Mundwinkeln blähten sich kleine Schaumbällchen, und seine Augen glänzten fiebrig.

– Danach kommen die Sterne. Ist dir klar, daß die Sternbilder nicht zweidimensional, wie man bisher vermutete, sondern vielmehr dreidimensional sind, wenn nicht mehr? Wenn die Sterne kommen, wenn ich die Sterne anleuchte, wenn ich die Lichtquelle immer und immer weiter verengen kann, dann – bedenk das mal, daß es auf den Sternen Mineralienfelder gibt – kann ich die Sterne anleuchten und, wenn ich eines dieser Felder treffe, und natürlich ziele ich darauf, denn darum geht es ja, um was sollte es sonst gehen? – Er lachte hysterisch, und ich rückte fasziniert und ängstlich auf meinem Sessel hin und her.

– Wenn ich also treffe, worauf ich ziele, dann reflektiert das Mineralienfeld, natürlich nur, wenn es ein Feld aus Mineralien ist, die reflektieren, wenn sie angestrahlt werden, das ist ja klar, also dauert es etwas länger, ich meine, ich brauche einfach etwas mehr Zeit, um die passenden Felder zu finden. Aber auch das hat Adamandios vorhergesehen. Wenn ich also ein solches Mineralienfeld getroffen habe, dann reflektiert es den Strahl, den ich abgeschickt habe. Der Lichtpunkt auf dem Stern ist, sagen wir, zwanzig Meter im Durchmesser, dann ist der von dort reflektierte Punkt hier auf der Erde relativ groß zwar, aber es ist Licht von einem Stern, wie groß genau, läßt sich im Moment noch nicht berechnen. Das ist auch unwichtig, im Moment. Ich kann mich in diesen Lichtstrahl stellen und sehe meinen Schatten auf der Erde, der von einer Lichtquelle erzeugt wird, die ich selber erzeugt habe und die, und darum geht es, von einem Stern kommt. Ich stehe im Sternenlicht. Weißt du, was das heißt? Kannst du ermessen, was das bedeutet?

Ich schüttelte den Kopf, blaß vor Unglauben, daß ich all das tatsächlich hörte.

– Ich werde der erste Mensch sein, der seinen Schattenriß auf dem Mond sieht, dann der erste, der seinen Schattenriß auf einem Stern sieht, und dann der erste, der auf die Erde seinen Schatten aus Sternenlicht wirft. Es ist unglaublich! Da natürlich das Licht seine Geschwindigkeit hat, wird es bis zum ersten Planeten, der, sagen wir – aber ach, ich will dich auch hier nicht mit technischen Details langweilen –, es dauert, sagen wir, fast achtzig Jahre, bis der Stern, den ich, auf Korais' Berechnungen aufbauend, vorläufig ausgewählt habe, das Licht wieder auf die Erde reflektiert hat. Ich bin jetzt zweiundvierzig, ich wäre dann etwa einhundertzweiundzwanzig Jahre alt. Wahrscheinlich lebe ich dann nicht mehr. Ich stelle mich also heute – wenn es nur schon soweit wäre – in meine Lichtquelle und stehe da für, sagen wir, eine Stunde, dann baue ich meine Maschinerien ab und gehe einem normalen Leben nach. Wenn ich Glück habe, werde ich im Alter von zweiundachtzig meinen Schattenriß auf dem von mir ausgewählten Stern sehen können. Vielleicht habe ich aber auch Pech. Aber dann, in weiteren vierzig Jahren, wird plötzlich mein Schattenriß wieder auf der Erde auftauchen. An einem bestimmten Punkt. Menschen werden sich dort treffen zu einem Volksfest und den Schatten erwarten. Meinen Schatten! Entschuldige meine Erregung bei diesem Gedanken. Realistisch wie ich bin, weiß ich, daß es schwer sein wird, dann Menschen dort zusammenkommen zu lassen, viele werden es ignorieren, und wer kann voraussagen, was mit dem von mir ausgewählten Ort passieren wird, er könnte zum Beispiel bebaut werden, und deshalb brauche ich die Garantie, daß der Punkt, auf dem der Schattenriß erscheinen wird, so bleibt, wie er sein muß, um den Schatten sichtbar zu machen.

Jetzt sah er mich erwartungsvoll an. In meinem Gesicht muß sich eine Mischung aus Entsetzen und Lachen abgezeichnet haben, denn er fragte mich sofort: Was hältst du davon?

– Ich glaube, du bist wahnsinnig!

– Wie meinst du das?

– Wie soll ich das meinen? Da ich aber seine Betroffenheit sah, änderte ich meinen Ton und stellte eine Frage, die ihn versöhnen sollte. Ich fragte ihn, wie er sich die Sache vorstelle, wenn an dem Tag, an dem die Reflexion vom ausgewählten Stern zu erwarten sei, Tag sei und nicht Nacht, wenn die Sonne scheine? Oder wenn es in der Nacht geschehe, aber bei Vollmond, und das viel stärkere Licht des Mondes eine Reflexion unmöglich mache?

Er sah mich seinerseits mit einer Mischung aus Mitleid und Freude an. Ich war eingestiegen.

Meine Frage also als echtes Interesse wertend, legte er sich erneut ins Zeug:

– Das ist ja gerade die Schwierigkeit, die Korais erkannt hat, es gilt also, meine Berechnungen so anzustellen, daß sowohl Sonnenlicht als auch zu starkes Mondlicht ausgeschlossen sind. Um also ganz sicherzugehen, sollen im Abstand von jeweils zwölf Stunden mehrere Projektionen erfolgen, um den Erfolg zu garantieren.

Wie es denn mit etwaigen Verschiebungen der Sterne stehe, immerhin, gab ich zu bedenken, achtzig Jahre seien eine lange Zeit.

Auch das, triumphierte er, sei durch seinen Lehrer berechnet worden, und die Ergebnisse seien durch neuere Erkenntnisse bis auf den letzten Zentimeter bestätigt worden.

Da ich ihm auf keine Weise beikommen konnte, ihn aber auch nicht mehr nur loswerden wollte, denn die Geschichte war zu unglaublich, um einfach abgetan zu werden, fragte ich ihn, warum ich? Warum sei er so versessen darauf gewesen, *mir* diese Geschichte zu erzählen, seinen Lebensplan? Was er sich von mir verspreche?

Seit langem schon habe er mich beobachtet unter den Leuten im Viertel, und ich sei ihm der vertrauenswürdigste. Darüber hinaus habe er in Erfahrung gebracht, daß ich einem Geheimnis auf der Spur sei, und er schätze Leute, die Geheimnissen auf der Spur seien, daß er mir vielleicht – jetzt schaute er sehr umwittert – helfen könne, daß ich aber auch mit Computern arbeitete und Verbindungen in die Staaten hätte, und wenn Geld für sein Projekt von irgendwo käme, dann von dort. NASA, sagte er. Das ist ein Projekt für die NASA. Ich könne ihm behilflich sein, denn hinter jedem großen Plan könnten heute nur noch solche Institutionen stehen, nur die seien in der Lage, ihm die Aufmerksamkeit zu verschaffen, die er verdiene.

Ich sah ihn an, mit seinem Bart und seinen Cordhosen, Turnschuhen und braunem Sweatshirt, mit den Nikotinflecken an Zeige- und Mittelfinger, mit seinen Papieren und schloß aus, daß er mir weiterhelfen könnte. Mir saß ein Mann mit fixen Ideen gegenüber. Wie ich selbst? Stand auf und sagte, ich hätte jetzt keine Zeit mehr, dringende Termine, er müsse mich entschuldigen, aber seine Idee habe mir gut gefallen, sehr interessant, ich würde darüber nachdenken, käme darauf zurück. Bis bald. Auf Wiedersehen. Und stand auf, ging zur Tür. Noch im Gehen fragte er:

– Aber du hast doch Verbindungen zur NASA? Du beschäftigst dich doch mit virtueller Realität? Sag es mir! Du kannst mir helfen, die Kontakte herzustellen, die ich brauche. Du mußt mir helfen.

Mit sanften Beteuerungen und dem Versprechen, über sein Projekt nachzudenken, schob ich ihn durch die Tür auf den Korridor.

Ich hatte in einen Spiegel geschaut.

Woher wußte er soviel über mich? Ich hatte hier mit niemandem darüber gesprochen.

Ich mußte weg.

Über das Duende erfuhr ich nichts, jeder, den ich befragte, hob nur die Schultern oder tischte mir die Geschichte der kleinen Kobolde auf. Einer, der gerade aus Bolivien zurückgekommen war, erzählte mir von einer Fernsehsendung mit diesem Namen.

Nur für den Bruchteil einer Sekunde horchte ich auf, denn es war, wie er unter Lachen brüllte, eine Kindersendung. Kindersendung! Verstehst du, schrie er. Und lachte.

Das war zuviel für mich. Schreiend sprang ich auf und lief aus der Bar auf den Platz vor der Kirche. Wie konnte ich noch länger in dieser Atmosphäre von Narzißmus leben, in dieser Umgebung der Stumpfheit und Langeweile. Hätte ich besser verstanden, wäre mir klar gewesen, daß es nur ein Spiegel meines Lebens vor dem Beginn meiner Obsession war. Ein Leben der existentiellen Langeweile, über die ich mich bei Josef immer stärker beschwert hatte.

– Das Leben ist eine immer wiederkehrende Wiederholung von Bekanntem, eine feste Bahn. Nur als wir Kinder waren, gab es Abenteuer, denn alles war neu. Du und ich, wir tun heute nichts, weil wir es tun wollen, wir funktionieren. Was uns vorantreibt, ist existentielle Langeweile.

– Du und die Langeweile, sagte Josef und winkte ab. Das ist nicht alles. Hinter dem, was du für die Realität hältst, gibt es eine andere Welt, in die man einsteigen kann. Wenn man seine lange Weile überwindet.

– Soll ich mich verwandeln, um nicht mehr der zu sein, der ich bin? Ich gehe durch mein Leben und spiele mich in einer Rolle, die ich mir nicht mal selber gegeben habe. Ich als ich bin ein anderer. Ich als ich existiere gar nicht. Ich bin die Fiktion meiner selbst und die Fiktion dieser Gesellschaft. Außerhalb davon bin ich nicht da.

– Das hat doch nichts mit dem zu tun, wovon ich rede. Ich spreche von deiner Haltung. Du liegst auf deinem Sofa oder bastelst an deinem Computer, halbherzig an unserem Projekt – denn wenn du ehrlich bist, interessiert es dich schon lange nicht mehr – und meinst, die ganze Welt ginge dich nichts an.

– Falsch! Ich weiß, daß mich die Welt nichts angeht. Ich weiß, daß ich nichts mir ihr gemein habe, aber Teil davon bin. Und von außen gibt es keine Unterscheidung. Ich glaube, das Sofa ist perfekt für mich.

Und jetzt saß ich in Barcelona.

Es gab nichts mehr zu tun. Tagsüber lief ich durch die Straßen der Stadt. Das Gefühl, beobachtet zu werden, hatte mich seit dem Zwischenfall in Scala Dei nicht mehr verlassen, obwohl es keinerlei Anhaltspunkte gab. Das Außergewöhnliche an meiner Situation war, daß es für nichts Anhaltspunkte gab. Aber ich fühlte mich verfolgt. Ich bekam den schlechtesten Platz in einem Restaurant. Ober haßten mich, weil ich nicht viel bestellte, und behandelten mich schlecht. Das merkte ich genau. Paranoia in Barcelona. Immer allein. Leben im Hotel. Eigentlich auf andere angewiesen und habe doch nur mich. Vielleicht waren aber gerade das die Dinge, die mich stärkten. Mich immer schon stark gemacht hatten. Dann war es mir egal, welchen Platz ich im Restaurant hatte. Später litt ich unter der Demütigung. Ich wurde sprunghaft. Ich folgte einem Plan, den ich nicht geschrieben hatte. Mußte mein Leben so gelebt werden? Ich wollte Frieden und wollte ihn nicht, denn den kannte ich schon. Vielleicht brachte ich den Tod über mich, und ohne es zu wollen, war ich mir die größte Gefahr. Ich erinnerte mich meiner Langeweile. Und wollte Zorn, Wut, Verzweiflung, in der Hoffnung auf Ekstase. Am liebsten alles zur selben Zeit.

Auf der Plaça del Pi lernte ich eine Deutsche kennen, die gerade aus Indien zurückgekehrt war. Sie hatte einige Wochen in einem Ashram verbracht. Ich konnte mir einfach nicht vorstellen, daß jemand, der doch sonst einen intakten Eindruck machte, auf diesen offensichtlichen Humbug hereinfiel und so angefeuert und ernsthaft davon berichtete. Im Ashram von Satha Sai Baba war sie. Täglich habe sie stundenlang in der siedenden Sonne gesessen – in der Lotusposition – und Om gerufen, um langsam dem Heiligtum näherzurücken und seine Heiligkeit zu sehen. Was ihr jedoch nicht gelungen sei. Jeden Tag zu einer bestimmten Uhrzeit trete der Baba auf einen kleinen überdachten Balkon und wähle einige Gläubige aus, die dann in seine Gemächer, das Heiligtum, eintreten und dort in Privataudienz mit dem Avatar sprechen dürften. Was dieser Gott denn tue, außer ihr, wie sie mir schon versichert hatte, inneren Frieden zu geben?

Er materialisiere Dinge: Ringe, Armbänder – alles aus Gold. Einem jungen Engländer habe er bei einer Privataudienz einen großen goldenen Ring mit einem Kreuz auf den Finger materialisiert; ihn dann angesehen und gefragt, ob er lieber dieses Kreuz oder das Zeichen Babas wolle. Natürlich hatte der Engländer ›Baba‹ geantwortet, und so habe sich, nach neuerlichem Handauflegen, das Kreuz auf dem Ring in ein Abbild des Kopfes von Satha Sai verwandelt. Sie selbst habe den Ring gesehen. Das sei der Beweis. Sie habe dort auch einen Piloten getroffen, der den Avatar auf einem Flug kennengelernt hatte. Es sei ihm damals nicht gutgegangen. Satha Sai Baba habe das gespürt und ihm, dem Piloten, Kaffee und Aspirin materialisiert. Danach war er zu einem der treuesten Anhänger geworden. Aspirin? Kaffee? Ob seiner Heiligkeit keine magischeren Dinge zur Verfügung gestanden hätten? Kaffee und Aspirin seien doch fester Bestandteil jeder Bordausrüstung? Sie lächelte mich an: Das verstünde ich nicht. Es komme nicht darauf an, *was* der Baba materialisiere, sondern *daß* er es tue. Daß er wisse, was jedem einzelnen in jeder gegebenen Situation fehle. Wahnsinn! Ich merkte, daß diese Frau von fast fünfzig Jahren an das glaubte, was sie erzählte. Sie belächelte meine ungläubige Ironie. Woher nahm sie das? Jemand zaubert Kaffee und Aspirin und ist ein Gott auf Erden. Jemand stellt sich in direkte Konkurrenz zu Christus, fordert den Glauben eines seiner Jünger und beweist damit seine Toleranz, beweist dadurch, daß er undogmatisch ist und jedem die freie Wahl läßt.

Während ich noch in meinen eigenen Gedanken gefangen war, bemerkte ich, daß sie, still geworden, mich mit diesem wissenden Lächeln Erleuchteter beobachtete. Schließlich fragte sie mich, wieso ich so verzweifelt auf der Suche sei? Verblüfft sah ich sie an, fragte, wie sie darauf komme. Das sehe sie, sagte sie mit unerschütterlicher Sicherheit.

Wie sollte ich ihr erklären, daß ihre und meine Suche grundsätzlich verschieden waren?

Es wurde Zeit, diesen Ort zu verlassen.

Um nicht zu sinken, mußte ich mich isolieren. Einsamkeit wirkte auf meinen Geist wie Schwerelosigkeit, jeder Druck wiche von mir.

In der Post fand ich einen Brief von Tracy Scholler, der mir aus Deutschland nachgeschickt worden war, denn in jener Zeit unterhielt ich noch Kontakte dorthin. Was sie schrieb, war unzusammenhängend und uninteressant. Ihr Postskriptum jedoch erregte mich: Find the book by García Lorca: Theory and Function of the Duende.

Da war es wieder, dieses Wort.

Sofort machte ich mich auf den Weg in eine Buchhandlung und fragte danach. Gab es nicht. In der nächsten nicht und der übernächsten auch nicht. Niemand hatte je davon gehört. Als ich am Ende des Tages unverrichteter Dinge ins Hotel zurückkehrte, begann ich daran zu zweifeln, daß Tracy wußte, wovon sie sprach. Schließlich kam mir die Idee, daß sie mich verwirren und von meiner Fährte abbringen wollte. Immerhin war auch sie auf der Suche nach dem Amulett. Ich wollte noch in eine letzte Buchhandlung gehen. Doch dort im Barrio Gotico war ich wieder erfolglos, aber die Verkäuferin sagte, ich solle in dem Tarockladen in der Calle Pietat, genau hinter der Kathedrale, nachfragen, vielleicht könne man mir dort weiterhelfen.

Auf dem Weg zum Tarockladen begegnete mir die Indienreisende. Sie winkte mir zu und rief quer über die Straße: Na, immer noch auf der Suche?

Sah man es mir bereits so deutlich an? Sah ich aus wie ein Malte Schlutter? Entsetzt lief ich davon.

Neben der Plaça de Santa Clara, noch in der Calle Paradis, lag das Tarockgeschäft. Es war ein gedrungenes kleines Haus, die Tür so niedrig, daß ich mich bücken mußte. Schwer zu sagen, wie alt das Häuschen war; es wirkte verwunschen. Hatte eine dreieckige Grundfläche. Im Inneren herrschte, durch den Schatten der Kathedrale, in dem es lag, ein diffuses Licht. Die Regale vollgestopft mit Tarockkarten, Zauberkunststükken und alten Büchern. Hinter einem kleinen Tisch eine Frau.

Mit *dem* Buch könne sie mir nicht dienen, aber ich solle dieses Buch nehmen – sie zog es unter dem Ladentisch vor –, das sei auch interessant. Ich sah sie gereizt an; sie nickte mir freundlich zu. Es war ein Roman, ein Kriminalroman, wie ich nach einem Blick auf den Umschlag feststellte. Nichts Besonderes, im Gegenteil, ein Taschenbuch, wie man es für ein paar Mark an jedem Kiosk in jeder Bahnhofshalle der Welt finden konnte. Unbedingt solle ich das Buch lesen, sagte die Frau, es sei sicher gut für mich. Meinen Einwand, daß ich mich für Kriminalromane nicht interessierte und überhaupt nur Fachliteratur lese, daß ich außerdem einer anderen Sache auf der Spur sei, wischte sie mit einer ärgerlichen Handbewegung weg. Ich sei offensichtlich einem Geheimnis auf der Spur. Alle Welt schien alles über mich zu wissen! Ich solle das

Buch lesen. Ich fügte mich, fragte nichts weiter, denn ihre Eindringlichkeit ließ keine weiteren Fragen zu, und ging, nachdem ich nach dem Preis gefragt und sie geantwortet hatte, es sei ein Geschenk, verdutzt hinaus.

In einer Bar unten am Hafen setzte ich mich in eine Ecke und begann zu lesen. Der Kriminalroman hieß: The Stroller, von Joclyn Peru. Ich hatte weder den Namen der Autorin noch den Titel je gehört oder gelesen. Wie sollte ich auch, ich las solche Bücher nicht. Sie langweilten mich. Es war ein glanzfolienkaschiertes Taschenbuch, wie man es in den fünfziger Jahren machte, mit einem Mann darauf, der auf einen hellerleuchteten Torweg zuging. Das Licht aus dem Torweg warf einen Schein auf die Straße, und der Schatten des Mannes in einem langen Trenchcoat zog sich bis an den Buchrand. Undeutlich konnte man im Hintergrund Hochhäuser und bunte Neonreklamen erkennen. Die Seiten des Buchs waren vergilbt, und es roch, wie alte Bücher oft riechen, die in feuchten Räumen gelegen haben, leicht muffig. Es spielte in Barcelona, wo ein amerikanischer Privatdetektiv einen Deutschen verfolgte, der scheinbar ziellos durch die Straßen der Stadt schlenderte. Daher der Titel: The Stroller, der Schlenderer, vielleicht der Flaneur. Ich überflog das erste Kapitel, es geschah nichts. Der Text war in einem reißerischen Stil, den ich nicht gern las. Überhaupt interessierten mich Fakten und keine Fiktionen. Da ich aber jeden Hinweis ernst zu nehmen hatte, bestellte ich mir

Kaffee und einen Cognac und setzte widerwillig meine Lektüre fort. Hier der Roman:
Der Deutsche wurde aus der Perspektive des amerikanischen Detektivs beschrieben. Zum ersten Mal sah er ihn an einer U-Bahnstation, wo er auf sein Auftauchen wartete. Er hatte von seinen unbekannten Auftraggebern ein Foto des Mannes erhalten und kannte einige Details. Ob der zu observierende Mann ein Krimineller war und wenn ja, wessen er sich schuldig gemacht hatte, wußten weder der Detektiv noch der Leser, der ja die Handlung durch die Augen des Beschatters sah. Der Deutsche war Anfang Fünfzig und erschien zuerst gegen zwei Uhr mittags in der U-Bahnstation Gracia der Linie F. C. Generalitat, er verließ sie in Richtung Via Augusta. Am östlichen Ende der Plaça de Galla Placidia betrat er die Augusta und wechselte ohne große Vorsichtsmaßnahmen auf die andere Straßenseite. Dem Detektiv war sofort klar, daß der Mann keinen Verfolger vermutete, und ebenfalls, daß er schon lange in der Stadt war, denn in der Sicherheit, mit der er die Fahrbahn überquerte, ähnelte er den Ortsansässigen. Um diese Zeit herrschte nicht mehr viel Verkehr, Mittagsruhe hatte sich über die Stadt gelegt, und nur noch vereinzelte Wagen rasten durch die Straßen auf dem Weg zum Mittagessen. Es war ein grauer Tag Ende November. Früher am Morgen hatte es geregnet, und die Straßen waren naß und glänzten im trüben Licht. Der Mann ging ohne Hast die weite Linkskurve der Via Augusta entlang, über-

querte die Plaça de Molina, bog schließlich links in die Aribau ein und schlenderte sie mehrere Blocks hinunter bis zur Travesia de Gracia. Der Deutsche schien nicht mißtrauisch und sich seiner Verfolgung nicht bewußt. Er sah sich nie um, blieb an einigen Geschäften stehen, kaufte sich ein Päckchen Zigaretten, riß es im Weitergehen auf und rauchte, während er, wie es schien mehr zu seinem Vergnügen als mit wirklichem Ziel, durch die Aribau schlenderte. Wieder an der Via Augusta, bog er links in sie ein und ging an der U-Bahnstation vorbei, wo er vor zwanzig Minuten angekommen war. Er blieb jetzt bei einem Juwelier stehen, dessen exklusives Geschäft fast an der Ecke zur Aribau lag. Betrachtete einige Minuten lang die Auslagen, steckte sich eine neue Zigarette an der alten an und ging die Aribau erneut bis zur Travesia de Gracia hinunter. Er wirkte nicht wie ein Mann, der ein Ziel hatte, eher wie ein zufälliger Spaziergänger, der vor dem Mittagessen einen kleinen appetitanregenden Gang um den Block machte, um dann mit frischem Hunger in seine Wohnung oder ein kleines Nachbarschaftsrestaurant zu gehen, zu essen, Wein zu trinken und dann einen Mittagsschlaf zu halten. Fast gelangweilt folgte ihm der Detektiv, merkte sich aber Straßennamen und Richtungen und auch die Tatsache, daß der Mann bei einem Juwelier angehalten, sonst aber vor keinem Geschäft gestanden hatte. Auch wo er sich Zigaretten kaufte, notierte sich der Verfolger in Gedanken, um es anschließend in seinem Hotelzimmer oder einem Café in seinen kleinen Notizblock zu schreiben. Als Routinier versuchte er auch, sich in ihn hineinzudenken, die Welt durch seine Augen zu sehen. Schaute der Verfolgte also in eine Straße hinein und verweilte sein Blick, so folgte er der Blickrichtung des Mannes und suchte dort, wohin er geschaut hatte, nach Zeichen, die ihm Aufschluß geben konnten. Nichts fiel ihm auf. Der Mann lief exakt dieselbe Strecke ein zweites Mal ab und verschwand in der U-Bahnstation Gracia, dort, wo er erschienen war. Der Verfolger betrat mit ihm die Linie der Generalitat, und gemeinsam fuhren sie bis zur Plaça Catalunya. Der Mann ging geradewegs in sein Hotel, ohne noch ein zweites Mal stehenzubleiben. Der Detektiv setzte sich ans Fenster einer Bar, die dem Hotel gegenüberlag, aber der Deutsche verließ es nicht mehr. Dort machte er sich seine Notizen, schrieb den Gang des Mannes auf, notierte alle Straßennamen, schüttelte den Kopf, denn er verstand nichts und ging schließlich zu seinem Hotel. Damit endete das erste Kapitel.

Am nächsten und übernächsten Tag verließ der Deutsche sein Hotelzimmer nicht. Ich saß mit dem Detektiv in der kleinen Bar. So wie ich in meiner Bar saß und mein Buch las, saß er da und studierte seine Aufzeichnungen in der Hoffnung, auf etwas zu stoßen, das ihm Aufschluß über den Mann geben könnte.

Am dritten Tag verließ der Deutsche das Haus und ging direkt zur U-Bahnstation der Plaça Catalunya und fuhr, nach einmaligem Umsteigen, bis zur Station Entenca, stieg dort an den Jardins de Montserrat aus und schlenderte wieder im Bummlerschritt die Rocafort hinunter bis zum Consell de Cent, bog links ein und ging geradeaus bis zur Villarroel, knickte nach links ab und ging jetzt sogar ein wenig schneller genau nach oben bis zur U-Bahnstation Hospital Clinic, lief die Treppen hinunter und nahm die nächste Bahn bis zur Plaça Catalunya, ging in sein Hotel zurück, nachdem er zuvor noch einen Kaffee in einem Straßencafé auf der Rambla getrunken hatte.

Wieder saß der Detektiv zwei Tage in seiner Bar, und nichts geschah. Der Mann verließ das Hotel nicht. Außer einer gewissen Vorliebe für Juweliere, denn auch auf diesem Gang war der Deutsche vor den Auslagen eines Schmuckgeschäfts stehen geblieben, und außer der Tatsache, daß der Mann Kettenraucher war und immer mit einer Zigarette im Mund herumlief, hatte der Detektiv wieder nichts herausgebracht. Das Buch war wie ein schlechter Kriminalfilm, der nur von der Musik lebt, die durch kalkulierte Dramatik spannend macht, was gähnen ließe. Diese Funktion erfüllte hier die Sprache, die so reißerisch war, daß ich mich ihr nicht entziehen konnte, wenn ich auch über mich selbst lächeln mußte, denn es geschah nichts.

Ich hatte zwei der insgesamt sechs Kapitel gelesen, und außer den Gängen eines Mannes durch die Stadt Barcelona war nichts passiert. Eine Menge von nichtssagenden Straßennamen wurde präsentiert, die mich langweilte. Wozu?

Das dritte Kapitel brachte eine Verunsicherung. Wie gewohnt blieb er nach seinem Gang zwei Tage im Hotel, und der Verfolger saß im Café gegenüber. Am dritten Tag erschien er und ging zur U-Bahn Plaça Catalunya, stieg in die Linie I und fuhr eine Station nach Norden zur Plaça Urquinaona und verließ den Bahnhof durch einen Ausgang auf der Via Laietana Ecke Ortigosa. Nicht einmal fünfhundert Meter war er mit der U-Bahn gefahren. Absteigen in den Untergrund, Karte kaufen, dafür in der Schlange stehen, bis er an einen Automaten kam, auf den Zug warten, die nächste Station verlassen, all das benötigte mehr Zeit als direkt vom Hotel aus die paar hundert Meter bis zur Via Laietana zu laufen. Warum, so fragte ich mich, war er nicht gegangen, sondern gefahren? Der Privatdetektiv bemerkte nicht, daß der Mann nur eine so kurze Strecke fuhr, ihm fiel nichts auf, für ihn war das Verhalten des Mannes an sich nicht erstaunlich, er fragte sich nur, warum er ihn verfolgte, da nichts geschah, was in den ihm bekannten Rahmen paßte und damit seine professionelle Anwesenheit rechtfertigte. Für ihn waren seine Auftraggeber Versager, die offensichtlich auf den Falschen gesetzt hatten, was immer sie auch verfolgen mochten. Mir fiel es auf, und mit Spannung verfolgte ich den Mann bei seinem Gang durch die Calle Ortigosa bis zur Ecke Mendez Nuñez, und voller Verwunderung sah ich ihn dort umdrehen und genau dieselbe Strecke zurücklaufen, wieder bis zur Via Laietana, und jetzt diese graue, schmale, dicht befahrene Straße bis zur Avenida de Francesca gehen, wo er links einbog. Er ging aber nur bis zum Ende, an der Ecke General Alvarez De Castro Giralt blieb er stehen, zündete seine neue Zigarette an der alten, in seinem Mundwinkel hängenden an und flanierte dieselbe Straße zur Laietana zurück, bog wieder links ein und schlenderte bis zur Calle Princesa, schwenkte in die ein und ging sie bis zur Tantarantana, einer Gasse unweit des Picassomuseums, dort drehte er wieder um und ging bis zur Laietana zurück, schneller jetzt, denn es hatte zu nieseln begonnen, um dort an der Ecke in der U-Bahnstation Jaume I. zu verschwinden. Das war das erste Mal, daß der Detektiv ihn verlor. Dieser Gang hatte nicht wie gewohnt in der Mittagszeit, sondern früh stattgefunden, es herrschte dichter Berufsverkehr. Hinzu kam, daß die Leute vor dem Regen in die U-Bahn flohen, so daß der Verfolger den Spaziergänger im Menschenpulk verlor. Eine zweite Verunsicherung, diesmal nicht für mich, den Leser, sondern für den Detektiv: er nahm sich sofort ein Taxi und fuhr zum Hotel des Gängers und setzte sich an seinen Platz in der Bar, in der Hoffnung, vor ihm dort zu sein. Nach menschlichem Ermessen war er das, jedoch fehlte von dem Deutschen jede Spur. Er kam nicht. Blieb den Rest des Tages und die Nacht über aus. Kam am nächsten Morgen. Für den Privatdetektiv war damit bewiesen, daß seine

Auftraggeber, die er wegen dieses ereignislosen Auftrags verwünscht hatte, doch zu wissen schienen, daß es an diesem geheimnisvollen Deutschen etwas herauszubringen gab. Für mich bedeutete es etwas völlig anderes: Der Deutsche wußte, daß er verfolgt wurde. Seine Gänge waren Inszenierungen, die der Detektiv nicht als solche erkannte. Weil er aber ein Muster aufgestellt hatte, an das der Verfolger glaubte, war der Verfolger ihm in die Falle gegangen, und der Mann konnte untertauchen. Obwohl auch das keine Rolle spielte, seine Aufgabe lag darin, davon war ich inzwischen überzeugt, seine obskuren Gänge durch die Stadt vorzunehmen, wohl wissend, daß er dabei beobachtet wurde.

Auf seinem nächsten Gang lief er Zickzack auf und in der Nähe des Parallelo. Stieg an ein und derselben U-Bahnstation aus und ein. Nichts Besonderes geschah, außer daß er, wie gewohnt, kettenrauchte und wieder bei einem Juwelier stehenblieb und sich die Auslagen ansah, jetzt sogar mit dem Eigentümer sprach, der, als er den Interessenten vor dem Fenster stehen sah, aus seinem weniger exklusiven Laden trat. Was sie besprachen, hörte der Detektiv nicht, aber er vermerkte, daß er noch am selben Tag zurückkehren wollte, um den Mann zu befragen. Der Rest lief nach bekanntem Muster ab. Dann geschah etwas Merkwürdiges, der Deutsche lief am fünften Tag wieder so wie an Tag eins, darauf folgte die zweitägige Pause im Hotel, und dann wieder wie am dritten Tag, und das gleiche geschah, es begann zu nieseln, Menschenmassen stürmten die U-Bahnstation Jaume I., und ein zweites Mal verlor der Verfolger den Spaziergänger – der für mich schon lange kein einfacher Flaneur mehr war – an derselben Stelle und unter den gleichen Umständen aus den Augen. Jetzt jedoch nicht nur bis zum nächsten Morgen, der Deutsche blieb verschwunden. Der Portier, den der Detektiv zum ersten Mal befragte, behauptete, ein Deutscher, auf den die Beschreibung passe, habe nie im Hotel gewohnt.

Am Ende des sechsten und letzten Kapitels saß der Detektiv in seinem Hotel, um ihn herum auf dem Bett seine Notizen, und versuchte, ein Schema in die Wege des Schlenderers zu bekommen. Hier brach der Roman ab. Reißerisch wurde auf der letzten Seite in einer Art Epilog der zweite Teil des Buchs von Joclyn Peru mit der Lösung angekündigt. Frustriert ging ich in eine internationale Buchhandlung und suchte ohne große Hoffnung auf Erfolg nach dem Titel. Ich schlug in Katalogen und internationalen Autorenverzeichnissen nach, aber eine Autorin mit diesem Namen gab es nicht. Mißtrauisch, oder sollte ich sagen interessierter, schlug ich den Verlag in Massachusetts nach, und auch er existierte nicht. Was ich in der Hand hielt, komplett mit Werbung auf den letzten Seiten – ich schlug jeden einzelnen Titel und seinen Autor nach –, gab es nicht. Tauchte einmal ein Name in einem der Kataloge auf, so stimmte die mittlere

Initiale nicht, oder der Vorname war falsch. Ich hielt ein Unikat in der Hand. Zu den merkwürdigen Dingen, die mir in der letzten Zeit geschehen waren, war ein neues hinzugekommen. Immerhin dachte ich, daß mich das Lesen dieses Buches entspannen könnte. Es gibt keine Entspannung, dachte ich mir. Schon gar nicht mit Büchern. Ich nahm es und las es nochmals von vorne bis hinten durch, merkte, wie ich immer mehr in die Position des Detektivs gedrängt wurde, wie ich die Welt durch seine Augen sah. Wie ich jetzt auch den Juwelierläden mehr Bedeutung beimaß als bei meiner ersten Lektüre. Auch fiel mir zum ersten Mal auf, daß der Detektiv sich viele Details notiert hatte, was ich beim ersten Lesen nicht bemerkt hatte. So sprach er über die Kleidung des Deutschen und wollte in dem Wechsel bestimmter Kleidungsstücke einen verborgenen Sinn sehen, der mir jetzt völlig plausibel erschien. Aber außer der Vermutung, daß der Gänger seine Gänge inszenierte, was dem Verfolger nicht auffiel, kam ich zu keinem Ergebnis und blieb wie der Detektiv im dunkeln. Ich kam auf die Idee, mich auf einen der Gänge des Deutschen durch die Stadt zu begeben. Von der Plaça Catalunya fuhr ich bis zur Station Parallelo. Ich wollte den Zickzackweg des vierten Tages ablaufen und wurde zum Detektiv des Buchs. Statt aber sofort loszugehen, setzte ich mich in ein Straßencafé und sah mich um. Wie oft war ich hier gewesen, ohne meine Umgebung zu sehen, wie ich sie heute sah. Der Parallelo war die Kehrseite der feineren

Rambla, hier lebte das kleine Barcelona der Gauner, der Huren und Zuhälter. Mit einem Mal sah ich alles mit veränderten Augen, als sei ich in einer anderen Stadt.

Ich trank aus und schlenderte den Parallelo bis zu der Ecke, wo links, in spitzem Winkel, die Calle Blai abzweigte. Ich lief sie hinunter, sah fast schon vor mir den Rücken meines kettenrauchenden Landsmanns, der die Straße entlangging, ohne sich anmerken zu lassen, daß er verfolgt wurde. Was versuchte er hier zu zeigen? Warum lockte er seinen Verfolger gerade hierher? Die Calle Blai war eine gewöhnliche Straße, ohne Geschäfte, heruntergekommen, Wäsche hing, denn es war ein schöner Tag, quer über die Straße. Außer zwei schäbigen Bars, wie es sie überall in dieser Gegend gab, waren hier keine Geschäfte. Es war eine Wohnstraße für die ärmeren Bürger der Stadt. Schmuddelkinder spielten laut schreiend auf der Straße, oben an der Ecke zum Parallelo stand eine einbeinige ältere Hure. Ich lief die Straße bis zur Ecke der Calle Roser, bis dahin, wo der Gänger umgedreht hatte und ohne Unterbrechung die Straße bis hoch zum Parallelo zurückgegangen war. Links Bar Brisa del Mar, etwas weiter auf der rechten Seite Bar San Francisco. Alles war da, selbst die einbeinige Prostituierte, alles kannte ich aus dem Buch, langsam begann etwas zu dämmern in mir, wie der Gänger und sein Verfolger wechselte ich hinüber auf die andere Seite des Parallelo und ging bis zum Café, wo ich vor kurzer Zeit einen Kaffee getrunken hatte, bog links in die Sant Pau ein, die im spitzen Winkel auf den Parallelo stieß. Hier fanden sich mehr Geschäfte, alle kannte ich, wußte genau, welches auf welches folgte, denn sie waren in dem Buch. Und plötzlich wurde mir klar: Hier war alles wie im Buch. Jedes Detail stimmte mit den im Text beschriebenen überein. Das Buch bildete die Welt in einem Maßstab von eins-zu-eins ab. Da war der Juwelier, ich erkannte ihn sofort an seinem Clark-Gable-Bärtchen, er stand neben seinem Geschäft und wartete auf Kunden, er war der, mit dem der Deutsche sich unterhalten hatte. Über Edelsteine. Dem hatte er erzählt, daß Edelsteine beredte Substanzen seien, als Samen in die Erde gepflanzt, voller Bedeutung, daß sie Symbole seien. Symbole, die entschlüsselt werden könnten. Leben könne man den toten Steinen einhauchen. An jede Zeile erinnerte ich mich. Daß man einen Smaragd seines grünen Schimmers wegen bewundern könne, wegen des grünen Feuers, das in ihm brenne. Daß man Steine lesen könne wie einen Text, wenn man die Sprache der Symbolik verstehe und spreche. Ich zog das inzwischen völlig zerlesene Buch aus der Tasche und schlug die Stelle auf; so stand es da, so stand der Besitzer des Ladens da. Ich ging auf ihn zu und sprach ihn an, dasselbe eifrige Lächeln der Lippen, der Schnurrbart kreisend, wie im Buch. Als warte er auf mich.

Ich sei an Edelsteinen interessiert, hätte gehört, er sei ein Experte, und würde gern seine Meinung zu verschiedenen Steinen hören. Noch bevor er mich in seinen Laden bat, klatschte er in die Hände und schrie ›Zwei Kaffees!‹ über die Straße.

– Mit den Steinen ist es so eine Sache. Schauen Sie sich den Diamanten an. Was bedeutet er schon noch? Wie die meisten hat auch er seine Bedeutung verloren, der Unbezwingbare, denn niemand erkennt sie mehr. Jeder trägt ihn am kleinen Finger, im Ohrläppchen, an billigen Kettchen. Er ist praktisch wertlos, fast schon ordinär. Er ist, wie unser Dali es mal genannt hat, der Stein für all die, die sich an der eisigen Flamme des verlogenen Diamantfeuers eines supra-kybernetischen Festes verbrennen wollen.

Bei dem Wort Kybernetik zuckte ich wohl merklich zusammen, denn er lächelte abfällig. Ich fühlte mich ertappt.

Unsere Kaffees kamen. Ein Junge brachte sie auf einem kleinen Tablett. Noch bevor ich ihn sah, wußte ich, wie er aussehen würde, kannte seine blauen Augen aus dem Buch.

– In jedem Fall ist der Rote, der Rubin, ihm vorzuziehen. Sein sattes Rot brennt in seiner Rohform wie ein jäh pulsierendes Herz. Geschliffen jedoch verliert er, da wird er wie der Smaragd mit seinem grünen Feuer zum leeren Symbol. Wie können wir, und er begann sich zu ereifern, in einer Welt, die von Ampeln – rot und grün –, von grellen Neonreklamen beherrscht wird, diesem Stein noch Wert beimessen, an ihm Gefallen finden. Oder auch am Diamanten. Oder, um noch einen zu nennen, am Topas. Auch ohne Format. Blaß. Im Tageslicht bleichen seine Kristalle aus, werden rauchig oder bleiben klar, egal, formatlos, in jedem Fall billig, zieren sie niveaulose, farblose Menschen. Solche Steine. Oder sehen Sie sich den Amethyst an, dem Rausch widerstehend nannten ihn die Griechen. Heute bedeutet er nichts mehr, verbilligt und platt schmückt er jedermanns schorfiges und entzündliches Ohrläppchen, der ihn für billiges Geld auf Flohmärkten in wertlosen Fassungen erwirbt. Der symbolisiert bestenfalls noch die Schäbigkeit seines Trägers.

Bedenken Sie immer, warum man sich einen Edelstein umhängt. Jeder kriegt, was er verdient. Die Blassen das Blasse, die Billigen das Schäbige. Und die Kleinbürger kriegen das, von dem sie glauben, es stelle was dar.

Es war unglaublich, das war der Originalton des Buchs. Das Buch lebte, nachdem ich es gelesen hatte. Er redete weiter, schlürfte seinen Kaffee, rauchte Ducados und blies mir den Rauch ins Gesicht. Noch bevor er die Zigarette angezündet hatte, wußte ich bereits, wie er sie halten würde, zwischen Mittel- und Ringfinger ganz unten an der Wurzel, so, wie es starke Raucher filterloser Zigaretten machen, um Nikotinflecken an den Fingern zu vermeiden. Wußte, daß er jetzt vom Saphir sprechen würde.

– Der Saphir in seinen Schattierungen von dunkel- bis hellblau bleibt ebenfalls blaß.

Das sagte er, als entschuldige er sich für den Saphir.

– Nur wenn er fleischfarben knistert, dann vielleicht, aber der Stein von Indien leuchtet in der Nacht nicht, wie uns sein Name suggerieren will. In Tausenden von Plattenspielern sitzt er als synthetische Spitze, die den schwarzen Bakelitrillen ihre Töne entlockt. Mir entlockt er schon lange keine Töne mehr. Er ist wertvoll wie der Diamant und ebenso verwässert. Da ist der Opal schon was anderes. Einfach Edelstein, upala im Altindischen, bezaubert er durch sein Schwanken, durch sein Zögern, seine mystifizierende Tiefe, seinen Glanz, durch seine Farbflecken, die sich in allen Mustern und Größen beim Wechsel der Blickrichtung verändern. Jedoch ist er wegen ebendieser Qualitäten untreu und unberechenbar. Der milchweiße, undurchsichtige Porzellanopal, der weiße, durchsichtige Gasopal oder der weißgelbliche Perlmuttopal wirken wie Speichel-, wie Spermatropfen. Sie sind nicht greifbar. Der faszinierendste Stein aber ist der schwarze Opal, er ist wie ein schwarzes Loch, ein endloses Universum, in dem man verschwinden kann. In seinem Dunkelgrün oder Blau schillern alle Farbkombinationen, die wir kennen, er lädt ein, sich in ihm zu verlieren, und verloren kann man sein, wenn man sich seiner Tiefe hingibt. So wie sich ihm die verschrieben haben, die ihn in den Tiefen der Erde suchen. Er ist schillernd und tief wie manche Wasserzisternen hier in Katalonien.

Er sah mich durchdringend an, und ich fühlte, wie das Blut mir in die Wangen stieg. Mein Atem ging schneller. Aber er fuhr fort.

– Bestechend ist noch der blaßgelbe Jargon, der sich bei Erhitzung blau verfärbt. Nicht nur Hitzequellen schaffen diese farbliche Veränderung, schon der Anflug einer Hitzeaufwallung seines Trägers, ausgelöst vielleicht durch die flüchtige, erregende Berührung einer Fremden im zufälligen Vorbeigehen, einem Streifen, einer Hitze, die sich nicht nur aus der physischen Reibung ergibt, sondern ein Aufflammen von Gefühlen zum Anlaß nimmt, erwirkt es. Diese Steine sind unaufdringlich, zurückhaltend und geben ihre Pracht nicht gleich beim ersten Zusammentreffen preis, sind verhalten, zögernd, distanziert. Das sind Edelsteine, die ihren Träger adeln.

Was soll ich Ihnen noch sagen? Soll ich vom Bergkristall reden, den Wahnsinnige zum heiligen Wunderstein gemacht haben? Dessen Energie – er sprach das, als spuckte er aus – sie schon mit den Handflächen spüren wollen? Träumer! Na, bestenfalls sind es Träumer, schlimmstenfalls Idioten, verlorene. Und er lächelte milder.

Er sah mich an. Es war, als habe eine Kassette zu Ende gespielt. Ich lachte nervös. Wußte nicht, was ich sagen sollte.

– Aber, fuhr er fort, er habe sich schon lange von den Steinen zurückgezogen. Nur Unglück hätten sie ihm gebracht. Was er jetzt tue, sei an Langeweile nicht zu übertreffen, zumeist wechsle er Batterien in billigen Digitaluhren. Aber welchen Edelstein wolle man in dieser Welt schon noch tragen? Einzig ein Amulett vielleicht? Ich schreckte hoch, bedankte mich hastig und lief auf die Straße. Das stand nicht im Buch. Ich rannte die Sant Pau hinauf, bis zur Ecke der Calle Parlament. Bis hierher ging auch der Spaziergänger, bevor er wieder umdrehte. Dort in dem Laden hatte er dieses identische Gespräch mit dem Juwelier geführt, und nach ihm der amerikanische Buchdetektiv. In der Symbolik der Steine hatte er einen verborgenen Sinn für die sinnlos scheinenden Gänge des Gängers finden wollen. Ich drehte nicht wieder um, wollte nicht nochmals an diesem Schmuckgeschäft vorbeilaufen. Landete auf der Rambla, überquerte sie, hastete weiter und fand mich schließlich in Barceloneta am Strand. Plötzlich stechender Hunger. Alles war genau wie im Buch – in einem Buch, das nicht existierte –, die einbeinige Prostituierte, der Juwelier, alles stimmte bis ins kleinste. Die Anspielung auf das Amulett, auf meine Suche, war für mich bestimmt. Da war ich mir sicher. Schon bei der Lektüre zuckte ich zusammen, als die Zisternen erwähnt wurden, und im direkten Gespräch wünschte ich halb, er schweife ab und gebe mir mehr Informationen, halb hoffte ich, er möge nie davon sprechen. Es war wie in einem Traum. Oder Buch. Es war, als würde ich gelesen, während ich jetzt auf mein Restaurant am Strand zuging.

Vor den Restaurants standen die Animierer und versprachen mir, was ich wollte. Ich steuerte direkt auf das El Salmonette zu. Etwas wie Sicherheit! Der Tag war schön genug, um auf dem Strand zu sitzen. Man richtete mir einen Tisch, das lange weiße Tischtuch hing bis auf den Sand hinunter, die große Serviette war aus schwerer weißer Baumwolle, roch sauber und wie an frischer Luft getrocknet. Das hatte etwas Beruhigendes. Ich stopfte sie mir in den Kragen, noch bevor ich auch nur Brot bekommen hatte. Bestellte Wein, Paella, Salat. Schnell! Brot und Wein kamen sofort. Der Wein floß frisch durch mich hindurch, und ich spürte ihn sofort. Ich nahm das Buch und las den vierten Tag. Alles hatte sich so ereignet wie in dem Buch, wie in seiner Fiktion. Von den spielenden Kindern bis hin zu den kleinsten Details an Fassaden, die der im Detektiv versteckte Autor beschrieb. Was war das, was ich in der Hand hielt? Was sollte es bedeuten?

Am Nachbartisch saßen deutsche Touristen. Sie zahlten, beschwerten sich untereinander über die hohen Preise und gingen. Auf einem der Stühle, halb unter den Tisch geschoben, lag ein Stadtplan. Ich nahm ihn und wollte ihnen nachlaufen oder dem Kellner ein Zeichen geben. Als ich ihn ergriff, entfaltete er und öffnete sich genau im Bereich der Rambla und des Parallelo. Ich sah hin und erkannte den Stadtteil, durch den ich vor einigen Stunden gegangen war. Ich behielt die Karte und setzte mich wieder. Ich hatte eine Idee. Mit dem Finger zog ich den Weg nach, den ich heute gegangen war. Nahm einen Stift und zeichnete die Route ein, konnte das Zufall sein? Die beiden parallelen Straßen, die Sant Pau und die Blai, wurden diagonal von links oben nach rechts unten vom Parallelo durchschnitten. Das sah aus wie ein N. Ich erinnerte mich an ein Buch von Paul Auster. Ich schlug den ersten Tag, den ersten Gang auf und trug die Straßen auf dem Plan ein. Es ergab ein eindeutiges D. Ich wußte, was für andere Buchstaben ich finden würde, noch bevor ich sie nachgeschlagen hatte. Am zweiten Tag war es ein U, am dritten ein E, am vierten das N, das ich heute gelaufen war, am fünften wieder das D des ersten Tages und am letzten Tag erneut ein E in der Altstadt: DUENDE.

Verborgen im Fleisch des Textes der Stadt stand das Wort wie ein Skelett, wandelte ich Lanza del Vastos Zitat ab. Lesbar für den, der sich die Symbolik erschließen konnte. Da war wieder das Wort, dessentwegen ich mich hier befand, dessentwegen ich schon um die halbe Welt gereist war, von dem ich nicht wußte, was es bedeutete, noch woher es kam, noch, ob es sich überhaupt um ein Wort handelte oder vielleicht etwas ganz anderes? Eine Abkürzung?

Meine Paella war kalt, als ich zu essen begann. Der Wein alle. Hungrig war ich nicht mehr.

Deutlich spürbar fliege ich. Nicht hoch, sondern dicht über dem Boden. Alle Dinge: Blumen, Gras, Steine sind überdimensional groß. Mich begleitet das sanfte Summen, das mein Flug verursacht. Vor mir plötzlich ein gewaltiger Berg, der sich zu bewegen beginnt. Es ist ein Mensch, aber das erkenne ich erst nach einiger Zeit, ich umfliege ihn. Nähere mich seinem Ohr, seinem Hals, wie Seen glänzen die Augen, aus den untiefen Kratern der Nase wuchern Haare. Behutsam senke ich mich auf den Hals hinab, fühle deutlich das Poltern seiner Halsschlagader, und es dauert eine Weile, bis ich mich mit diesem rhythmischen Wogen vertraut gemacht habe, bis mir nicht mehr schwindlig wird. Wie anbrandende Dünung rauscht sein Atem. Ich steche zu. Wie eine unterirdische Dampframme donnert sein Herz.

An dem Rest mußte noch gearbeitet werden. Ideal wäre es, wenn ich jetzt, als Mücke, das direkte Erleben hätte, wie sein warmes Blut in meinen Körper dringt, wie es mich füllt, bis ich fast zerberste. Die Befriedigung. Werden Mücken betrunken? Fliege ich jetzt weg, wie verändert sich dann mein Flug? Ich bin schwerer, das Abheben von der Hautoberfläche ist mit Schwierigkeiten verbunden, ein Trudeln muß eingebaut werden. Winde, die mich von meinem Weg abbringen, all diese Dinge.

Das war die Faszination unseres Themas. Diese Entdeckung neuer Welten war wie ein Rausch.

Josef erzeugte keine neuen Welten, er schuf kalte, abstoßende, unmenschliche Bedingungen. Trieb Vereinsamung voran. In seiner digitalen Welt waren Fernsehgeräte der neuen Generation mit Computern direkt verbunden. In seinen künstlichen Welten wurde die Welt, die wir bereits kannten, nur vorangetrieben und noch unmenschlicher gemacht. Da streunen kleine Menschen durch künstliche Einkaufszentren, machen Abstecher in Geschäfte, reden mit Verkäufern, kaufen – sein Ziel: Konsum –, gehen in Cafés, setzen sich an einen Tisch, und die einsamen Menschen in ihren einsamen Wohnungen reden dort über Mikrophone mit anderen einsamen Menschen in anderen einsamen Wohnungen. Und leben die Illusion von wirklichem menschlichen Kontakt. Warum noch das Haus verlassen? Wozu noch mit wirklichen Menschen reden? Es geht auch in der Abgeschiedenheit meiner vier Wände, ich konsumiere, also bin ich. Die Kommunikation mit anderen in dieser Welt von Strichmännchen ist Selbsttäuschung. Wie lange, bis sie über elektronische Netze miteinander kopulieren, jeder für sich, vielleicht Tausende von Kilometern voneinander entfernt, jeder eingeschweißt in einen Bodyglove.

Gegen diese neue Dimension, egal, was man daraus macht, nimmt sich alles andere wie urzeitliche Werkzeuge und Wahrnehmungen aus. Das Wandern in fremden Welten ist fester Teil meiner

Welt, meiner subjektiven Gesamtwahrnehmung geworden. All das hatte nichts mit den Drogen- und Selbstfindungstrips der sechziger Jahre, mit Castañeda und Schamanen zu tun. Das *war* Realität. Virtuelle Realität zwar, aber Realität.

Josef und ich waren in unserem Projekt damit beschäftigt, neue Kommunikationsformen zwischen Mensch und Computer zu finden. Aber ich wollte Träume verwirklichen, spielen, keine Alpträume schaffen. Josef war nicht daran interessiert, durch andere Welten zu gleiten, dafür stand er viel zu fest auf dem Boden seiner Welt. Josef wollte Karriere, feste Anstellung, Geld; ich wollte Traum und Spiel.

Daran zerbrach die Zusammenarbeit.

Wenn ich jetzt sprachlos vor dem stand, was ich erlebte, so deshalb, weil dies keine virtuelle Realität war. Ich trug keinen Augen-Kopfhörer, saß nicht in einem Labor; es gab keinen Knopf, mit dem ich das abschalten konnte. Es geschah, obwohl es sich mindestens wie ein Traum anfühlte.

Es sei denn ... aber diesen Gedanken wagte ich nicht zu Ende zu denken.

Ich mußte die Frau wieder aufsuchen, die mir das Buch gegeben hatte, ich fände sie in dem Laden, sie würde mir helfen, und sei es nur, indem sie mir sagen könnte, von wem sie das Buch bekommen hatte.

Ich zahlte und ging schnell durch die winkligen

Gassen Barcelonetas in Richtung Kathedrale. Tauchte ab in die Schatten des Barrio Gotico. Es war erst vier Uhr, und die meisten Geschäfte waren noch geschlossen. Am Tarockladen hing ein Schild, er öffne erst um sechs wieder. Mir blieben noch fast zwei Stunden. Ich beschloß, in mein Zimmer zu gehen und Mittagsschlaf zu halten.

Der monomanische Sternenausleuchter hatte eine Nachricht hinterlassen, ich solle ihn unbedingt anrufen, er habe wichtige Neuigkeiten für mich. Ich warf den Zettel weg und ging direkt hinauf, legte mich in meinen Kleidern aufs Bett und schlief sofort ein.

In einem Traumfetzen sah ich einen Löwen.

Als ich erwachte, war es dämmrig, und meine Glieder waren mit Blei gefüllt. Ich lag noch eine Zeitlang betäubt auf meinem Bett und mußte mir darüber klarwerden, wo ich war. Langsam nur konnte ich mich erheben, und schwerfällig zog ich mich wieder an, nachdem ich eine kalte Dusche genommen hatte. Es war bereits kurz vor acht, als ich das Hotel verließ. Die Geschäfte waren bis neun geöffnet. In einer kleinen Bar auf dem Weg trank ich einen starken Kaffee, um zu Sinnen zu kommen.

Als ich den Laden betrat, schlug ich mir den Kopf an, ich hatte vergessen, wie niedrig die Eingangstür war. Im Geschäftsraum befand sich jetzt ein junger Mann. Als ich ihn nach der Frau fragte, die mir den ›Spaziergänger‹ gegeben hatte, sah er mich nur an, fragte dann, wie diese Frau denn ausgesehen habe. Es fiel mir schwer, die Frau zu beschreiben, und bei meinem Versuch schüttelte er den Kopf, als die Frau plötzlich aus einem Nebenzimmer trat. Mit einer Geste beschwichtigte sie den Mann und bat mich, in das Hinterzimmer einzutreten. Es war weitaus geräumiger als der Geschäftsraum und lag direkt daneben, also auch zur Straße hin, aber es hatte kein Fenster, und dort konnte es nicht sein, denn die Fenster des Geschäftsraums gingen bis zur Wand des nächsten Hauses. Wir mußten im angrenzenden Haus sein. Wie könne, fragte ich, mich umsehend, dieser Raum größer als sein Nachbarraum sein? Wo sind wir? Sie ignorierte meine Fragen und sagte, sie habe mich erwartet. Nicht ganz sicher, aber doch, schon, sagte sie und lächelte. Verdutzt sah ich mich weiter um und versuchte, den Raum einzuordnen, ihn in das Gebäude einzupassen, was mir nicht gelang. Sie fing meinen Blick auf, lächelte und bot mir einen Stuhl an. Noch im Platznehmen begann ich den Grund meines Kommens zu erklären. Sie wisse Bescheid, unterbrach sie mich. Warum ich hier sei, sei ihr klar, und was ich jetzt wolle, auch. Ich wollte mehr wissen. Richtig, fragte sie. Dann kommen Sie!

Kaum daß ich saß, zog sie mich am Arm hoch, hakte sich bei mir unter und brachte mich an eine Tür hinter einem Regal, das als Raumteiler mitten im Zimmer stand, so daß ich sie bis dahin noch nicht gesehen hatte. Hinter der Tür lag ein Flur, in dem eine schmale Treppe nach oben in einen ersten

Stock führte. Der Raum dort war größer als der, dessen Existenz ich mir unten nicht erklären konnte, mußte also die Fläche des Hinterraums und des Ladenlokals umfassen und hatte Fenster zur Straße beziehungsweise zum Platz. Man sah die grauen Mauern des Kreuzgangs der Kathedrale, die Pietat, die Plaça de Santa Clara. Ich muß verdutzt dreingeschaut haben, denn sie lächelte und sagte verächtlich:

– Cap cuadrat! Ihr Deutschen seid Quadratschädel! Was keinen Sinn macht, das kann es auch nicht geben. Oder? Aber immerhin bist du ja bis hierher gekommen, also mußt du dich schon auf ein paar Dinge eingelassen haben, die nicht soviel Sinn machten, wie ihr Quadratschädel gemeinhin braucht. Oder?

Und zündete sich eine Ducados an und inhalierte tief.

– Und jetzt, rief sie, willst du sicher mehr über Joclyn Peru wissen?

Ich nickte nur und sah mich, wie ich meinte, unbemerkt im Raum um, denn das Gebäude hatte keinen zweiten Stock. Auf jeden Fall nicht von außen. Von außen hatte das Häuschen maximal zehn Quadratmeter und war vielleicht, Dach eingeschlossen, drei Meter hoch. Ich war in einem Raum, den es nicht gab. Ich war in einem Raum, den es gar nicht geben konnte. Gefangen vielleicht in einem Cyberspace. Wieder lächelte sie. Ich schien sie zu amüsieren.

– Er glaubt es noch immer nicht!

Und schüttelte den Kopf.

Als ich sie fragen wollte, sagte sie nur – Später! – und sah mich ernst an, schob mich zu einem Sessel, der in der hinteren Ecke stand, und hinein, bis ich saß. Als ich wieder etwas sagen wollte, hielt sie ihren Zeigefinger vor die geschlossenen Lippen. Sie ging in eine Ecke, öffnete eine weitere Tür, die ich noch nicht gesehen hatte, da ich damit beschäftigt gewesen war, aus dem Fenster zu blicken, und ging in einen dahinterliegenden Raum. Dort, wo sie jetzt war, mußte der Luftraum über der Calle Pietat sein, ein Zimmer *konnte* es dort nicht geben. Ich hörte Stimmen, außer ihrer war es die Stimme eines jungen Mannes. Sie sprachen Katalanisch, nicht Kastilisch, und so verstand ich nur einzelne Wörter. Da ich noch einige Male ›Cap cuadrat‹ hörte, wußte ich, daß sie über mich sprachen. Schmeichelhaft oder nicht. Dann trat sie wieder ein und schob vor sich her einen Rollstuhl mit einem kahlköpfigen Greis. Ich vermutete einen weiteren Mann in dem angrenzenden Raum, bis ich den kleinen Mann im Rollstuhl sprechen hörte. Er hatte eine Stimme von ungewöhnlicher Jugend und Lautstärke. Er hielt mir eine winzige, fleckige und samtweiche Hand entgegen, strahlte mich aus blauen Augen an und sagte mir auf deutsch, mit einem nur geringfügigen spanischen Akzent, guten Tag.

– Darf ich vorstellen, Don Jorge, sagte sie.

Ich wagte fast nicht, seine Hand zu drücken, so zerbrechlich erschien sie mir; jede einzelne Ader zeichnete sich unter der hauchdünnen Haut ab. Sein Händedruck dagegen war stark wie seine Stimme und seine blitzenden Augen.

– Er will einem alten Mann nicht weh tun, der Quadratschädel, sagte er.

Sie lächelte und sagte, sie wolle uns jetzt allein lassen, wir hätten uns sicher sehr viel zu erzählen.

Der alte Mann und ich saßen uns gegenüber, und er ließ es ruhig geschehen, daß ich ihn taxierte und von oben bis unten anschaute. Versteckt zunächst, dann aber offener und ohne Scheu. Gerade wollte ich ihm meine erste Frage stellen, die ich mit einer Entschuldigung über mein impertinentes Gestiere einzuleiten gedachte, als er mich schon bei der ersten Silbe unterbrach und sagte, er müsse mir etwas erzählen. Zuhören solle ich! Zuhören! Dazu sei ich doch wohl da.

Ich gab auf und lehnte mich zurück. Er sah mich eine Weile ruhig, vielleicht ein wenig spöttisch an und sagte dann:

– Ich will Ihnen von einer Party erzählen, keiner normalen Party. Was dieser Party Größe gab und sie unvergeßlich machte, ließ sich niemand träumen, schon gar nicht die Gäste, die es zu der Party schafften, denn viele waren geladen, aber nicht alle machten ihren Weg. Aber ich greife vor ... Wie soll ich sagen? Es war eine Party, wie man sie nicht jeden Tag erlebt.

Er setzte sich bequemer in seinen Rollstuhl, verschränkte seine Arme und ließ seine unglaublichen Hände in seinen Achselhöhlen verschwinden.

– Ich möchte etwas weiter ausholen, wenn Sie gestatten.

Ich versuchte etwas zu sagen, aber er brachte mich mit einem Blick zum Schweigen.

– Hören Sie zu! Zunächst der Ort der Party, er liegt in Griechenland, genauer auf Kreta, an der Südküste der Insel in dem kleinen Dorf Agia Galini. Das Dorf an sich ist wie alle Orte auf Kreta häßlich. Schön ist die Umgebung. Es liegt am westlichen Ende einer weiten Bucht, dort, wo die Steilküste beginnt, in einem Tal. Durch das Tal fließt ein Bach, der zu einem reißenden Fluß wird, wenn auf den beiden Zweitausendern im Inselinneren der Schnee schmilzt. Während des Jahres jedoch ist er ein Rinnsal, das in den heißen Sommermonaten oft völlig versiegt. Auf einem dieser beiden Berge, dem Dikti, liegt, so die Mythologie, die Höhle, in der Zeus geboren wurde. Aber was erzähle ich Ihnen? Das Tal ist fruchtbar und das ganze Jahr hindurch grün, während der Rest der Insel im Sommer und bis hinein in den Winter verdorrt und braun ist. Agia Galini liegt da, wie gegen die Wände dieses Tals geworfen, allerdings hat es nur an zwei Seiten gehalten, von der westlichen ist es wieder abgeglitten, sie ist zu steil. Erstaunlicherweise hat sich der Ort nicht ins Hinterland hinein ausgedehnt, was einfach gewesen wäre, sondern entlang der Küste. Jeder wollte immer das Meer sehen, man hat sich baulich an seinen Gefühlen und nicht an den Gegebenheiten der Landschaft orientiert. Das Haus, in dem die Party stattfinden sollte, ist das höchste des Dorfes. Nicht nur, weil es drei Stockwerke hat, sondern weil es auf der Steilküste liegt und die gesamte Bucht mit Küste und Dorf überschaut. Von den Terrassen des Hauses aus kann man alle Aktivitäten des Ortes beobachten, kann auf alle anderen Terrassen und Balkone sehen. Die Beobachter ihrerseits können nicht gesehen werden, weil das Haus so hoch liegt und weil seine Terrassen und Balkone von wildem Wein überwuchert sind, der zwar die Sonne stellenweise durchläßt, nicht aber neugierige Blicke. Nur nach vorn hin, zum Meer, ist der Wuchs beschnitten und der Blick auf Meer und Bucht frei. Im Spätsommer, wenn der Wein reif ist, hängen die Weintrauben bis auf die Tische.

Die Frau hatte sich inzwischen wieder zu uns gesetzt und eine Flasche Weißwein mit drei Gläsern auf den Tisch gestellt. Durch Gesten hatte sie mich gefragt, ob ich etwas trinken wolle. Wir prosteten uns zu.

– Zurück zum Haus. Es hat, wie gesagt, drei Stockwerke, die terrassenförmig an die Steilküste gebaut sind. Sein Eingang befindet sich in der zweiten Etage. Von dort steigt man hinab in die erste und hinauf in die dritte. Oben befindet sich nur ein großer Raum, dessen vordere Wand verglast ist. Man hat einen wunderschönen Blick aufs offene Meer. Die große Terrasse zieht sich an der gesamten Seefront entlang. Auf der zweiten Etage haben sie das Eßzimmer, den Salon, die Küche und andere Versorgungsräume und eine kleine Terrasse. Von der Eingangshalle führt eine Treppe hinab in das untere Stockwerk, dort sind die Gäste- und die meisten Badezimmer. Über diese Ebene kann ich wenig sagen. Da sie direkt in den Felsen der Steilküste gebaut ist, vermuten einige, daß sich von hier ein Labyrinth durch den gesamten Berg zieht.

Dächer und Vordächer des Hauses sind mit alten roten Ziegeln gedeckt. Es sind noch solche Ziegel, die, wie man es früher machte, auf den Oberschenkeln von Frauen ihre gerundete Form bekamen. Die Männer brachten den Lehm, formten ihn zu rechteckigen Platten, die Frauen legten diese weichen Platten auf ihre eingeölten Schenkel und gaben ihnen die halbrunde Form, oben ein wenig breiter als unten, eben so, wie die Oberschenkel zum Knie hin schmaler werden. Die Frauen ölten sich mit Olivenöl ein, damit der Lehm nicht klebte. An Olivenöl herrschte nie Mangel, die gesamte Insel ist voll von Olivenbäumen. Die Arbeit war nicht leicht, und die Frauen schwitzten. Daran mag es liegen, daß die Ziegel auch heute noch einen weiblichen Duft ausströmen.

Er lachte kurz und nahm einen Schluck Wein. Ich hatte mich tief in den Sessel gedrückt, die Augen geschlossen und hörte zu.

– Das Haus ist weiß, sehr weiß. Die Zahl der Farbschichten und die Bauweise trugen dazu bei, daß es im und am Haus keinen rechten Winkel gab, alles war rund und fließend und gleißend. Steht man in der grellen Mittagssonne auf dem am nächsten gelegenen Berg, so sieht das Haus nach frisch gefallenem Schnee aus. Es blendet, und alles ist fließend. Hart hebt sich davon das dunkle, fast schwarze Grün des Weinlaubs ab.

Alle Türen, Fensterrahmen und Blenden sind in hellem ägäischen Blau gehalten. Steht man in der Mittagssonne auf dem Berg, so sehen die Türen und Fenster wie Eis in einem Schneefeld aus. In den Räumen ist es immer kühl. Die Außentemperatur steigt im Sommer bis auf über vierzig Grad. Es ist angenehm, dann in einem Eisfeld zu liegen, sei es auch nur eine optische Täuschung, eine Illusion.

Den oberen Raum bewohnt die Hausherrin. Ihr Bett ist wie eine Grotte in diesen Raum gebaut. Schaut man im Bett liegend nach rechts auf den Felsen, der zu steil war, bebaut zu werden, so sieht man unten, vom Meer umspült, eine Höhle. Die Größe der Höhle ermißt man erst, wenn man mit dem Boot um die Mole des Hafens herum und die Steilküste entlangfährt. Dort ist eine Stelle, an der man sich in die Höhle rudern lassen kann. Nach etwa hundert Metern erstreckt sich da ein halbmondförmiger silbriger Strand. Der Sand leuchtet, und das Wasser ist kristallklar. Gäste der Parties haben sich immer wieder in diese Höhle rudern lassen, um dort, versorgt mit gekühlten Getränken und Speisen, einige Stunden zu verbringen und der Sommerhitze zu entgehen. Ob es genau an dieser Stelle war oder in einem anderen nicht mehr zugänglichen oder inzwischen verschütteten Teil der Höhle, wo nach der Sage Ikarus und Dädalus gefangengehalten wurden, ist nicht bekannt. Dort auf dem silbrig phosphoreszierenden Sand in der Illusion zu liegen, man sei an ebender Stelle, an der Vater und Sohn Pläne schmiedeten, an der sie ihren Traum vom Fliegen träumten, wo sie Federn sammelten, um sie dann mit Wachs zu Flügeln zu bauen, ist atemberaubend.

Ist man wieder im Haus und liegt auf dem breiten türkischen Diwan im obersten Raum und schaut hinüber zum östlichen Ende der Bucht, so sieht man da, allerdings nur bei Nacht, wenn die Lichter über die Bucht scheinen, Matala. Dort, wo nach der Mythologie Neptun den weißen Stier aus dem Meer brachte und Pasiphae, die Königin von Kreta, Frau des Minos, sich in geiler Lust von ihm schwängern ließ. Der Bastard, halb Stier halb Mensch, mußte versteckt werden. Dort nahmen die Ereignisse ihren Anfang, die später dazu führten, daß Ikarus und Dädalus sich Gedanken machen mußten, wie sie aus der Grotte, die ihr Gefängnis geworden war, entfliehen könnten.

Doch zurück zum Haus – aber man sieht es ja schon vor sich, flirrend in der Mittagshitze. Es ist nur noch wichtig zu erwähnen, daß es sehr viel kleiner aussah, als es tatsächlich war.

Er zwinkerte ihr zu und deutete mit dem Kopf auf mich. Ich sah die Geste zwischen halbgeschlossenen Lidern. War sehr entspannt. Vielleicht zum ersten Mal seit langem.

– Es wirkte eher wie ein Einfamilienhaus. Aber wenn auch niemand außer der Hausherrin seine wirklichen Ausmaße kannte, soviel ist gewiß, zur Party gab es neunundddreißig geladene Gäste, mit der Gastgeberin befanden sich also, abgesehen vom Personal, vierzig Personen im Haus. Viele waren Paare, alle hatten eigene Zimmer. Obwohl die Anlage des Hauses einfach erschien, war es doch nicht leicht, von einem Zimmer ins nächste zu gelangen, es war wie ein Labyrinth. Die Hausherrin hatte es so gewollt. Es gab keinen Bastard, der versteckt werden mußte, aber viele sprachen davon, daß das Haus ein schreckliches Geheimnis hütete. Es gab Spekulationen, die in jedem Jahr erneut auflebten, denn wurde auch niemand zweimal zu einem der jährlich stattfindenden Feste eingeladen, so kannten sich doch viele Gäste untereinander, und Tausende von Gerüchten kursierten.

Der labyrinthartige Charakter des Hauses wurde dadurch verstärkt, daß die unteren Stockwerke sehr hoch und mehrere Zwischenebenen eingezogen worden waren. So führte jeder Weg in ein anderes Zimmer, in ein Bad oder in einen der Salons oder Speiseräume immer über einige Treppen, auf Podeste, nach außen und dann wieder durch eine verborgene Tür nach innen. Die Hausherrin fand sich ohne Probleme zurecht, aber da die Gäste höchstens fünf Tage blieben und es in dieser kurzen Zeit nicht schafften, sich in dem Haus zurechtzufinden, belebte sich das Gerücht vom Labyrinth immer wieder. Der Gastgeberin war das recht. Da sie selbst für ihre Gäste undurchschaubar war, genoß sie es, daß ihr Haus wirkte wie sie selbst, daß es eine Verstärkung oder Bestätigung ihrer eigenen Undurchschaubarkeit war. Langweile ich Sie?

Ich hatte gerade getrunken und verschluckte mich, als ich antworten wollte.

– Dann ist es gut, sagte er, noch bevor ich etwas sagen konnte, und feixte der Frau zu, die rauchend in ihrem Sessel saß.

– Sie langweilen mich keineswegs, es ist nicht nur interessant, es ist angenehm, ich fühle mich wie bei einem Märchenerzähler. Aber eine Frage: Kann ich Ihnen am Ende einige Fragen stellen?

Er sah mich freundlich an.

– Werden Sie mir dann einige Antworten geben, fragte ich schon unsicherer in sein Schweigen.

– Glauben Sie denn, daß es ein Ende geben, glauben Sie, daß es nötig sein wird?

Er lächelte sein Lächeln.

– Lassen Sie mich fortfahren. Das Haus steht. Wenden wir uns nun der Hausherrin zu. Sie hatte ihren Namen im Laufe der Jahre oft gewechselt, liebte es, sich immer neu und immer undurchsichtiger zu präsentieren. Sie hieß in diesem Jahr: Ayesha Gümüşsuyu.

Ich zuckte so merklich zusammen, daß ich meinen Wein verschüttete. Sie gaben mir zu verstehen, ich solle mich nicht darum kümmern. Als ich sprechen wollte, brachte man mich, ebenfalls durch Gesten, zum Schweigen.

– Gümüşsuyu: Sie hatte einen türkischen Namen gewählt. Dafür gab es einen Grund. Der Name bedeutet Silberwasser. Unnötig zu sagen, daß sie in diesem Sommer Silber liebte, den kalten Glanz des Metalls dem warmen weichlichen Schimmer des Goldes vorzog. Dies galt in diesem Jahr; aber sie wechselte ihre Vorlieben wie ihre Namen. Zum besseren Verständnis und zum höheren Genuß werde ich den Namen für Sie einmal aufschreiben, wie er ausgesprochen wird. Er schrieb auf einen kleinen Block: Gümüschsuju! Da, Sie werden zugeben müssen, daß der Klang des Türkischen, die weichen Zischlaute und die Vokalharmonie ein Wohlbefinden auf der Zunge schaffen, das uns die Frau schon fast schmecken läßt. Besonders wohltuend ist das scharfe S nach dem weichen Sch, und der Ausklang in den beiden vorne im Mund produzierten Us, rund und voll, nach den spitzen, durch den sinnlichen labialen Nasal M verbundenen Üs ist ein erotisches Vergnügen besonderer Art. Sprechen Sie den Namen einige Male, lassen Sie ihn auf der Zunge zergehen, versuchen Sie ihn zu behandeln wie ein Weinliebhaber einen kostbaren Wein, schlürfen Sie ihn ... So wie der Name ist auch seine Trägerin. Sprechen Sie ihn ein letztes Mal, schließen Sie die Augen, atmen Sie ihn aus ... sehen Sie sie vor sich?

Wie hypnotisiert nickte ich mit halbgeschlossenen Augen.

– Ich wußte es. Doch zurück zu den Beweggründen, einen türkischen Namen zu wählen. Auf Kreta enden fast alle Nachnamen auf -akis. Diese Nachsilbe ist ein Diminutiv und bedeutet klein. So ist dann Spiridakis der kleine Spirid und Thiakakis der kleine Thiad. Ganz Kreta ist mit Kleinen bevölkert. Das war ein Einfall der Türken, als sie die Insel beherrschten, die Unterdrückten auch im Namen zu demütigen. Dies ist ein sehr orientalischer Unterdrückungsmechanismus. Die Chinesen, nachdem sie Tibet besetzt hatten und die Religion der Tibetaner zerstören wollten, ließen die heiligen Steine, Mandalas und Gebetsfahnen der Tibetaner in die Straßen zementieren, machten es damit den Gläubigen unmöglich, ihre Häuser zu verlassen, denn auf ihre Heiligtümer zu treten wäre für sie ein Sakrileg gewesen. Erstaunlich im Fall Kretas, daß die Einwohner die Namen bis heute beibehalten haben.

Warum hatte sie also einen türkischen Namen gewählt? Sie war auf Kreta und hatte unter den Gästen des Jahres drei einflußreiche Leute der Insel. Wir kommen später auf sie zu sprechen. Einer unter ihnen, ein gewisser Vulgarakis, hatte eine Vorliebe, die zu beschreiben nicht uninteressant ist. Seine Verbindung zur Gastgeberin war delikat. Fest steht, Ayesha Gümüşsuyu – nutzen Sie ruhig die Gelegenheit, den Namen noch einmal auf der Zunge zergehen zu lassen – überließ nichts dem Zufall. Das hatte sie nie getan, sonst wäre sie nicht soweit gekommen.

Sie war natürlich weder Griechin noch Türkin. Geboren war sie als Tochter einer Italienerin und eines Engländers in Alexandria. Er war Offizier in der Armee, sie unterhielt eine Bar. Als die Engländer abzogen, wußte er nicht einmal, daß er eine

Tochter hatte. Die Mutter wußte es zwar, aber sie hatte es bald vergessen, in der Art ihrer Lebensführung war kein Platz für ein Kind, und in dem Bild, das sie von sich hatte, schon gar nicht. Die Bar war nur das Geschäft nach außen hin, sie lebte davon, daß sie Morphium an einige arme Teufel verkaufte, die sie vorher selbst an die Spritze gebracht hatte. Bei dem Offizier, der sie geschwängert hatte, hatte sie es nie geschafft, aber es war auch nicht nötig gewesen, denn sie betrieben das Geschäft gemeinsam. Er war Versorgungsoffizier und organisierte Morphium aus Militärbeständen, bestimmt für die verwundeten Soldaten in den Lazaretten. Sein Wahlspruch war: Im Krieg und in der Liebe ist alles erlaubt! Natürlich, was erwartet man von einem Berufsoffizier? Er kultivierte militärischen Zynismus und brüstete sich vor jedem, der es hören wollte, mit seinen Anschauungen. Es verrecken eben unter Schmerzen nur die, blähte er sich, die mit Morphium ohnehin verreckt wären, wenn auch ohne Schmerzen. Aber – so der Leutnant – unter Schmerzen zu sterben und nicht eingelullt durch Medikamente macht den Tod zu einem sinnlichen Erlebnis, eröffnet ihm eine ästhetische Dimension, macht ihn bedeutungsvoll. Und – so der Leutnant – jetzt unter Schmerzen zu sterben war immer noch besser, als in der Ewigkeit Schmerzen erdulden zu müssen, was eben ausgeschlossen wurde durch die Leiden auf der Erde. Dumme Puritaner, diese Engländer. Dabei war er kein religiöser Mensch. Nach dem Krieg hatte er im Londoner

Westend mit dem Geld aus seinen Nebenverdiensten ein exklusives Zeitungs- und Tabakwarengeschäft eröffnet, hatte sich ganz der Branche verschrieben, sein kleines Glück gefunden, und als Nichtraucher hätte er sich in seinem Tabakwarenladen unglaubwürdig gefühlt, er sagte, ein Optiker müsse eine Brille tragen, ein Schneider wie aus dem Ei gepellt herumgehen, und auch ein Schuhputzer könne es sich nicht erlauben, mit schmutzigen Schuhen zu arbeiten, und rauchte zwischen fünfzig und achtzig Zigaretten am Tag. Er starb an Lungenkrebs. Mit Morphium.

Doch zurück zu Mutter und Tochter.

Seine Wangen hatten sich gerötet, seine Augen waren halb geschlossen, und um seinen Mund lag ein Lächeln. Nur gelegentlich strich er sich mit den Händen über seinen kahlen Schädel, und es entstand ein kleines Geräusch, wie wenn Papier raschelt.

– Das Kind wuchs auf, wie Kinder aufwachsen. Ich überspringe Kinder- und frühe Jugendzeit, und wir sehen sie vor uns gesund und schön im Alter von sechzehn. Es gibt ein Detail in ihrer Kindheit, das nicht ausgespart werden sollte. Ich erwähnte doch diesen Vulgarakis, den Kreter? Heute ist er ein alter Mann, aber damals, als das Mädchen, das heute Ayesha Gümüşsuyu heißt, zwölf Jahre alt war, stand er als ein erfolgreicher Geschäftsmann mit einer besonderen Vorliebe für junge Mädchen, sehr junge Mädchen, mitten im Leben. Je jünger, desto besser. Ayesha war zwar nicht mehr sehr jung, jedenfalls nicht für den Geschmack des Vulgarakis. Aber sie war schön, und weil er ein, zwei Dinge aus der geschäftlichen Vergangenheit der Mutter wußte, konnte er sich mit ihr einigen, nahm die Kleine mit nach Malta und verbrachte dort zwei Wochen mit dem Kind.

Für ihn lohnte es sich.

Fest steht, sie haßte Vulgarakis. Immerhin brachte er sie auf einen Weg, der sie zu der machte, die sie wurde. Mit sechzehn ging sie auf den Strich. Sie wurde eine Nutte. Kein sehr schönes Wort, zu kurz, zu hart, zu unerotisch. Sagen wir lieber, sie wurde eine Hure, das klingt weicher. Ein Wort wie Prostituierte fällt aus, das ist fast schon klinisch, und an Soziologie bin ich nicht interessiert. Sie wurde zu einer der erfolgreichsten Huren aller Zeiten. Bis Mitte Zwanzig hatte sie bereits mehrere Millionen angehäuft. Einesteils durch Arbeit, zum anderen Teil durch einige Ehen. Ihre Stellung, ihren Einfluß, ihre Macht gewann sie durch beides. Die Ehen beschleunigten den Prozeß, aber sie hätte es auch ohne geschafft. Sie wollte! Sie war besessen.

Vielleicht kam von den vielen Ehen ihre Vorliebe für ständig wechselnde Namen. Wer weiß? Wie oft sie verheiratet war, ist mir nicht bekannt, mit Sicherheit jedoch weiß ich von fünf Ehen. Sie heiratete die Industrie, die Kunst – die gleich zweimal, einmal die Musik und einmal die Literatur –, die Politik und einmal das Geld. Den meisten Gewinn warf die Musik ab, die Platten ihres dritten Mannes wurden ständig gespielt, verkauft und neu aufgelegt. Er kam bei einem tragischen Unfall ums Leben, auf dem Gipfel seines Ruhms war er als leidenschaftlicher Sporttaucher im Riff vor Key Kaulker, einer kleinen Insel vor Belize, ertrunken, das heißt, man vermutet, daß er ertrunken ist, denn seine Leiche wurde nie gefunden. Aber das karibische Meer ist gerade an dieser Stelle voll von Haien und Barrakudas. Für sie war es ein großer Schock, denn sie hatte ihn wirklich geliebt, und der Verdacht, der sich nur zu leicht einschleicht, daß nämlich sie etwas mit seinem mysteriösen Verschwinden zu tun haben könnte, ist falsch. Das will allerdings nicht heißen, daß sie vor Gewalt zurückschreckte. Ihren zweiten Gatten, das Geld, hatte sie sicher auf dem Gewissen, aber anders, als Sie vermuten mögen. Er war ein alter Mann, hatte in seinem Leben noch nie auch nur einen Handstreich getan und obendrein ein schwaches Herz, vielleicht vom vielen Nichtstun, er hatte sich Ayesha gekauft, wie er alles gekauft hatte. In einer turbulenten Nacht starb er an Herzversagen. Er war ein leidenschaftlicher Kartenspieler, konnte auch nicht verlieren, und sie hatte ihn nicht ein einziges Mal beim Rommé gewinnen lassen. Sie war wieder frei.

Doch machen wir einen kleinen Sprung, gehen wir auf die Party, betrachten wir die Gäste. Einen von ihnen kennen wir schon, sogar besser, als ihm lieb sein sollte. Dann war da seine Frau. Elena Vulgarakis. Sie hatte es am längsten bei ihm ausgehalten, immer wieder seine peinlichen Affären vertuschen helfen, hatte sogar ein gewisses Gefallen an seiner jüngsten Neigung gefunden. Hatte sich auf dieser Ebene fast wieder mit ihm getroffen, vielleicht zum ersten Mal. Es verschaffte ihr Lust zu wissen, daß er hinter einer Wand saß, durch ein Loch spähte und sie mit ihren gekauften jungen Liebhaberinnen beobachtete, denn auch sie hatte eine Vorliebe für sehr junge Mädchen. Vielleicht hatte sie diese gemeinsame Vorliebe zusammengebracht. Sie empfand ein sadistisches Vergnügen bei der Vorstellung, daß er sein schlaffes Glied befingerte, ohne Hoffnung, ihm jemals wieder eine Regung zu entlocken. Ihr Triumph über seine krude Männlichkeit.

Beide brachen in Gelächter aus.

– Der dritte Kreter war ein Bauer. Kremidiakis. Ein erstaunlicher Gast. Nicht er selbst, er war ein langweiliger, stumpfer Mensch. Erstaunlich war, daß er auf ein solches Fest geladen wurde. Ihr Motiv, ihn zu laden, werden wir später besser verstehen. Schauen wir ihn an. Er war in den Fünfzigern, trug eine graue Reithose, enge hochgewichste schwarze Stiefel, um seinen Bauch hatte er nach kretischer Manier einen beigen Wollschal geschlungen, trug ein schwarzes Hemd ohne Krawatte und ein schwarzes Jackett. Um die Stirn gebunden hatte er ein schwarzes seidenes Fransentuch, die Fransen hingen ihm tief in die Stirn. Mit dem schwarzen Tuch und den hängenden Fransen verdeckte er seine grauen Haare, von fern entstand die Illusion eines schwarzglänzenden Haarschopfs.

Sein imposanter und noch schwarzer Schnurrbart war an den Enden hochgezwirbelt. Mit der linken Hand spielte er an den Enden des Bartes, mit der rechten drehte er eine Kette aus Bernsteinkugeln. Die Hände waren die eines Bauern, abgearbeitete ehrliche Hände; die Falten in seinem Gesicht waren schwarze Risse in Leder. Er bot, alles in allem, eine stattliche Erscheinung, und Touristen, die ihn in Malia, seinem Heimatdorf an der Nordküste, auf dem Platz vor der Kirche sitzen sahen, machten Aufnahmen von ihm. Ein Kreter! Er ließ sie gewähren. Er war auch eitel.

Wir kennen also drei der neununddreißig Gäste der Party. Wir werden nicht alle betrachten, andere dafür noch genauer.

Fragen wir uns, warum die Party gerade hier, in diesem erbärmlichen Ort auf Kreta, stattfand. Ayesha besaß nicht nur dieses Haus, sie hatte Häuser in allen Teilen der Welt. Warum also hier? Pro Jahr verbrachte sie nur zwei Wochen in diesem Haus. Immer im Dezember. Sie traf eine Woche vor ihren Gästen ein, bereitete alles vor und blieb, wenn die Gäste abgereist waren, noch weitere zwei Tage, versorgte alles und kam nicht wieder bis zum nächsten Jahr. Wichtig ist auch, daß sie immer ihr eigenes Personal mitbrachte. Aus dem Dorf nahm sie niemand, obwohl einige ihre rechte Hand gegeben hätten, wenn sie das Haus einmal hätten betreten dürfen. Sie selbst hatten auch nur wenige gesehen. Sie kam bei Nacht mit ihrer Jacht und verließ den Ort wieder nachts.

Warum hier?

Ich greife zurück. Sehen wir uns auf der Suche nach einer Antwort die Geschichte des Dorfes an.

Athinaida war die einzige Tochter des Atheners Leontios Sophos. Wir schreiben das Jahr fünfhundertsiebzig. Athinaida hatte drei Brüder, und nach dem Brauch dieser Zeit erbten die Söhne einer Familie die Häuser und Güter, die Mädchen das Geld. Mit zwanzig bekam sie von ihrem Vater einhundert Goldstücke – eine unglaubliche Summe – und zog zu ihrer Tante Poulcheria nach Konstantinopel.

Ihre Tante unterhielt Beziehungen zum Königshaus, böse Zungen sagten, sie sei eine alte Kupplerin. Fest steht: durch ihre Tante Poulcheria lernte sie den Prinzen kennen, der verliebte sich in sie und heiratete sie später. Sie wurde Königin. Jedoch war der Prinz sehr jung, jünger als sie, und nach dem Tod seines Vaters saß seine ältere Schwester zunächst auf dem Thron, bis er schließlich alt genug war, die Regierungsgeschäfte selbst zu übernehmen. Wie es mit der Macht so ist, da die Schwester sie einmal hatte, fiel es ihr schwer, sie wieder herzugeben. Schon gar an eine andere Frau, die nun statt ihrer Königin sein würde. Kurz, sie war eifersüchtig, sah sich in die Ecke gestellt, hatte es auch satt, die dauernden Turteleien der beiden zu sehen, hatte sie doch selbst aus Verantwortung gegenüber Familie und Thron darauf verzichtet, sich um einen Ehemann zu kümmern, sie war eine vor der Zeit gealterte Frau, die diese junge attraktive Person nicht leiden konnte. Hinzu kam, daß die zukünftige Königin überall beliebt war, während die Schwester des Prinzen von den meisten gefürchtet wurde, denn sie war keine gütige Herrscherin, und die schönste war sie auch nicht. Die Luft war vergiftet, die Zeit reif für eine Intrige.

Sie hatte es dem frischgebackenen König schon mehrere Male geflüstert, aber der hatte es nie glauben wollen, war blind in seiner Liebe und seinem Vertrauen zu seiner Frau, der neuen Königin. Er war fest davon überzeugt, der einzige in ihrem Leben zu sein. Aber mit der Zeit, ein kleiner Streit hier, ein passendes Wort da – von der Schwester –, ein neuer Hofmusikus, Paulino, Italiener mit schwarzen Locken; der König gab der Schwester nach, ließ sich auf eine von ihr erdachte Hinterlist ein.

Der Italiener liebte Äpfel, das wußte jeder am Hof. Der König nicht. Athinaida machte sich nichts aus Äpfeln. Auch das wußte der König nicht. Die Schwester gab ihm also einen riesengroßen wunderschönen Apfel, den er der Königin, seiner Frau, geben sollte, und dann, so die Schwester – falsche Schlange – würde er schon sehen, was mit dem Apfel passierte. Was folgte, ist klar: König gibt Königin den Apfel, die freut sich sehr über die Geste, ißt ihn aber nicht, mag ja auch keine Äpfel, läuft durch die Gänge, spielt mit dem Apfel, trällert vielleicht ein Liedchen dazu, auftritt der Musiker, Paulino, der Italiener. Ahs und Ohs und so weiter und welch prächtiger Apfel, er solle ihn nehmen, liebe doch Äpfel über alles, er sei ihr ein Freund und so fort. Schwester hat alles beobachtet, holt den König hinzu, und beide erwischen den Paulino, wie der gerade herzhaft hineinbeißen will, in den Apfel. Er kommt nicht mehr dazu. Er kommt überhaupt nie mehr zu einem Apfel, auch nicht zu seiner Henkersmahlzeit, der König, sonst ein großmütiger Mensch, blieb hart. So kann es gehen.

Athinaida wurde wegen erwiesener Untreue nach Afrika verbannt, auf ein Schiff gebracht und abtransportiert.

Die Schwester hatte es, für den Moment, geschafft.

Auf dem Weg von Konstantinopel nach Afrika segelten sie an der Südküste Kretas vorbei und gerieten in einen Sturm, mitten in einer riesigen Bucht. Sie konnten das Land nicht erreichen. Die Königin warf sich auf die Knie, betete und bat darum, den Sturm zu beenden, sie gelobte, würde sie überleben, in dieser Bucht eine Kirche errichten zu lassen.

Der Wind flaute ab. Sie gingen an Land. Schiff und Mannschaft und Königin waren gerettet. Sie kamen in einen kleinen Ort, der Soulia hieß und in einem grünen Tal an einem Fluß lag. Es war Dezember, und der Fluß führte Wasser. Am Friedhof ließ sie eine Kirche erbauen.

Der Bau war noch nicht vollendet, als sie aus Konstantinopel die Nachricht vom überraschenden Tod des Königs, ihres Mannes, erreichte. Sie sollte den Thron besteigen. So kam es dann für die Schwester doch anders als gedacht.

Die Kirche nannte die Königin: Panagia Agia Galini – Muttergottes von der heiligen Zuflucht.

Ort und Kirche wurden später von Seeräubern geplündert und zerstört, und erst sehr viel später ließen sich wieder Leute aus den Nachbardörfern in dem grünen Tal am Fluß nieder. Sie nannten das Dorf nach der Kirche der Athinaida: Agia Galini. Heilige Zuflucht.

Eine schöne Geschichte, ein schöner Name für ein Dorf. Ich will versuchen, die Verbindung zwischen dieser Geschichte und Ayesha herzustellen. Sollte sie den Ort rein zufällig gewählt haben, obwohl wir andererseits wissen, daß diese Frau so gut wie nichts dem Zufall überlassen hat?

Doch verlassen wir den Ort noch für einen Moment und kehren zu den Gästen zurück. Die Einladung sah so aus, daß die Gäste mit einem einfachen Schreiben ein Flugticket bekamen. Genaue Instruktionen lagen den Briefen bei, und am Flughafen in Heraklion standen Wagen für die hundert Kilometer bis nach Agia Galini bereit.

Es stellen sich einige Fragen: Erstens, wenn sie ihren Namen so häufig wechselte, woher wußten die Eingeladenen, um wen es sich handelte bei der, die sie da einlud? Zweitens, hatte sie irgendeine Macht über die Leute, die sie lud? Immerhin kamen Politiker, Industrielle, Wissenschaftler, Künstler, auch der Klerus soll schon gekommen sein.

Es gab Gerüchte. Die Kleinkarierten redeten von

Orgien, von Drogen, andere meinten, es sei Spionage im Spiel. Wer weiß! Natürlich hatten die Geladenen, wie jeder Mensch, etwas zu verbergen, und darum verhielten sie sich diskret. Jede Biographie, an der man kratzt, erweist sich als eine dünne Hülle, unter der sich Abgründe auftun. Das wissen Sie besser als ich. Die Gerüchte besagten, sie habe Informationen über alle Gäste und setze sie unter Druck. Dann war die Rede von schwarzen Messen, von Okkultismus. Die Dörfler wollen von einem Menschenopfer wissen, einem Kindsopfer. Andere meinten, sie sei mit dem Teufel im Bunde, wieder andere, sie sei selbst ein Teufel. Immerhin dauerte das Fest fünf Tage, und den verwöhnten Gästen mußte ständig etwas geboten werden, ihre überreizten Sinne bedurften immer neuer Anregungen. Die bekamen sie. Wir schauen als Zaungäste genauer hin. Dann kann uns wenigstens nichts passieren, und, soviel ist sicher, es ist schon so manchem hier etwas passiert.

Schlafen Sie mir bloß nicht ein, rief er.

– Nein, nein, keine Angst, ich bin da.

– Ich will kurz etwas anmerken, eine Fußnote sozusagen. Wenn wir Leute so genau schildern, müssen unweigerlich Indiskretionen begangen werden, wir müssen uns in die einzelnen Personen einschleichen und Vergnügen daran finden, daß sie vor uns liegen wie offene Bücher. Wir werden uns in ihre Gespräche schleichen und in ihre Gedanken, werden sie zum Essen genauso begleiten wie zu ihren Liebschaften, wir werden sie in der Wanne singen hören, ihre Männer beschimpfen sehen und ihre Frauen beleidigen hören, nehmen Teil an Gewalt, an Liebe, an Sex, an perverser Lust, werden sie beim In-der-Nase-Bohren beobachten, nachempfinden, wie sie ausfallend werden, weil sie ihre Manschettenknöpfe nicht in die Löcher bekommen oder ihre Ketten nicht schließen können, wie sie sich in ihre Korsetts quälen, wie sie an grauen Haaren oder neuen kleinen Fältchen verzweifeln; kurz, wir werden sie leben sehen.

Er nickte ihr zu, und sie nickte zurück und lächelte. Sie prosteten sich zu.

– Natürlich gab es ausgesuchte Speisen und Getränke, die für die Festlichkeiten eingeflogen wurden. Auch hatte sie einige der vorangegangenen Parties unter ein Motto gestellt, eine unter das Motto Trauerfeier. Huysmans, ein Gast der damaligen Party, hat Dekorationen und Speisen als Vorlage für seinen Roman »A rebours« genommen.

Als er sah, daß ich etwas sagen, daß ich protestieren wollte, schnitt er mir mit einer Handbewegung das Wort ab.

– Um Sie also einzustimmen und Sie noch tiefer mit Ayeshas Extravaganzen vertraut zu machen, werde ich Ihnen dieses Mahl, das damals die Hauptattraktion darstellte, beschreiben.

Der große Speisesaal war mit schwarzer Seide ausgeschlagen worden, und hinter einem schwarzen Vorhang spielte ein Orchester Trauermusik. Der Blick nach draußen auf die Terrasse war durch schwarze Seidenvorhänge eingeschränkt, und auf der Terrasse selbst standen in schwarzen Kübeln Zypressen, der Boden war mit schwarzer Asche bestreut, und aus einem kleinen Bassin lief schwarzgefärbtes Wasser.

Die Gäste, allesamt in Schwarz, saßen um den mit einer schwarzen Tischdecke bedeckten Tisch, und man aß von silbernen Tellern dunkle Speisen, schwarzes Roggenbrot, dunkle Pasteten und Blutwürste, Kaviar, Wildbret, geräucherte Aale, Manchego in seiner schwarzen Schale, Schwertfisch, Auberginen. Zum Dessert wurden dunkle Puddings und Feigen gereicht. Aus rauchigen Gläsern trank man Portweine, Stoutbiere aus England und dunkle Weine aus Italien. Die Gäste wurden wie auch später im Roman von nackten Negerinnen bedient, bekleidet nur mit silbernen Pantoffeln und seidenen Strümpfen, die mit Perlen in der Form von Tränen besetzt waren. Eine Japanerin mit ausgeprägten Einbuchtungen an den Schlüsselbeinen beugte sich auf Wunsch zu den Gästen hinunter und reichte Salz im linken, Pfeffer im rechten Grübchen. Ayesha hatte ihre Gäste – natürlich ohne deren Wissen – unter Drogen gesetzt, die Angstzustände und Depressionen auslösten, so daß die Gäste während des gesamten Mahles weinten und sich in Trauer und Angst verzehrten.

Genuß ging ihr über alles. Sie liebte ihn in allen Formen und zwang Gästen ihre Vorstellung davon auf. So soll sie einmal einem Gast, der die Verbindung von Parmesan und altem Brunello di Montalcino nicht genoß, mit dieser Kombination von Käse und Wein gefüttert haben, bis er sich, dem Tode nahe, vor aller Augen erbrach und hilflos und besudelt in einer Ecke liegenblieb.

In einem anderen Jahr hatte sie die Gäste zu einem Mitternachtsessen auf ihrer Jacht zu einer kleinen, Agia Galini vorgelagerten unbewohnten Insel gebracht. Am Strand waren Zelte aus Seide im Stil der griechischen Feldherrnzelte aufgestellt worden. Die Gäste trugen Tuniken und feierten ein Siegesfest. Durch Schattenspiele, die von einem berühmten Illusionisten installiert worden waren, durch Geräuschkulissen und Gerüche, die von verborgenen Duftorgeln ausströmten, sahen sich die Gäste inmitten einer riesigen Zeltstadt, um sie herum lagerten Tausende von Soldaten und feierten den Fall von Troja, man sah – oder meinte zu sehen – Kamele, den Schattenriß des Pferdes, Wälder von aufgestellten Lanzen. Blut und Schweiß lagen in der Luft, der beißende Geruch von Tierausdünstungen und Urin hing über der Insel. An großen Feuern drehten sich Ochsen, Trojanerinnen trugen die Speisen auf und reichten Krüge mit Wein.

Sie werden sich an Flauberts Salammbô erinnern. Unnötig zu erwähnen, daß er damals Gast auf der Insel war.

Wieder wollte ich protestieren. Für einen Augenblick hatte ich mich aufgerichtet, sank aber umgehend in den Sessel zurück, sah die beiden an, die mich aufmerksam beobachteten, wir grinsten und tranken. Fast anerkennend nickten sie sich zu.

– Schon besser, bemerkte sie und sah ihn an.

– Zu Ayesha nun. Sie verschaffte nicht nur kollektiven Genuß, auch individuell versorgte sie ihre Gäste. Auf der letzten Party befand sich eine Modemacherin aus Paris, deren sexuelle Phantasien um Gewalt kreisten, um brutale Unbekannte und Vergewaltigungen. Ayesha hatte die Information vom Analytiker der Designerin, der selbst in ihrer Schuld stand und ihr gelegentlich von seinen Patienten erzählte. Während der Vergewaltigung, die im Zimmer der Dame geschah, hatten alle anderen achtunddreißig Gäste und Ayesha selber in einem eigens dafür hergerichteten Nebenraum bei Getränken und Imbissen hinter einer Einwegspiegelwand gesessen und zugesehen. Die Designerin reiste noch in derselben Nacht ab, zwar hatte sie mit Phantasien dieser Art gespielt und sich daran erregt, die Realität jedoch ekelte sie so sehr, daß sie nicht eine Minute länger bleiben wollte. Dabei hatte sie nicht einmal von ihren Zuschauern erfahren.

Hier stellt sich die Frage, warum nicht auch andere Gäste abreisten? Welche Macht hatte diese Frau über ihre Gäste?

Tatsächlich hatte sie sich hinter der Spiegelwand mehr an dem Entsetzen in den Gesichtern der Voyeure geweidet als an dem widerlichen Spektakel im Nachbarraum.

Doch genug der Erinnerungen, betreten wir die Bühne des Schauspiels, von dem ich Ihnen erzählen wollte. Der Einfachheit halber gehe ich chronologisch vor. Die Anreise der Gäste ist nicht interessant. Obwohl es einen Gast gibt, den wir am

Flughafen in Heraklion erwarten wollen und mit dem gemeinsam wir über die mit Schnee bedeckten Berge in die heilige Zuflucht fahren.

Der Mann hatte Angst.

Es war der vor einigen Jahren durch einen Skandal berühmt gewordene Fälscher Mies van Hepp. Er versuchte sich unauffällig zu verhalten und hatte guten Grund dazu. Er war Mitte Sechzig, kahlköpfig, klein, untersetzt, hatte einen dichten grauen Schnurrbart. Als er ankam, trug er ein weites, fast bodenlanges schwarzes Cape, einen schwarzen Schlapphut und Stiefel. Unter dem Cape einen marineblauen Samtanzug, ein hellgraues Seidenhemd und ein rotes Seidentuch, das um den Hals geschlungen im Kragen seines offenen Hemdes steckte.

Er hatte Mitte der sechziger Jahre angefangen, da er als Maler keinen Erfolg hatte, Matisse und Picasso zu fälschen, und es zu einer solchen Meisterschaft gebracht, daß seine Fälschungen auch von angesehenen Kunstsachverständigen und Kuratoren nicht erkannt wurden. Picasso selbst soll eines der gefälschten Bilder als sein eigenes identifiziert haben. Die Abwicklung der Geschäfte und das Einschleusen der Bilder in den Kunstmarkt – er verkaufte seine Bilder hauptsächlich in den USA – besorgten eben die Leute, vor denen er sich jetzt fürchtete. Zu Recht! Die Mafia betrieb seine Geschäfte mit großem Erfolg.

Er lebte in einem palastartigen Haus auf Ibiza, malte und hielt Hof, avancierte zu einer lokalen

Größe und pflegte Umgang mit der örtlichen Aristokratie, was ihm später von Vorteil sein sollte. Als seine Fälschungen aufflogen. Nicht nur wollte man ihn des Landes verweisen, man wollte ihn auch ins Gefängnis sperren. Ein unvorstellbarer Gedanke. Damals trat eine gewisse Baronin – nennen wir sie Bougainvillea – zu seinem Schutz auf. Seit Jahren war sie eine seiner größten Verehrerinnen, versuchte immer wieder, sich ihm zu nähern, ja machte ihm sogar, wie man hörte, einen Heiratsantrag. Er lehnte ab. Sie mußte sich damit abfinden, blieb ihm aber über die Jahre eine treue Freundin. Zu der Zeit, als seine Fälschertätigkeit ans Licht kam, griff sie vermittelnd ein, und dank ihrer guten Beziehungen zur Polizei und zu Personen im Justizministerium konnte sie ihm unter der Bedingung Straffreiheit verschaffen, daß er die Namen seiner Partner preisgab. Er sah darin die einzige Möglichkeit, seine Haut zu retten, und denunzierte. Vier Männer gingen für sieben Jahre ins Gefängnis und wurden nach ihrer Entlassung des Landes verwiesen. Van Hepp hatte vor Gericht gegen sie ausgesagt, ihnen alle Schuld angelastet, sich und seine Kunst als das Opfer ihrer erpresserischen Methoden bezeichnet und abschließend gelobt, keine Fälschungen mehr zu malen. In den letzten Jahren malte er Bilder unter seinem Namen im Stil von Matisse oder Picasso.

Solange die ehemaligen Teilhaber einsaßen, fühlte er sich sicher, aber seitdem sie wieder auf freiem Fuß waren, hatte er Angst um sein Leben.

Schließlich war es auch mit seinen Finanzen bergab gegangen, er hatte mehr und mehr von seinen Antiquitäten und über die Jahre angehäuften Kunstschätzen verkaufen müssen, später dann auch sein Haus. Alles, um sein aufwendiges Leben beibehalten zu können. Die Liebhaber wurden auch immer teurer. Bei jedem neuen dachte er, es handle sich um seinen Mörder. Er konnte nichts mehr richtig genießen. Zum Schluß mußte er sogar zur Miete wohnen. Selbst für die treue Baronin hatte seine Attraktivität nachgelassen. Kurz: Er war am Ende.

So war er dann auch dankbar der Einladung nach Kreta gefolgt, unauffällig gekleidet brach er bei Nacht und Nebel, einen Schuldenberg zurücklassend, auf und flog nach Kreta.

Sie kannte diese Geschichten und hatte, um ihren Gästen etwas Besonderes zu bieten, auch einen gewissen Paul Westen oder John Smith, einen unscheinbaren kleinen Mann mit grauen Augen, eingeladen. Paul Westen alias John Smith bestritt seinen Lebensunterhalt damit, Leute aus dem Weg zu räumen. Er war ein professioneller Mörder aus New Jersey. Er betrachtete seinen Beruf als Berufung, verstand sich als Künstler und erledigte keinen seiner Aufträge auf die gleiche Weise. Er blickte auf eine lange Karriere spektakulärer Morde zurück. Sein Beruf war einträglich, und so konnte er es sich leisten, nur zwei-, manchmal auch dreimal pro Jahr Hand anzulegen und ansonsten in seiner Eigentumswohnung in Fort Lauderdale zu sitzen und sich seiner Leidenschaft hinzugeben, er sammelte Darstellungen des heiligen Sebastian.

Er hatte an einer neuen Methode gearbeitet, mit einer Pistole wollte er einen Eiszapfen in der Größe einer Nadel abschießen. Die Nadel würde in die Schläfe eindringen, ohne Spuren zu hinterlassen, und im Gehirn schmelzen. Der Tod träte sofort ein, und als Todesursache würde Gehirnschlag festgestellt. Den ganzen Sommer über hatte er an seiner Erfindung gearbeitet, unzählige Kaninchen erschossen und sie anschließend Veterinären zur Untersuchung vorgelegt. Die Ergebnisse waren sehr zufriedenstellend. John Westen alias John Smith war ein Meister seines Fachs.

Diese Tötungsversion hatte er für Mies vorgesehen. Er fand, das sei er ihm schuldig, denn er war ein großer Verehrer seiner Bilder und besaß selbst zwei Matisse und einen Picasso aus der blauen Periode von Mies. Der Mord sollte, so die Vereinbarung, am Abend des vierten Tages stattfinden, während eines Konzerts, das ein anderer Gast, der japanische Pianist Yuji Katahashi, geben sollte. Sie hatte diesen Zeitpunkt gewählt, weil die Party dann erfahrungsgemäß in eine Flaute geriet, am vierten Tag herrschte Langeweile, Katerstimmung, und Ayesha Gümüşsuyu dachte sich gerade für diesen Tag immer etwas Besonderes aus.

Aber davon später. Es ist der Morgen des ersten Tages. Die Gäste erreichen die Insel. Mies van Hepp hat noch vier Tage zu leben und fühlt sich zum ersten Mal seit langer Zeit wieder sicher. Er hat das Flughafengebäude verlassen und ist in einen bereitstehenden Kleinbus gestiegen. Auf der Fahrt über die Berge führt er ein interessantes Gespräch über Reproduktionstechniken in der Renaissance und die Symbolik von Pfeilwunden.

Unbemerkt war sie aufgestanden und hatte verschiedene Tapas auf den Tisch gestellt und eine neue Flasche Wein.

– Greifen Sie zu, sagte sie.

Wir aßen und tranken. Zum ersten Mal seit langer Zeit war ich wirklich entspannt. Ich wiederholte es mir immer wieder.

Nach einer kleinen Pause, nachdem er die letzten Bissen in seinem Mund mit Wein hinuntergespült hatte, fuhr er fort.

– Gegen Mittag des ersten Tages brach der Sturm los. Es war der Meltemi, ein kalter Nordwind, der mit solcher Gewalt blies, daß Dächer abgedeckt, Olivenbäume entwurzelt und Treibhäuser dem Erdboden gleichgemacht wurden. Weißer Gischt spritzte mehr als zehn Meter hoch über die Hafenmole von Agia Galini. Der Schiffsverkehr zwischen Athen und den Inseln wurde eingestellt, und auch der Flugverkehr kam zum Erliegen.

Durch den plötzlichen Sturm strandeten die meisten Gäste der Party in Athen, nur wenige schafften es bis nach Kreta. Ein junger deutscher Schauspieler ohne festes Engagement wäre der Einladung nur zu gern nachgekommen, er versprach sich vom Kontakt mit anderen Gästen ein

Engagement, auch gingen seine Mittel zur Neige. Jetzt saß er in Athen auf dem Flughafen.

Die beiden letzten Gäste, die es nach Kreta schafften, waren Truman Capote und Andy Warhol, die zusammen aus New York herübergeflogen waren. Sie hatten ihre Hunde dabei und plauderten fröhlich miteinander, während sie mit anderen Gästen im großen Salon saßen, aufs Meer schauten und zusahen, wie Ayesha Gümüşsuyu in ihrem langen schwarzen Regenumhang auf der Mole gegen den Sturm ankämpfte.

Der Himmel war strahlend blau, und die Sonne schien. Das war anders bei diesem Wind als beim Scirocco, der im Frühjahr von Libyen kommend über die Insel bläst. Dann ist die Luft rot vom herübergetragenen Wüstensand, das Licht wird unwirklich, die Temperatur unerträglich, es ist, als bliese einem ein Heißluftgebläse ins Gesicht. Der feine rote Sand setzt sich in Augen, Ohren, Mund, Nase ... die Leute werden nervös und gereizt. Fällt dann Regen, so regnet es rot, und die Tropfen hinterlassen blutrote Tupfer auf den weißen Tischtüchern und Kleidungsstücken. Der Meltemi aber brachte kalte Luft und einen klaren Kopf, den die Gäste noch brauchen sollten.

Ich fasse zusammen: es ist Mittag. Ayesha Gümüşsuyu auf der Mole. Capote und Warhol auf einem weichen Zweisitzer in der hinteren linken Ecke des großen Salons in der zweiten Etage unter einer Stechpalme. Capote trinkt Cognac, Warhol ein Dietcola, sie plaudern. Vulgarakis und Frau

Eleni, je in einem Biedermeiersessel, trinken Mokka, streiten sich leise. Kremidiakis steht vorn an der Scheibe, sieht aufs Meer, spielt mit seiner Bernsteinkette, trinkt Ouzo, weiß nicht recht, was er machen soll, denn er spricht nur Griechisch. Van Hepp und Westen sitzen sich an einem großen Eßtisch mitten im Raum gegenüber und unterhalten sich über die Gründe, warum der heilige Sebastian mit so vielen verschiedenen Mengen von Pfeilen dargestellt wurde. Mies langweilt das Thema inzwischen, er denkt über den jungen Stellio nach, einen von Ayeshas Angestellten, den sie ihm als persönlichen Helfer zugewiesen hat, um ihm seine letzten Tage zu verschönen. Westen denkt an seine Erfindung und trinkt Cola mit viel Eis. Katahashi liegt auf seinem Bett und läßt sich von einer rothaarigen Ungarin, die er als seine Frau ausgibt, die Pianistenfinger massieren, nachdem sie sie ihm vorher manikürt hat. Der deutsche Schauspieler ist vom Flughafen mit dem Bus in die Stadt gefahren und in einem billigen Hotel am Omonia-Platz mit dem wohlklingenden Namen: Alma, Seele, abgestiegen, er liegt auf einem bei jeder Bewegung quietschenden Bett, murmelt Verwünschungen und raucht eine Zigarette.

An der Bar im großen Salon steht ein deutsches Fotomodell mit wilder blonder Mähne, die sie regelmäßig mit der linken Hand, den Kopf bewußt nachlässig nach hinten werfend, aus dem Gesicht schaufelt, um sie sich dann wieder ins Gesicht fallen zu lassen. Aber sie braucht sich keine Sorge zu machen, ihre Frisur stimmt auf jeden Fall. Sie ist ganz in Leder gekleidet, wie ihr Deutschen es mögt. Neben ihr steht der Juniorchef eines Schweinfurter Autohauses. Sein Vater hatte es in den fünfziger Jahren zu großem Erfolg gebracht. Er hatte die Firma gleich 1945 gekauft. Wann sonst, nicht? In Schweinfurt war der Alte ein mächtiger Mann. Er war, nachdem er sein Geschäft offiziell dem Junior überschrieben hatte, in die Lokalpolitik gegangen.

Der Junior: groß, schlank, blond und braungebrannt. Um den Hals trägt er einen tönernen Buddha in einem goldenen Anhänger, der an einer dicken goldenen Kette hängt.

Der war aus Thailand, da war er mit seiner Frau auf der Hochzeitsreise. Die Frau liegt auf dem Bett in ihrem Zimmer, ißt Pralinen und ist ungehalten darüber, daß ihr Mann nicht bei ihr ist. Sie sind seit vier Jahren verheiratet.

Wir hatten inzwischen die dritte Flasche Wein geöffnet, aber seine Art zu erzählen hatte sich nicht verändert. Er war nüchtern wie zu Beginn.

– Doch da kommt die Gastgeberin. Eingebakken in Salz betritt sie das Zimmer, mischt sich unter die Gäste, begrüßt, wen sie noch nicht gesehen, nickt denen freundlich zu, die sie schon gesprochen hat. Für einige Minuten setzt sie sich zwischen Capote und Warhol, streichelt deren Hunde – sie mag eigentlich keine Tiere und tut es widerstrebend –, die Tiere spüren das nicht und wollen ihre salzige Hand lecken. Im letzten Moment kann sie sie wegziehen. Sie geht dann von Gast zu Gast, bei Kremidiakis angekommen, bleibt sie stehen und flüstert ihm etwas ins Ohr. Die schwarzen Risse in seinem Gesicht wirken plötzlich noch unnatürlicher, wie unecht, fast wie Theaterschminke, denn er ist völlig erblichen. Dann schlendert sie hinaus zu ihrem Mädchen, das ihr ein warmes Bad eingelassen hat. Badet, läßt sich von ihrer Zofe ölen, massieren und das Haar kämmen. Sie kleidet sich an und geht in ihr Zimmer, um sich auszuruhen, bevor sie sich für den Abend fertigmacht.

Der erste Tag verlief immer ruhig, die Gäste waren erschöpft von der Anreise und lernten sich kennen. Die, die die Gastgeberin noch nicht kannten, von ihrem exzentrischen Ruf aber gehört hatten, wollten zunächst natürlich sie kennenlernen, etwas über sie erfahren, und so kam das Gespräch der Gäste immer wieder auf sie zurück, umkreiste sie, tastete sie ab. Erfahren konnte niemand etwas.

Die, die in ihrer Schuld standen, oder die, über die sie kompromittierende Details wußte, redeten in den höchsten Tönen von ihr. Ließen sie sich jedoch einmal gehen und wurden sie, weil sie zu viel getrunken hatten, redselig oder wähnten sie sich im Vertrauen mit einer anderen Person, so hätten sie sich besser gehütet, denn von ihrem Bett aus konnte sie jeden Raum des Hauses abhören, und in einige Zimmer waren sogar versteckte Kameras eingebaut.

Die meisten Gäste hatten sich inzwischen zurückgezogen, um sich vor dem Abendessen umzuziehen. Im großen Salon saßen nur noch Kremidiakis, der nervös an seinen Fingernägeln kaute und dabei aufs Meer hinausblickte, und Capote und Warhol, die über die Schönheit von Leichen sprachen.

– Der Tod als Kunstwerk, rief Capote.

– Nicht nur der Tod, der Kampf mit dem Tod. Die Gefahr, die er darstellt. Die Herausforderung!

Er brach ab. Einen Moment waren wir still. Ich sah ihn an, denn er schwieg. An seinen Bewegungen und der Art, wie er sprach, merkte ich jetzt, daß Don Jorge angetrunken war. Beide sahen mich an, und wir saßen uns schweigend gegenüber.

– Warum erzählen Sie mir das alles, fragte ich nach einer Weile.

– Was glaubst du denn, was ich dir gerade erzählt habe?

– Ich weiß nicht. Ich sehe keine Verbindung zu meinem Problem.

– Ich sehe keine Verbindung zu meinem Problem, äffte er mich mit spitzem Mund nach. Problem! Ihr Deutschen habt immer Probleme. Habt ihr keine, macht ihr euch welche. Ich spreche vom Tod. Von der Herausforderung des Todes, wie ich es gerade Capote in den Mund gelegt habe. Ich rede vom Verschwinden, vom Sich-Auflösen.

Er winkte ab und lachte.

– Nie wirst du etwas verstehen.

– Sie müssen jetzt gehen. Don Jorge muß ruhen, schaltete sie sich ein.

– Ja, schrie der Greis. Raus hier! Besserwisser! Mach, daß du abhaust, du verpestest die Luft! Du problembeladenes Elend!

Feindselig sah er mich an. Ich wußte nicht, wie ich mich verhalten sollte, stand unsicher auf, versuchte ein paar Silben, die gingen mir daneben, wußte nicht wohin mit meinen Händen.

– Schau ihn dir an, sagte er zu ihr und lachte. Er ist und bleibt ein cap cuadrat, brüllte er und schlug sich auf die Schenkel vor Lachen. Alle Feindseligkeit war aus seinem Gesicht gewichen. Die blauen Augen strahlten.

– Gute Nacht, mein Freund, sagte er. Denken Sie daran, das Geheimnis liegt in der Höhle. Immer im Wasser. Immer dort, woher wir kommen. Oder dahinter. Oder darunter. Oder darüber. Oder ... Er lachte. Gute Nacht!

Ich schüttelte seine Hand, dann ihre, und sie begleitete mich bis zur Treppe.

– Ziehen Sie die Ladentür einfach zu, sagte sie. Gute Nacht!

– Kommen Sie morgen um die gleiche Zeit, dann erzähle ich Ihnen den Rest der Geschichte, schrie er noch, als ich schon halb die Treppe hinuntergestiegen war.

Ich ging durch den Nebenraum in den Laden, öffnete die Tür und erschrak beim Klingeln der Türglocke. Ich brannte darauf, mich umzusehen, wagte jedoch nicht innezuhalten, da ich sicher war, beobachtet zu werden; bestimmt horchten sie auf die Geräusche, die ich machte.

Auf der Straße waren keine Menschen mehr. Ich stand allein auf der Plaça de Santa Clara. Es war viel später, als ich gedacht hatte. Das fühlte ich, obwohl meine Uhr stand. Ich ging in die Calle Pietat, blieb stehen. Zögernd sah ich mich um. Angst vor dem, was ich sehen würde. Das Haus. Geduckt an der Wand. Innen alles dunkel. Schaute nach oben und sah dicht über der Eingangstür das Dach beginnen. Das Haus hatte keinen ersten Stock. Ich konnte das Dach mit meinen Händen erreichen. Entsetzt stürmte ich die Pietat entlang direkt bis zur Plaça del Pi, ging in die Bar, trank noch einen Brandy und stolperte die Treppen zu meinem Zimmer hinauf.

Erst in den frühen Morgenstunden, nachdem es hell geworden war, fiel ich in einen Schlaf, aus dem ich orientierungslos erwachte. Die Erlebnisse des vorigen Abends erschienen mir wie geträumt.

Ein Programm war kein Problem. Eigentlich hatte Gassner es selber geschrieben, zumindest hatte er mir die Ideen geliefert. Für sein Verschwinden war also Sorge getragen. Mir gefiel die Idee, daß er selbst dazu beitrug. Ich brauchte nur noch den Anstoß zu geben, und es würde operabel und begänne sich abzuspulen.

Der folgende Tag war sehr heiß, und ich stellte mich in die Dusche und ließ mir eiskaltes Wasser in den Nacken laufen, um mich wiederzufinden. Fühlung nahm ich allerdings erst wieder auf, als ich in der Chocolatería einen Milchkaffee trank, ein backwarmes Croissant hineintunkte und aß. Dann streifte ich ziellos. Lief zur nahen Rambla, ging zum Zeitungsstand und kaufte mir eine deutsche Tageszeitung, setzte mich in den Schatten der Arkaden der Plaça Real. In meinem Nacken spürte ich einen leichten Kater. Mein Magen krampfte. Ich bestellte ein Bier und versuchte zu lesen, aber ich konnte mich nicht konzentrieren, trank das Glas auf einen Zug leer und schlenderte über die Calle Fernando bis zur Plaça de Sant Jaume, bog da links in die Paradis ein und sah nach einigen Minuten den Laden geduckt an der gotischen Fassade liegen. Das Licht diffus wie am ersten Tag. Durch die Enge der Gassen und die lichtschluckende Kathedrale fiel hierher fast nie direktes Sonnenlicht. Er lag da. Friedlich. Einstöckig. Klein.

Die Glocke klang dünner als in der Stille der gestrigen Nacht. Sie saß hinter der Theke. Mir fiel auf, daß ich nicht einmal ihren Namen wußte.

– Ach Sie schon wieder, rief sie. Sie haben Pech. Don Jorge hat bis vor einer Stunde auf Sie gewartet, aber als Sie nicht kamen, haben wir eine Nachricht zu Ihrem Hotel geschickt. Ohne Ergebnis, Sie waren bereits außer Haus. Und jetzt ist er weg.

– Wo ist er? Noch in der Stadt?

– Nichts als Fragen. Er ist abgereist. Er entrichtet Ihnen durch mich die besten Grüße.

– Wohin ist er gereist?

– Das kann ich Ihnen nicht sagen. Ich weiß es selber nicht. Ich sehe schon an Ihrem Gesicht, daß Sie mir mehr Fragen stellen wollen, aber ich kann Ihnen gleich versichern, daß ich keine Antworten für Sie habe. Ich weiß nicht mehr als Sie.

– Aber warum hat er mir gestern abend diese Geschichten erzählt? Was wollte er mir damit sagen? Und wo waren wir gestern?

Ich sah mich um.

– Wir waren hier! Wo sollen wir sonst gewesen sein?

– Wir waren im ersten Stock!

Ich schrie fast. Sie lachte laut.

– Dieses Haus hat keinen ersten Stock. Vielleicht bemühen Sie sich vor die Tür und werfen einen Blick auf das Häuschen. Sie waren betrunken gestern.

Ich schaute mich um. Da wo gestern die Tür in den Hinterraum geführt hatte, standen heute Regale. Außer der Eingangstür befand sich dort keine weitere.

– Ich verstehe nicht.

– Das glaube ich auch. Aber beruhigen Sie sich. Kann ich sonst noch etwas für Sie tun?

– Was ist mit dem Buch, das Sie mir gegeben haben? Haben Sie damit auch nichts zu tun?

– Dieses Buch habe ich Ihnen auf Wunsch von Don Jorge gegeben. Ich selber habe es nicht einmal gelesen. Ich kann kein Englisch.

– Aber woher wußten Sie denn, daß ich ich war? Daß ich kommen würde?

– Sie reden wirres Zeug. Ich bitte Sie zu gehen. Quimeras! Entschuldigen Sie mich jetzt bitte! Den letzten Satz sagte sie in so bestimmtem Ton, daß ich nur noch Entschuldigungen stammelnd aus dem Laden trat.

Wie benommen ging ich durch die Gassen zu meinem Hotel. Überall hingen lose Enden. Das, was ich lebte, war wie das, was ich suchte – lose Fäden. Der Gedanke erregte mich einen kurzen Moment, denn ich dachte, mit ihm sei ich der Lösung näher gekommen.

Ich ging nicht direkt ins Hotel, sondern in die Bar auf dem Platz. Es war ein sehr heißer Tag. Ich legte mir meine Möglichkeiten zurecht, das war nicht schwer. Entweder ich jagte dem Schemen weiter nach, oder ich mußte jetzt und hier davon ablassen. Zu Beginn war es das gesamte Amulett, dann ein Wort des Amuletts, dessen Bedeutung ich nicht verstand, und danach begannen die Verzettelungen, mögliche Informanten, Hinweise auf verschiedene mysteriöse Orte, die mich dem nicht näher brachten, was ich suchte. Aber was suchte ich? Entweder weiterziehen oder alles vergessen. Zurückfahren in meine Wohnung. Meinem geordneten Leben nachgehen. Alles vergessen. Das Gefühl jedoch, das mich bei dem Gedanken an mein Leben in Deutschland streifte, war so unerfreulich, daß ich mich zu einem weiteren Bier entschloß. Dort war alles so dumpf. Die Menschen. Wenn ich auch nicht sicher war, ob ich die Suche fortsetzen sollte, so wußte ich doch, daß ich nicht dorthin zurückkehren wollte, um mein altes Leben wiederaufzunehmen. Sicher war, daß ich das, was ich einmal hatte, nicht mehr wollte. Aber war ich tatsächlich ein anderer geworden?

Ich ging ins Hotel. An der Rezeption übergab man mir meine Post. Darunter war ein Scheck für meine letzte Arbeit. Er war höher als erwartet. Also geschahen noch angenehme Dinge. Ich lebte von der Hand in den Mund. Eine Art zu leben, die ich immer auf das entschiedenste abgelehnt hatte. Sie entbehrte jedweder Ordnung. Ordnung, die ich wollte und brauchte. Meine Hoffnung auf eine Nachricht von Don Jorge wurde enttäuscht. Ich beschloß, nach oben in mein Zimmer zu gehen, mich umzuziehen und mir dann ein großes Mittagessen zu spendieren. Als ich meine Tür öffnete, sah ich den Zettel nicht, fühlte nur etwas Papierenes unter meinem Fuß. Es war die Nachricht. Froh machte sie mich nicht. Klarheit brachte sie keine. Nur wieder das gleiche: eine Einladung zur Fortsetzung meiner Suche.

›Wenn Sie mehr über den Tod erfahren wollen, reisen Sie zu den Stieren von San Fermines!‹

Ich mußte laut lachen. Was war San Fermines? Eine Stadt? Eine Stierzucht? Ein Mensch? Das Duende, das ich suchte, um das Amulett zu finden, war San Fermines gewichen. Warum wollte ich mehr über den Tod erfahren? Was hatte Ayesha Gümüşsuyu damit zu tun?

Ich wollte nicht darüber nachdenken. Stellte mich wieder unter die kalte Dusche, zog mir ein frisches Hemd an und machte mich auf den Weg in ein Restaurant. Ich ging ins Odisea. Man brachte mich in den kleinen Speiseraum hinter der Eingangshalle. Hierher drang kein Tageslicht, die Klimaanlage arbeitete, ich war entrückt. In dem abgeschotteten Raum fühlte ich mich fast benommen. Die Bouillabaisse, die ich aß, lag schwer wie ein Stein, und für einen kleinen Moment erwog ich, mich zu übergeben, um den Druck zu nehmen. Alles Blut war in Richtung Magen unterwegs, und mein Herz arbeitete mit doppelter Kraft. Der Chef selbst brachte mir Manchego mit frischen Feigen und ein Glas Rotwein, und zum Kaffee und Agua Diente setzte er sich zu mir. Es waren keine Gäste mehr da. Was er von den Stieren von San Fermines hielte, fragte ich ihn. Nicht die besten, aber das Spektakel sei interessant, war seine Antwort. Er kenne sie also? Natürlich, jedes Kind kenne sie. *Die* Stiere von San Fermines? Nun, lachte er, *die* Stiere nicht unbedingt, aber eben das Fest, und es sei bekannt, daß die Stiere von Pamplona nicht immer die besten seien, daß aber San Fermines und der täglich stattfindende Lauf der Stiere vom äußeren Coral zum Coral der Stierkampfarena und überhaupt das gesamte Fest ein Ereignis seien. Ob ich in diesem Jahr hinfahren wolle und ob ich vorhabe, am Enciero teilzunehmen, ob ich vor den Stieren her durch die Stadt laufen wolle?

– Hemingway? fragte ich, *das* Pamplona?

Wir tranken noch einen Kaffee und zwei Obstschnäpse. Bis San Fermines blieb mir über ein Monat. Der Startschuß wurde am siebten Juli vom Bürgermeister abgegeben; der erste von sieben Böllerschüssen, die an sieben Morgen um acht den Lauf der Stiere ankündigten.

Als ich auf die Straße trat, traf mich die Welt unvorbereitet. Gleißendes Sonnenlicht. Die Zeit der Siesta war vorüber, und Tausende von Menschen schoben durch die Straßen. Hitze. Mein Hemd war nach drei Schritten durchnäßt. Ich wollte zuerst ein Taxi nehmen, entschied mich aber dagegen. Ging geblendet bis zum Vorplatz der Kathedrale. Man tanzte im weiten Kreis eine Sardana. Quäkend und nasal trällerte die Musik dazu. Eine unwirkliche Szene, wie Dutzende von Leuten jeden Alters sich an den Händen hielten und im absoluten Gleichschritt, wie eingeübt, die Beine schwingend sich im Kreis bewegten. Sie lachten. Ich war froh, kein Taxi genommen zu haben. Stieg die Treppen zur Kathedrale hinauf und ging rechts um sie herum in die stilleren Gassen und merkte zu spät, daß ich entweder umkehren oder am Tarockladen vorbei mußte. Es war mir dann egal, und ich ging gerade darauf zu und daran vorbei, ohne hineinzusehen. Ich beschloß, nicht direkt zum Hotel zu gehen, sondern einen Spaziergang zu machen. Durch die engen Gassen der Altstadt schlängelte ich mich hinunter bis zum Hafen, wechselte dann hinüber zur Rambla und schlenderte sie hinauf in Richtung Hotel. Die Rambla vibrierte. Menschenmassen schoben sich durch die Straße, Autoschlangen waren auf beiden Seiten zum Stillstand gekommen. Ständig rieb man sich durch Körper hindurch, berührte Fremde. Ausweichen war unmöglich. Die Reibung erzeugte Spannungen, die jedem und jeder willkommen schienen. Es war eine erotische Elektrizität in der Luft, die alle erfaßte. Die Leute lachten.

Es war Sommer.

Ich genoß es seltsamerweise. Kontakt mit Menschen, vor allem enger physischer Kontakt, war mir fremd. Normalerweise wich ich aus, machte einen Bogen um Ansammlungen von Menschen. Berührungen waren mir unangenehm. Ich wollte nicht mit Fremden zusammenstoßen, mich an ihren schwitzigen, übelriechenden Körpern reiben. Es ist mir nie klargeworden, ob ich ein Einzelgänger wurde, weil mir der Kontakt mit Menschen widerwärtig war, oder umgekehrt, daß ich schon immer ein Einzelgänger war und darum auch Berührung verabscheute. Und jetzt? Jetzt warf ich mich in die Menge und genoß es. Badete darin. Ich hatte es weit gebracht, seitdem ich meine Wohnung verlassen hatte, um hinter das Geheimnis des Amuletts zu kommen. Lief angetrunken durch eine Stadt und hatte keinen Plan für den Tag, kein Ziel – zumindest kein greifbares. Denn schon damals begann ich mein Unternehmen als Reise an sich zu betrachten; Leben als Reise, ohne den Wunsch, an ein bestimmtes Ziel zu kommen. Es fühlte sich gut an.

Ich blieb bei einem Flamencogitarristen stehen. Neben ihm hockte ein Mädchen, vielleicht vierzehn Jahre alt. Sie berührte mal sein Bein, schlug dann mit der flachen Hand, unrhythmisch, wie es mir zunächst erschien, auf den Boden. Als sie den Kopf hob und ihr Gesicht meinem zugewandt war, sah ich, daß sie blind war. Der Spieler machte eine kleine Pause, stieß sie an und gab ihr Zeichen, mit dem Hut rund zu gehen. Sie war taub. Stumm. Aus ihrer Kehle kam nur ein Grunzen, als sie ohne anzustoßen an den Leuten vorbeiging und Geld kassierte. Wollte man ihr etwas geben, mußte man sich darum bemühen, sich recken, um den Hut zu treffen, denn sie streckte ihn vor und war schnell wieder weg damit. Mit dem Hut voller Münzen ging sie zum Gitarristen zurück, der wieder zu spielen begonnen hatte. Einige Leute im Publikum sangen, andere tanzten, manche klatschten in die

Hände. Das Mädchen kauerte am Bein des Mannes. Nicht ihr Vater, dazu war er zu jung. Vielleicht der Bruder. Sie schlug wieder auf den Boden, hielt das Bein mit einer Hand fest, traf plötzlich den Rhythmus, grunzte laut, aber im Takt. Unversehens sprang sie auf, stand, stampfte mit den Füßen den Flamenco, griff ihren schäbigen Rocksaum und fächerte ihn, drehte die Hände in einem Tanz, den sie nie gesehen hatte, so perfekt, daß alle Zuschauer stocksteif und mit offenen Mäulern dastanden und zusahen. Das Mädchen sang ohne Stimme, nicht einmal ein Grunzen entfuhr ihr. Ihr Kehlkopf vibrierte in Tremolos, die jeder spürte, niemand hörte. Es sang sie. Angefeuert spielte der Gitarrespieler. Die Vibrationen seiner Gitarre übertrugen sich direkt auf das Mädchen und ließen sie nachzucken. Er beendete sein Spiel eher als sie ihren Tanz, und die Luftschwingungen des losbrechenden Applauses verunsicherten sie für einen Augenblick, machten sie taumeln und brachten sie schließlich zum Stillstand, und sie sank zu den Füßen ihres Bruders nieder. Ein kleiner Mann auf der anderen Seite schrie: Ay que duende tiene la chica! Pfiff grell durch die Zähne. Griff seine Begleiterin am Arm und ging durch die stehenden Autos hindurch zur anderen Straßenseite. Ich wollte hinterher. Unmöglich! Wie durch Traumschlamm kämpfte ich mich durch die Menschenmassen. Ich schwamm, ruderte mit den Armen. Nicht einen Zentimeter kam ich voran. Dann schrittweise, mit zeitlupenhaften Bewegungen. Ewigkeiten, bis ich an die Straße kam. In der Ferne sah ich ihn die Rambla hinuntergehen, in Richtung Hafen. Ich schrie, rannte, betrat die Fahrbahn genau in dem Moment, als die Autoschlange sich in Bewegung setzte und mich zu warten zwang. Ich versuchte auf meiner Seite mitzulaufen, kam aber kaum voran. Ohne daß ich es verhindern konnte, bestiegen er und seine Begleiterin ein Taxi, das sich schnell einreihte und an mir vorbei in die andere Richtung, zur Plaça Catalunya, fuhr. Enttäuscht drehte ich um und wollte zum Flamencospieler und seiner Tänzerin zurück, vielleicht konnte er mir sagen, was der Ausruf des Mannes bedeutete. Von den beiden fehlte jede Spur. Vor Wut stampfte ich mit dem Fuß auf. Ging über die Straße in eine Bar. Stellte mich, immer noch zitternd vor Erregung, an die Theke und bestellte ein Agua Diente und einen Kaffee. Ein Mann, der neben mir stand, lachte und fragte mich, was mit mir los sei. Ich winkte ab. Besann mich und fragte ihn, wie er den Ausruf des Mannes interpretierte.

– Duende ist ein Kobold.

Ich winkte wieder ab, heftig. Er solle mir damit aufhören, davon hätte ich schon zu viel gehört. Dumm sei ich, rief er lachend. Ein Deutscher! Ein cap cuadrat!

Gern hätte ich ihm den seinen eingeschlagen.

– Das Duende ist ein Dämon. Wie anders sollte man das erklären. Sie würden es sowieso nicht verstehen. Sie sind Deutscher. Deutsche glauben an die Muse und deren Küsse in der Dämmerung. Er lachte. Wie wollen Sie unser Duende verstehen? Sagen wir einfach, es ist ein undiabolischer Dämon.

Mir stand der Mund offen. Er klopfte mir auf die Schulter.

– Das Getränk geht auf meine Rechnung. Prost!

Als ich mich besann, war er weg. Ich rauchte und stürzte fast, so schwindelig machten mich die ersten Züge.

Obwohl es nur einige hundert Meter bis zu meinem Hotel waren, nahm ich ein Taxi. Schlief ein. Die Rechnung war viel zu hoch. Der Fahrer hatte mit mir eine Stadtrundfahrt gemacht. Zu schwach, mich zu streiten, zahlte ich und ging durch die Halle die Treppen hinauf zu meinem Zimmer. Bevor ich einschlief, rief ich ein Reisebüro an und bat, man möge für mich einen Flug nach Athen buchen.

Ich schlief über fünfzehn Stunden und erwachte frisch, brauchte nur einige Zeit, mir darüber klarzuwerden, wo ich war. Als dann das Reisebüro anrief und man mir sagte, ich hätte meine Reservierung für vier Uhr am selben Nachmittag, wußte ich zunächst nicht, wovon sie sprachen, besann mich aber, stand auf und ließ mir ein Bad einlaufen.

Infantiler Träumer, mein Freund Gassner. Ohne mich hätte er dieses Projekt niemals schaffen können. Er glaubte, damit sei die wirkliche Welt überwunden. Sein metaphysisches Gerede, das Universum sei ein Geschöpf mit millionenfacher unterschiedlicher Selbstwahrnehmung, ist nett, brachte uns aber nirgendwohin.

Ich war nicht daran interessiert, Ersatz für wirkliche Erlebnisse zu schaffen, ich war kein New-Age-Guru. Ich wollte keine Träume für Irre erfinden, ich wollte an absolut weltlichen Dingen arbeiten. Ich brauchte nicht als Insekt durch die Nacht zu fliegen, mich nicht als Mücke auf den Bauch eines Menschen zu setzen und zu spüren, wie ich steche und Blut sauge, bis ich zum Bersten voll bin. Unsinn! Sie wollen einen Wagen kaufen? Ja? Welchen? Sie sind sich nicht sicher? Gut! Bleiben Sie daheim! Ich schicke Ihnen die entsprechenden Materialien, und Sie können in Ihrem Bett oder an Ihrem Schreibtisch oder in der Badewanne jeden einzelnen Wagen auf jeder Strecke testen. Stadt oder Autobahn? Kein Problem! Gelände? Welches? Sie bestimmen! Entscheiden Sie sich zu Hause. Sparen Sie Zeit. Erleben Sie ohne Anstrengung. Das interessiert mich. Ferrari, Porsche, Mercedes? In voller Simulation erleben Sie diese Fahrzeuge. Wenn Sie sich dann einen VW kaufen oder einen Opel – prima! Sie hatten die Wahl. Ich habe Sie Ih-

nen real ins Haus geliefert. Das Projekt brächte mir die wissenschaftliche Anerkennung, die ich brauchte, um meinen Lehrstuhl zu bekommen; darüber hinaus die Verbindungen zur Wirtschaft, die ich benötigte, um mich finanziell unabhängig zu machen. Ruhm und Geld. Darum ging es.

Gassner hatte keine Kinder. Gassner war nicht verheiratet. Gassner war ein menschlicher Krüppel. Gassner behinderte mich. Er verlangsamte mit seinen Träumereien das Projekt. Ich hatte ein klar definiertes Ziel. Gassner hatte Geld, denn nach dem Tod seiner Familienangehörigen hatte er geerbt. Trotzdem war er geizig. Sogar mit sich selbst. Dann war ich, waren Ruth, die Kinder und ich seine neue Familie geworden. Aber er konnte sich seine Spinnereien erlauben. Ich nicht. Ich mußte für eine sechsköpfige Familie sorgen, mir hatte niemand etwas geschenkt.

Ich habe mich fair verhalten. Bis zum Ende. Dann mußte er weg, denn er stand mir erheblich im Weg. Aber ich kann nur für den Anstoß Verantwortung übernehmen, nicht für die Konsequenzen. Jeder ist sich selbst der Nächste. Das hat Jens Gassner immer wieder bewiesen, wenn er mitten in der Arbeit plötzlich verschwand – um nachzudenken, wie er das nannte. Ruth hat mich vor ihm gewarnt. Zugegeben, sie wußte nichts von den wirklichen Hintergründen unserer Arbeit, und meine Wahrheit ist meine Wahrheit, und die erzählte ich ihr. Aber was soll's? Ich habe bekommen, was ich wollte und verdiente. Und Gassner auch. So einfach ist das.

Am Abend dieses Tages landete ich in Athen. Fuhr mit dem Bus in die Stadt und nahm mir ein Taxi zum Hotel Alma am Omonia-Platz. Ich wollte dort beginnen, wo einer der Gäste der Party in Don Jorges Erzählung gestrandet war, der deutsche Schauspieler. Unten im Hotel war eine Hähnchenbraterei, und mir wurde speiübel, als ich das alte Bratfett roch. Den Flug hatte ich wegen meiner Flugangst nur mit Valium überstanden, dessen Wirkung jetzt nachließ. Ich lag hellwach, in kaltem Schweiß, von nachträglichen Panikattacken geschüttelt auf einem durchhängenden Bett in einem schäbigen Zimmer, dessen einziges Fenster auf einen Lichtschacht ging, durch den ranziges Fett brechreizend in Schwaden nach oben zog. Im Zimmer hielt ich es nicht aus. Mitten in der Nacht zog ich mich wieder an und ging aus. Lief durch die Straßen.

Hoch über der Stadt thronte die Akropolis. Angestrahlt. Die Straßen waren menschenleer. Erst als ich in die Nähe der Plaka kam, traf ich auf die ersten Menschen. Die Szene war völlig anders als in Barcelona. Nichts vibrierte. Männer in aggressiven Pulks. Frauen drängten sich dicht aneinander, wie um sich zu schützen, dabei kokett um sich schauend. Sirtakimusik plärrte aus grell gestrichenen Tavernen. Schlepper standen davor und zerrten an den Leuten, lautstark priesen sie Musikanten an. Schlechte Drinks zu überteuerten Preisen.

Hier gibt es kein Duende, zuckte mir durch den Kopf. Ob das Duende eine Qualität sein konnte, die man hat oder nicht hat? Energie? Was sollten die Musen dabei? Ob ich Duende hatte? Früher nicht. Heute? Ich setzte mich in ein Straßencafé und trank Bier. Bier gegen meinen Valiumkater. Bier zur Neutralisierung meines übersäuerten, luftblasentreibenden Magens, der mir von unten aufs Zwerchfell drückte, das mir aufs Herz preßte, das klopfte. Wie wild. Unregelmäßig. Den Atem verknappend. Einhundertfünfzehntausendmal pro Tag. Durchschnittlich. Der Gedanke allein. Ich hatte keine konkreten Pläne hier in Athen. Wollte am Morgen durch die Stadt laufen, vielleicht noch eine Nacht im Seelenhotel bleiben und am übernächsten Tag mit der Fähre nach Kreta.

Das rasende Herz. Auch mein Alkoholkonsum erstaunte mich nicht mehr. Ich war kein Antialkoholiker, als ich noch in Deutschland lebte. Aber wie alles, was ich tat, trank ich in Maßen. Kontrolliert. Es wäre mir damals nie in den Sinn gekommen, mit einer solchen Regelmäßigkeit Alkohol zu konsumieren. Bier gegen einen Kater zu trinken. Trinken war dort für mich wie ein nach Gesetzen ablaufendes Ritual. Ich unterwarf mich den Gewohnheiten. Trank Weißwein nur dann, wenn es angemessen war. Faßte das Weißweinglas immer am Stiel, nie am Kelch. Was irgendwann mal den Sinn gehabt hatte, die Erwärmung des kühlen Weins durch die Hand zu vermeiden, war bei mir zur leeren Form verkommen. Man machte das so. Dann ertappte ich mich schon dabei, auch Rotweingläser so zu halten, was dumm war, denn Rotwein wollte ich ja gerade erwärmen. Hyperkorrektur, dachte ich. Undsoweiterundsoweiter. Regeln. Mein Leben damals.

Und jetzt saß ich in Athen. Ich entschied, daß ich hier bereits alles gesehen hatte. Schon am nächsten Abend wollte ich nach Kreta fahren. Ich zahlte und ging wieder durch die Straßen. Die immergleiche Musik, die aus allen Kneipen dröhnte, deprimierte mich. Ich konnte sie nicht mehr hören. Wollte raus aus dem Plakaland und lief in Richtung Omonia-Platz, wo das Seelenhotel friedlich im erstarrenden, weil kühler werdenden Bratenfett lag. Auf dem Weg dorthin die Markthallen. Bis auf die Frischfleischabteilung war alles geschlossen. Ich ging hindurch, es gab mitten im Fleischmarkt eine Kneipe, wo die Kopfschlächter Ouzo oder Raki tranken, bevor sie wieder ans Morden gingen. Der Weg war gleißend hell und blutgetränkt. Blutbesudelt standen die Schlächter. Blutspritzer auf meinen Schuhen. Blutabflußrinnen, durch die es sprudelnd, weißgelbliche Schaumkronen werfend lief. Knietief in Gedärmen stehende lachende Männer mit gleichgültigen Gesichtern. Angebundene Ziegen, Schafe, Lämmer, Kälber; hängendes Geflügel; vor Angst aufgerissene Augen mit gleißendem Weiß; bebende Nüstern. Schnelle Schnitte mit scharfen Messern. Halsschlagader auf. Sprudelndes Blut. Das zuckende Bündel mit dem Gummistiefel hinuntergedrückt. Das Blut soll in den Kübel laufen, nicht daneben. Metzgerhände. Rot. Verklebtes Blut unter stumpfigen Fingernägeln.

Zwei rohe Eier in ein Glas. Schlagen. Frisches Blut daraufgießen. Umrühren. Etwas Pfeffer. Ansetzen das Glas und trinken. Zu gierig und ein kleiner Rülpser, und da schwappt es über den Latz der Fleischhauerschürze. Rinnt den Metzgerhals hinunter. Der Mann lacht und wischt es sich ab. Etwas bleibt und trocknet an. Die Hände schlagen auf den Bauch: Gut hat das getan! Das ausblutende, auszuckende Vieh am Boden hat noch miterleben dürfen, wie sein Schlächter vor seinen Augen das Blut trank, es vermatschte, es sich auf die Schürze schmierte. Ich saß mittendrin und trank Bier. Eingeweide stanken. Abgezogene Flanken dampften. Herzen zuckten nach in Chromschüsseln. Sollte ich kotzen? Hob meine Füße, ein Schuß Blut schoß durch die Rinne unter meinem Stuhl. Als ich nach einem weiteren Bier aus den Hallen trat und den Eisengeruch des Bluts überall an mir wahrnahm, tagte es. Angetrunken. Mit ruhig arbeitendem Herzen. Omonia um vier Uhr dreißig morgens. Die Pornokinos entließen die letzten Gäste. Eingeklemmt zwischen Akropolis und Lykabettos Männer mit glasigen Augen und klebrigen Händen. Die ersten Zeitungsjungen mit Fahrrädern unterwegs. Füße aus dem Fenster, Kopf mit einer gefalteten Zeitung zugedeckt auf dem Beifahrersitz: ein schlafender Taxifahrer. Erste Cafés. Ein Straßenreinigungswagen. Scharrende Besen. Einer schichtete Sesamringe zu einem Turm auf einem Tablett. Im Seelenhotel stinkt es jetzt nach kaltem, ranzigem Fett. Sofort raus. Hellwach jetzt. Ins offene Café. Dort einen Kaffee und einen Ouzo. Die Sonne brach durch und machte alles gleißend. Fast gleichzeitig dröhnte der Verkehr los. Die Luft wurde von einem Augenblick zum anderen greifbar. Heute waren die ungeraden Autonummern an der Reihe. Erst als die Brathähnchen sich wieder drehten, ging ich auf mein Zimmer und schlief schnell ein.

Als ich nachmittags um vier das Hotel verließ, berechnete man mir gegen meinen Protest den folgenden Tag. Ich stieg in die U-Bahn und fuhr nach Piräus.

In Bewegung bleiben, dachte ich. Nur nicht pausieren. Das ist mein neues Leben. Also von der U-Bahn zum Schiff. Das lag im Hafen. Das Ticket war billig. Die Einzelkabine stickig, dafür unter der Wasserlinie.

Ich verließ die Kabine nur, um in Öl schwimmendes Kaltes zu essen. Übelkeit stach mich in den Hals. Oben auf Deck, es war eine relativ stürmische Überfahrt, standen die Griechen und übergaben sich. Volk von Seefahrern. Unter Deck saßen ältere Frauen und erbrachen sich elegant in mitgebrachte Plastiksäckchen. Rucksacktouristen bevölkerten die Decks. Ich lag schwitzend in meiner Kabine und wehrte mich nicht gegen das Schaukeln. Ich reiste. Reisen war mir zur Existenz geworden. Ich war mit mir in eigener Sache unterwegs. Im Reisegepäck ich. War da noch existenzbedrohende Langeweile? Ihre Fortsetzung mit anderen Mitteln? Schlaf kam nur in kleinen Scheiben.

In der Nacht schlich ein Löwe durch meine Kabine, sprang auf den Tisch und starrte mich aus halbgeschlossenen blutlüsternen Augen an.

Ich erwachte mit einem unbestimmten Gefühl von Melancholie.

Warum sind so viele Löwen in meinem nächtlichen Leben?

Trotz der turbulenten Überfahrt fühlte ich mich entspannt, als ich am nächsten Morgen in Heraklion von Bord ging. Ich hatte beschlossen, erst nach Malia zu fahren, um Kremidiakis zu finden. Den eitlen Kreter aus Don Jorges Erzählung.

Frühstück am venezianischen Brunnen. Einkaufszone. Gruppen von Touristen schoben vorbei. Frotteeshorts. Sandalen. Beflissen. Immerhin gab es hier kulturelle Programme zu bewältigen; die Wiege des Abendlandes, in Trainingsanzügen. Alles verschlingende, alles gleichmachende Freizeitbekleidung. Inoffizielle Olympiade. Wie der Einmarsch der Athleten. Übergewichtig zwar. Behindertenolympiade.

Ich zahlte und ging zum Busbahnhof.

Auf der Fahrt nach Malia schlief ich ein und wachte erst in dem Straßendorf wieder auf. Ich bog direkt, ohne ein Zimmer zu nehmen, von der lärmenden Hauptstraße ab und ging zur Kirche, in der Hoffnung, dort Kremidiakis in seiner kretischen Tracht vor der Kirche sitzen zu sehen. Am Platz vor der Kirche war ein einziges Café, und die Kreter sahen mich feindselig an, als ich mich setzte. Am Nachbartisch saß ein Greis, der mit verzerrtem Gesicht in eine Minikamera aus Plastik stierte, die er in die Sonne hielt. Es war eine der Souvenirkameras mit kleinen Dias. Durch Knopfdruck drehte sich die Scheibe mit den winzigen Diapositiven und zeigte eine neue Sehenswürdigkeit. Er lachte. Wedelte sie dann in meine Richtung, kam auf mich zu und hielt sie mir vor die Nase. Drinnen waren keine kretischen Baudenkmäler, sondern nackte Frauen. Mit seiner Rechten machte er zuckende Bewegungen vor seiner Körpermitte und lachte dazu, daß ihm der Speichel aus den Mundwinkeln troff. Eine dicke Frau in Schwarz zog ihn weg. Er ließ es zu. Der Wirt brachte meinen Kaffee und ein Glas Wasser und tippte sich gegen die Schläfe. Ich wertete das als Zeichen, akzeptiert worden zu sein. Nach vielleicht einer Stunde, ich las Zeitung, erschien auf dem Platz der Mann, auf den die Beschreibung Don Jorges paßte. Er setzte sich nicht weit von mir rittlings auf einen Stuhl, rückte einen zweiten neben sich und legte seine linke Hand darauf, die rechte mit der Bernsteinkette behielt er auf seinem Oberschenkel. Er blickte teilnahmslos. Unaufgefordert brachte ihm der Wirt einen Kaffee. Er hielt die Tasse eingeklemmt zwischen Daumen und Zeigefingerwurzel in seiner Bernsteinkugelhand. Ein leichter Wind kam auf, und die Fransen des Tuchs stoben über seine Stirn.

Ein Betrunkener setzte sich an meinen Tisch, in der Hand eine Flasche Retsina, zwei Gläser. Goß ein, ließ sein Glas gegen meines klirren. Als ich ablehnen wollte, schaute er mich so böse an, daß ich trank. Der Kreter an der Wand hatte seinen Kaffee ausgetrunken und erhob sich, um zu gehen. Ich sprang auf und lief zu ihm hinüber. Ich wußte nicht, was ich sagen sollte, zeigte nur mit dem Finger auf ihn und sagte: Kremidiakis? Dem Wort eine ansteigende Intonation gebend, um eine Frage daraus zu machen. Hob auch die Augenbrauen und riß die Augen auf, um den Fragecharakter zu unterstreichen. Er sah mich lange an. Ich wiederholte meine Frage. Er schüttelte leicht den Kopf, schob mich zur Seite und ging an mir vorbei. Seine hochgewichsten Stiefel blitzten im Sonnenlicht. Die anderen Griechen hatten mich beobachtet. Mißtrauisch. Der Betrunkene an meinem Tisch fragte mich auf deutsch, was ich von dem Mann gewollt hätte. Sah mein erstauntes Gesicht und lallte, er habe in Oberhausen gelebt. Sieben Jahre lang. Jetzt wieder hier. Deutschland sei kalt gewesen, und er froh, wieder hier zu sein. Drehte an seinen gewaltigen goldenen Ringen. Seit drei Tagen schon sei er unterwegs. Seine Frau habe ihn auf den Markt geschickt, ein Huhn zu kaufen. Das Huhn habe er – und zeigte auf eine Plastiktüte – vor drei Tagen gekauft. Mit dem Autobus sei er von Mires in die Stadt gefahren. In einer Taverne auf dem Markt habe er einen alten Freund aus Duisburg getroffen. Sie hätten getrunken, sich unterhalten und die Zeit vergessen. Jetzt sei er den dritten Tag unterwegs, das Huhn rieche schon.

Über hundert Kilometer sei er von zu Hause entfernt, Voula, seine Frau, würde toben. Er traue sich nicht nach Hause. Nicht jetzt, betrunken wie er sei, und auch nicht nüchtern. Rasiert sei er auch nicht. Aber das sei sowieso problematisch. Auf Rasierklingen könne man sich heute nicht mehr verlassen. Er sei auf der Suche nach *der* Rasierklinge. Seine Theorie: Unter allen produzierten Rasierklingen befinde sich gelegentlich eine, die tausend Rasuren aushielte. Und mehr! Er erkenne sie auf Anhieb. Nur sehen müsse er eine. Die Rasierklingenproduzenten hielten diese einmaligen Klingen bewußt zurück, brächten sie nur gelegentlich auf den Markt, gerade immer so viele, daß die Kunden nicht daran zweifelten, daß es noch wirkliche Klingen gab. Aber jetzt müsse er nach Hause.

Mires liege an der Südküste. Ich fragte ihn nach Agia Galini. Ganz in der Nähe, ganz in der Nähe von Mires. Ob ich dahin müsse? Dann könnten wir zusammen fahren, dann könnte ich mit zu seiner Frau gehen, und er könnte ihr sagen, er hätte jemanden aus Deutschland getroffen, aus Oberhausen, dann wäre alles nicht so schlimm.

Ich bat ihn um einen Gefallen. Er solle den Wirt fragen, ob der Mann, mit dem ich gesprochen hatte, Kremidiakis heiße. Wie, brüllte er los, Kremidiakis, kleine Zwiebel? Und lachte. Ich rief den Wirt. Die beiden sprachen. Bei dem Namen Kremidiakis lachte der Wirt nicht. Sah mich an und sagte: Thiakakis! Er schob seine Zunge überdeutlich zwischen seine Zähne, als er das Th aussprach.

– Hast du gehört? Thiakakis heißt der Mann, nicht kleine Zwiebel.

– Frag ihn, ob es einen Kremidiakis am Ort gibt!

Der Wirt gab nur widerwillig Auskunft, und der Betrunkene lachte lallend. Meine Zeche zahlte der Grieche, griff seinen Plastiksack mit dem stinkenden Huhn, und wir gingen zur Hauptstraße zurück. Kurz bevor wir sie erreichten, lief eine alte Frau aus einer Seitengasse laut keifend auf uns zu, sie blieb atemlos vor mir stehen und schrie mich an.

– Die mögen dich hier nicht, sagte mein Begleiter.

– Frag sie nach Kremidiakis!

Als er das Wort aussprach, begann sie zu heulen, schlug sich mit den Fäusten gegen die Stirn und wollte sich das Gesicht zerkratzen. Eine junge Frau kam und hielt ihr die Hände fest. Nahm sie in die Arme.

– Gehen Sie, sagte sie auf englisch. Genügt nicht, was Sie angerichtet haben?

Eine Gruppe Schaulustiger hatte sich um uns geschart. Die junge zog die alte Frau weg. Ich verstand nichts. Wir erreichten die Straße, als ein Bus hielt.

– Du hast mir nicht gesagt, daß man dich hier kennt, murmelte mein Reisegefährte und schnarchte sich zum Dudeln der griechischen Musik in den Schlaf.

In Heraklion mußten wir von der südlichen Busstation mit dem Taxi zur Station im Norden fahren. Bis zur Abfahrt blieben uns noch dreißig Minuten. Wir tranken Kaffee. Mein Begleiter war einsilbig geworden. Die Wirkung des Alkohols ließ nach, und er fühlte sich elend. Er kaufte eine kleine Flasche Metaxa an einem Kiosk. Fand, daß es keine gute Idee sei, Voula nüchtern gegenüberzutreten.

Seine Suche nach der Rasierklinge erinnerte mich an die Leute in Barcelona. Ich hatte mich von diesem Mann aus Malia fortlocken lassen, obwohl ich das Gefühl hatte, auf einer Spur zu sein. Die offensichtliche Feindseligkeit der Dörfler, ihre Verweigerung und ihr Ausweichen, das zwar nur geringfügige Erblassen des Wirts bei dem Namen Kremidiakis. Anhaltspunkte. Ich ärgerte mich, wieder einem der anderen auf den Leim gegangen zu sein, einem der Zerfaserer. Ich wollte mich nicht ablenken lassen. Alle Welt schien auf der Suche zu sein.

Der Bus schraubte sich in engen Serpentinen bis zum Paß hinauf. Es war unerträglich heiß. Ich schwamm in meiner Hose auf dem Plastiksitz. Inzwischen hatte sich das Gerede meines Nachbarn in das Dröhnen des Motors und das Dudeln der Musik eingeblendet und war nicht mehr auszumachen, driftete mit, ohne Gehör zu beanspruchen.

Jetzt, nach Verlassen der Städte, Olivenbäume, Wiesen, Schafe, Ziegen, Hirten. Pastorale. Die Berge oben. Zeushöhle. Dörfer – zumeist schäbiges Baumaterial. Halbfertige Häuser auf Betonstelzen, unten und oben unfertig, in der Mitte bewohnt. Alte und kleine Häuser, zu Ruinen verfallen, dazwischen.

In Mires Markt. Polyesterfreizeitkleidung für die griechischen Bauern. Plastikspielzeug für ihre Kinder. Der Bus machte eine kleine Pause, und nach einem letzten Kaffee und Metaxa für ihn verabschiedete ich mich endgültig von meinem Reisebegleiter, der mich bis zur letzten Sekunde, mich noch am Ärmel zerrend, davon überzeugen wollte, daß ich hier einen Tag zu verbringen habe, daß ich Voula kennenlernen müsse, daß ich ihn nicht im Stich lassen könne; schließlich Beschimpfungen, ich sei wie alle Deutschen, ich wisse nichts von Verantwortung für einen Freund. Aus dem anrollenden Bus heraus griente ich ihn an und winkte, schließlich winkte er auch, nachdem er mir neben dem Bus herlaufend noch das Versprechen abgenötigt hatte, ihn auf dem Rückweg zu besuchen. Dann wurde der Bus zu schnell, und er blieb schwer atmend auf der Straße stehen, wie nur Betrunkene an heißen Sommernachmittagen es tun. Wie er dastand, die Plastiktüte in der Hand, mit seinem Viertagebart, seinem zerknitterten Anzug, den schmutzigen Schuhen, tat er mir ein wenig leid, und ich beneidete ihn um seine aussichtslose Suche nach *der* Rasierklinge. Hoffentlich fände er sie nie.

Das nächste Straßendorf, Timbakion, ein ödes Straßenkaff. Die Hauptstraße erinnerte an High Noon. Staub.

Ein Amerikaner stieg zu und setzte sich neben mich. Schon seit einem halben Jahr wohne er in Agia Galini. Viel Gutes hatte er über die Griechen nicht zu sagen. Wie sie mit der Landschaft umgingen, sei eine Katastrophe. Die Ebene sei fruchtbar, und Tomaten und anderes Gemüse wüchsen wie wild. Dafür habe man Treibhäuser gebaut. Das war es, was man in der Ebene blitzen sah. Treibhäuser aus Plastik. Gebaut aus Lattengerüsten, die keinem Wind standhielten – nicht dem Meltemi, dachte ich. Überall waren die Planen bei Sturm von den fragilen Gerüsten gezerrt worden. Die rote Erde der Ebene war mit Abertausenden Quadratmetern Plastikfolie bedeckt. Alles lag voll. Die Hitze werde alles schmelzen, sagte mein Nachbar, dann werde sich das geschmolzene Plastik auf die Landschaft legen. Wie Käseersatz auf einer billigen Pizza werde es schmelzen, und dann sei alles von einem riesigen Kondom bedeckt. Eine ganze Region unfruchtbar geworden.

Aus der Ebene mit dem Meer in der Ferne wanden wir uns wieder hinauf ins Küstengebirge. Schließlich sahen wir von ganz oben ganz unten ein Dorf an den Berg geklatscht. Die Mole ragte wie ein langer Finger ins Meer. Blau. Grau. Mit weißen Punkten. Agia Galini. Abfahrt. Die ersten Häuser. Wo war mein Haus? Das der Ayesha Gümüşsuyu? Wo lag ihre Jacht, wenn sie hier war? Die Jüdin Silberwasser, Herrin des Amuletts, vor tausend Jahren.

Der Bus entließ uns auf dem Platz am Meer, vor

der Mole. Mein Nachbar verabschiedete sich mit einem Kopfnicken. Ich sah mich um. Oben an der Steilküste stand ein Hotel, die Terrassen von dunkelgrünem Wein überwachsen. Ich ging hinauf, mietete ein Zimmer an einer der Terrassen und sah über den Ort auf das Meer. So hatten die Gäste der Party das Dorf gesehen. Kälter war es damals. Rechts hinter der Mole mußte die Höhle liegen. Ich machte einen Spaziergang, ging die Straße hinauf, in der Hoffnung, dort das Haus der Gümüşsuyu zu finden. Der unasphaltierte Weg knickte leicht nach links und fiel nach kurzem Anstieg wieder ab. Dort, genau hinter der Kuppe, lag die Ruine eines Hauses. Von hier hatte man eine Sicht bis weit ins Tal, die Küste entlang; sie beherrschte das Dorf. Kein Haus war da. Ich stieg über eine der eingefallenen Mauern und tastete mich bis an den Rand der Steilküste vor. Reste eines Swimmingpools. Blaue Kacheln. Wandblöcke lagen tief unten auf dem steinigen Strand, waren ins Meer gerollt und blinkten weiß aus dem blauen Wasser. Es mußte Menschen dort unten am Strand erschlagen haben, dachte ich. Und was geschah mit denen im Haus?

– Der Boden is nich gut! Komm! Der Hotelbesitzer. Winkte mit dem Kopf. Hände in den Taschen, Schlägerkappe auf dem Kopf mit Blutspritzern. Die waren mir schon aufgefallen, als ich ihn nach dem Preis für das Zimmer gefragt hatte. Ein freundlicher Opa. Is gut, sagte er, als ich zurück über die Mauer auf den Weg kletterte.

Wem das Haus gehört habe, wollte ich wissen. Aber er konnte mich nicht verstehen. Gümüşsuyu, sagte ich. Den Schatten auf seinem Gesicht kann ich mir auch eingebildet haben. Mit der Zunge schnalzte er: Is gut!

Is gut, machte auch ich, und wir trennten uns. Am Ende der Ruinenmauer blieb ich stehen und beugte mich weit hinüber. Was hoffte ich zu finden? Einen Buddha an einer goldenen Kette? Parmaveilchen? Am anderen Ende stand der Alte und sah mir zu. Hände in den Taschen.

Mal angenommen, ein Brillenträger wird ermordet oder erschossen. Seine Brille ist – stark vereinfacht dargestellt – mit Mikroprozessoren ausgestattet, die all das, was dieser Mensch erlebt, aufzeichnen; die Innenflächen der Gläser sind mit einer neuen Art von Liquid Crystals beschichtet, die die Funktion von Monitoren haben. Der Träger kann diese Brille jeweils umschalten, das heißt, er kann ähnlich wie bei einer Videokamera entscheiden, ob er die ihn umgebende Welt jetzt in diesem Moment sieht oder ob er den Film zurücklaufen läßt und sich die Welt ansieht, wie er sie mit der Kamera vor einigen Minuten aufgezeichnet hat. Dieser kameratragende Mensch, der in gewisser Weise selbst zur Kamera geworden ist, kann sich also der äußerst verwirrenden Wahrnehmung aussetzen, mit einem Auge das zu sehen, was im Moment geschieht, während er mit dem anderen das sieht, was vor fünf Minuten an ebendieser Stelle passiert ist. Mit dem linken Auge sieht er das Auto im Unfall zerbersten, mit dem rechten, dem auf die Kamera gehefteten, sieht er den tadellosen und intakten Wagen auf die Kreuzung fahren. Genauso funktioniert diese Brille. Die Beschichtung der Innenseite der Gläser verändert ihre Beschaffenheit von transparent zu opak. Durch ein Kodewort schaltet sich die Gesamtwahrnehmung um. Jetzt oder vorhin. Transparent oder opak. Faszinierend. Es könnte noch so eingerichtet werden, daß die Außenseiten der Gläser ebenfalls beschichtet sind und immer dann, wenn die Brille auf opak umschaltet, von außen, also für andere Menschen, offene Augen zeigen. So könnte man dissimulieren. Niemand wüßte, ob die Person gerade die Gegenwart sieht oder die Vergangenheit. Man stelle sich den Umschaltprozeß wie das Zurücklaufen eines Bands vor. Wäre also der Träger oder die Trägerin ermordet worden, so könnten wir anschließend die letzten Stunden, Minuten, Sekunden des Lebens mit dessen oder deren eigenen Augen erleben. Da die Brille sich jedoch auch nach dem Ableben der Person nicht abschaltet, sind wir sogar in der Lage, nach dem Tod ihres Trägers all das zu sehen, was der Tote oder die Tote noch gesehen hätte, lebte er oder sie noch. Aus dieser spezifischen Perspektive. Wir sähen den Mörder oder die Mörderin. Wir wären in der Lage, mit den Augen von Toten zu sehen. Es ist die Fortführung des immerwährenden Versuchs, subjektive Wahrnehmung zu objektivieren – unmöglich. Aber wer weiß? Vielleicht wird auch das eines Tages gelingen. Dann tauchen wir Tiefseetauchern gleich in die hermetische Totalwahrnehmung einer anderen Person ab. Dann gäbe es Sätze wie: Das kannst du dir gar nicht vorstellen! oder So was hast du noch nie erlebt! nicht mehr. Die Frage, ob das anstrebenswert ist, lassen wir dahingestellt. Aber es geht um die Objektivierung von Wahrnehmung. Zurück zu dem Beispiel: Wäre also jeder Mensch mit einer solchen Brille ausgestattet, müßten potentielle Mörder sich umstellen. So wie Komiker im Fernsehen ohne Klatschmaschine besser werden, sich einfach mehr Mühe geben müssen.

Oder sie rauben einfach die Brille oder zerstören sie oder maskieren sich. Was weiß denn ich, was in einem Mörder vor sich geht.

Manchmal probierte ich jetzt verschiedene Kodewörter aus, in der stillen Hoffnung vielleicht, meine Wahrnehmung umschalten zu können und dieser Welt zu entfliehen.

Manchmal hatte ich Angst, wahnsinnig zu werden; manchmal, es bereits geworden zu sein.

– Vor Stellios dem Teufel mußt du dich in acht nehmen! Er hat mich schon mehrmals ... Die Amerikanerin mit der engen Cordjacke zögerte, sah mich von der Seite an und biß sich dicht am rechten Mundwinkel auf ihre Unterlippe. Vergiß es, rief sie. Aber sei vorsichtig. Wenn er was getrunken hat, ist er unberechenbar. Laß dich nicht mit ihm ein, Stellios der Teufel ist ein Schwein.

Ich hatte mich in eine kleine Taverne auf der Hauptstraße gesetzt und Loni kennengelernt. Aus Amerika. Schon seit Jahren lebe sie hier, erzählte sie mir, verdiene sich ihren Lebensunterhalt dadurch, daß sie die Müllabfuhr des Ortes sei. Von Hand. Mit roten Plastikhandschuhen. Jeden Tag. Bürgermeisterin wolle sie werden. Den Ort auf Vordermann bringen wolle sie. Wann das Haus oben an der Steilküste eingestürzt sei? Jetzt sah sie mich voll an. Warum ich das wissen wolle? Ich sei der zweite, der danach gefragt habe. Auch ein Deutscher. Habe einen Bart gehabt. Auch ihm habe sie nichts gesagt. Im Dorf müßten alle zusammenhalten, alle. Von ihr bekomme niemand was raus. Niemand! Nicht du, schrie sie. Und nicht niemand! Nie! Trank ihr Glas aus, knallte es auf die angebeulte Resopalplatte, daß die Erdnußschalen auseinanderstoben, drückte sich mit beiden Armen hoch und ging, ohne mich noch eines Blicks zu würdigen, durch die Kneipe ab, in ihrer kleinen und engen Cordjacke. Mit geflickten Jeans.

Also war etwas an der Geschichte. Ich war nicht vergebens gekommen. Wer war der andere Deutsche mit Bart? Josef?

Es war spät. Ich ging durch die leeren Gassen hinauf zu meinem Zimmer. Im Dunkeln blieb ich noch einen Moment auf der Terrasse und sah auf das Meer, den Ort. Friedlich. Aus zwei konkurrierenden Diskotheken dröhnte Musikabfall. Ich sah nach links und stellte mir das Haus dort vor, wo jetzt eine Lücke klaffte.

Was ich wollte, war mir nicht klar. Wissen? Vielleicht nur, ob der Alte mir die Wahrheit gesagt hatte. Vielleicht wollte ich nur etwas Wirkliches in diesem Gespinn von Geschichten, Gerüchten, losen Fäden. Etwas, das mir klarmachen konnte, daß ich mich auf dem richtigen Weg befand. Daß ich mich nicht verzettelte. Daß meine Suche – wonach eigentlich – wirklich war. Daß ich wirklich war? Stand ich hier? Wenn ich lange auf den Monitor meines Laptops schaute und dann die Welt ansah, schien sie mir gerastert, als sei der mich umgebende Raum ein zweidimensionaler Screen, zusammengesetzt aus Bildpunkten. Wenn nach einer Zeit des Fokussierens die Übergänge wieder fließend wurden, schüttelte ich den Gedanken, der da in mir aufblitzen wollte, ab. Aber wie weit hatte ich mich von dem entfernt, der lange Gespräche über Langeweile geführt hatte, der die gesamte Welt kartographiert sah, entdeckt, ohne Perspektiven, ohne die geringste Möglichkeit, etwas zu tun, nicht einmal, seine eigene Existenz zu verändern, zu schweigen vom Rest der Welt, wo alles in Raster fiel, die keine Variation zuließen, keinen Ausbruch. Und jetzt? Ich driftete durch eine parallele Realität, die außerhalb dessen lag, was ich für möglich gehalten hatte, und stand trotzdem mit beiden Beinen auf der Erde. Glaubte ich, in meinem Bett, in den trockenen, fadenscheinigen Laken des Hotels in Agia Galini, auf Kreta, neben der Ruine des Hauses der Gümüşsuyu, im Sommer.

Um vier wachte ich auf. Der Mond schien in mein Zimmer. Ich meinte ein Geräusch gehört zu haben. Ein Schatten strich an meinem Fenster vorbei. Stand groß davor – mit dem Rücken dazu? – mit wuschligen lockigen Haaren, dann war er plötzlich weg. Nachzuschauen wagte ich nicht. Auf die Toilette traute ich mich nicht, dafür hätte ich über die Terrasse gehen müssen. Ich pirschte mich ans Becken, machte kein Geräusch, ließ kein Wasser dazulaufen. Schläfen pochten. Den Vorhang ganz behutsam zur Seite ziehen. Nichts. Zurück ins Bett. Das dröhnende Herz nach einigen Minuten in Ruhe. Schlaf.

Halb zwölf. Auf der Terrasse Stimmen, Menschen, Touristen.

Frühstück unten im Dorf, dann Strand. Die Touristen sitzen und essen, sie trinken ihre ersten Weine, Biere, Ouzos. Die Griechen bedienen. Ich gehe an den Strand unterhalb des Hauses, klettere über die herumliegenden Hausteile. Im Wasser tauche ich zu den weißen Klötzen hinunter. Streichle die Dachziegel und denke an die Schenkel der Frauen.

Es findet sich nichts.

Ich fühle mich wohl. Meine Ängste haben sich gelegt. Verschwinden können sie wohl nie. Aber ich schlafe wieder bei offener Tür. Überhaupt schlafe ich. Mit schweren Träumen, aber ich schlafe.

Auch in anderer Beziehung habe ich einen Wandel durchgemacht. Wenn ich an einer Frau vorübergehe, die mir gefällt, denn es gefallen mir jetzt wieder Frauen, erstarre ich nicht mehr. Ich kann jetzt vorübergehen, und unter ihrem Blick stecke ich beide Hände in die Taschen meiner Hose – nicht so gelassen, wie ich es in Anzeigen sehe, in Werbefilmen oder bei manchen Männern, nein, ich stecke nur die Finger hinein, ohne Daumen, und strecke sie und drücke die Handrücken so nach außen, daß sie einen kleinen straffen Bogen formen.

Aber ich halte das für lässig. Entspannt. Ich weiß, daß es das nicht ist.

Auch ein Gespräch mit einer Frau, die mir gefällt, könnte ich heute führen, ohne ins Schwitzen zu geraten.

Mit anderen Worten, es geht mir langsam besser.

Dann eine Frau. Eine Amerikanerin. Wir reden, wir schwimmen. Haarlose Beine, Achselhöhlen, ausrasierte Leisten. Zum Essen nimmt sie nur Salat. Ohne Öl. Wasser dazu. Kein Brot. Die Linie. Und ich rede ihr nach den Lippen.

Als ich am Strand Steine ins Wasser werfe, sagt sie: die Bestie Mann; Millionen von Jahren hätten diese Steine gebraucht, um ans Land zu gelangen, um von Meeressteinen zu Landsteinen zu werden, und ich schleuderte sie brutal ins Meer zurück, um sie weitere unendliche Zeit damit verbringen zu lassen, wieder ans Land zu kommen.

Das kenne ich.

Es kommt zu einem knirschenden Bremser am Abend des dritten Tages. Nichts hat sich getan. Ich baggerte wie blöde und lag endlich allein im Bett. Froh. Bohrte in der Nase, las, kratzte mich, wo ich wollte. Besser so. Allein.

Am nächsten Tag war sie weg.

Alle Fragen nach Ayeshas Haus, die ich zunächst zögernd, dann forscher und lauter gestellt hatte, blieben unbeantwortet. Wurden sogar zunehmend aggressiv aufgenommen. Feindseligkeit breitete sich aus. Wohin ich kam, drehten sich die Griechen weg. Keiner wollte mit mir gesehen werden. Der einzige, der noch mit mir sprach, war der Vermieter. Ich fühlte mich bedroht, meinte den Schatten wieder vor meinem Fenster zu sehen und lag schlaflos in meinem Bett und wagte nicht, mich zu bewegen, weil es quietschte und ich mich nicht verraten wollte. Getraute mich nicht zu atmen.

So vergingen die Tage. Mir blieben noch etliche bis zu meiner Rückreise nach Spanien. Bis zum Beginn der Fiesta von Pamplona. Die Amerikanerin Loni traf ich täglich, und sie faßte Vertrauen und wurde redseliger. Ich ließ sie sprechen, stellte keine Fragen mehr. Wenn sie mir etwas zu sagen hatte, würde es irgendwann geschehen. Wenn sie Wein trank. Einmal hatte ich sie nach der Höhle gefragt und wie man dorthinkommen könne, ob es Führungen gebe? Sie winkte nur ab und hielt mir lange Vorträge, daß man sich einfach entspannen solle. Entspannen, schrie sie angetrunken.

Einen anderen Griechen hatte ich kennengelernt, Adoni, er war ein Fischer. Wahrscheinlich der letzte, der nichts mit dem Touristenboom zu tun hatte. Sein Erkennungszeichen war eine rote Nelke, die er sich hinters Ohr klemmte. Ich sah ihn in seinem kleinen Verschlag Netze reparieren oder an seinem Boot arbeiten. Er sprach ein paar Wörter Deutsch und sagte mir, wo man essen konnte, wo was trinken. Als ich ihn eines Nachmittags fragte, ob er mich nicht in die Höhle rudern könne, schaute er mich erstaunt an.

Später sah ich ihn mit den anderen Griechen zusammensitzen. Sie sprachen und sahen in meine Richtung. Ich fühlte mich nicht wohl. Der, den Loni Stellios den Teufel genannt hatte, war dabei. Am selben Abend in einer der Diskotheken rempelte er mich, blickte mich herausfordernd an. Ich lächelte unsicher und sah weg. Er schnaubte triumphierend, schrie und bestellte einen weiteren Whisky. Ich machte mich davon.

Am späten Nachmittag des folgenden Tages lag ich am Hafen, sonnte mich, badete und faßte den Plan, bald abzureisen. Hier gab es nichts zu erfahren. Wieder war ich am Ende eines Fadens angelangt. Was auch immer man hier finden mochte, mir blieb es verschlossen. Es war wie immer, es gab gerade genug, um mich bei der Stange zu halten, um meine Anwesenheit für mich zu rechtfertigen, aber nichts, was mich weitergebracht hätte. Ich sollte mich damit abfinden, daß es wahrscheinlich nichts zu finden gab. Ich hatte eine aufregende Zeit erlebt. Ein Abenteuer vielleicht. Die Frage, ob ich nach Pamplona reisen sollte, ließ ich offen. Entspannung durchrieselte mich.

Eine Stimme holte mich aus meinen Überlegungen. Adoni der Fischer war mit seinem Boot herangerudert, stand breitbeinig, das Schlingern des Boots ausbalancierend, darin und fragte, ob ich noch immer in die Höhle wollte. Ich sah ihn an. Er schaute gleichgültig zurück. Kurz entschlossen griff ich mein Handtuch und meine Shorts, sprang zu ihm ins Boot und setzte mich vorn in den Bug.

Ich sprach ihn einige Male an, aber er antwortete nicht, sah nur aufs Meer hinaus.

Ruderte.

Er brachte mich mit seinem grünen Holzboot um die Mole. Hinter seinem Ohr leuchtete schwach eine rote Nelke. Ich mußte daran denken, wie er mir erzählt hatte, daß er sich im Sommer nie wasche – Salzwasser, sonst nichts komme an seinen Körper. Wie lange dauerte für ihn der Sommer?

Das Wasser war wärmer als die Luft. Ich fröstelte leicht im Wind und bekam eine Gänsehaut. Mir war nicht geheuer. Der Fischer sprach nicht, sah starr geradeaus, drehte die Ruder und brachte uns voran. So lange hatte ich darauf gewartet, in die Höhle gerudert zu werden, mit so vielen Leuten hatte ich gesprochen, und jeder war mir ausgewichen. Wie umgehen mit meinem Mißtrauen? Sollte ich nicht lieber sagen, er solle umkehren, es sei mir zu kalt, ein andermal? Das war mein Instinkt, aber ich handelte nicht instinktiv, ich handelte in Parametern, die von Konventionen bestimmt, festen Regeln unterworfen waren, und da brachte man, was man angefangen hatte, zu Ende.

– Da ist die Höhle, sagte er.

Ich hatte sie schon näherkommen sehen. Es war ein schwarzer Schlund mit wildgezacktem Eingang. Das Wasser sei zu hoch jetzt, er könne mich nicht hineinrudern, ich solle schwimmen, mich umsehen, er komme mich in einer halben Stunde wieder abholen, inzwischen werde er seine entlang der Küste ausgelegten Leinen kontrollieren. Und ich handelte automatisch. Eitel. Dumm auch. Ich wollte ihm nicht sagen, daß ich Angst hatte, mich beklommen fühlte. Ich befeuchtete mir die Hände, dann das Gesicht und sprang mit einem Kopfsprung in Richtung Höhle ins Wasser. Drehte mich noch um, bevor ich hineinschwamm. Er stand in seinem Boot und sah zu mir herüber, es tanzte auf den Wellen, dann hob er die Hand wie zum Gruß. Ich winkte zurück und schwamm in die Höhle. Um mich her tobte die Brandung. Nur hier unter den zackigen Lippen des Mauls war es verhältnismäßig ruhig. Ich war schon einige Meter in der Höhle, als ich spürte, daß ich ins Innere gezogen wurde. Die Unterströmung war so stark, daß ich mich dagegenstemmen mußte, um nicht weggerissen zu werden. Schwimmen mußte ich nicht mehr, nur noch steuern. Plötzlich erfaßte mich ein Wirbel und warf mich herum. Ich schluckte Wasser und schlug mit dem Kopf auf.

Naß lag ich auf dem Strand in der Höhle, als ich zu mir kam. Ich blutete am Kopf. Lange konnte ich nicht ohnmächtig gewesen sein, denn das Licht hatte seine Qualität nicht verändert, und ich wäre sonst trocken gewesen. Ich fühlte mich schwach, schmeckte Salz. Hustete und spuckte. Der Fischer war vielleicht schon draußen und wartete auf mich. Benommen watete ich ins Wasser und wollte zum Eingang schwimmen. Alles war unwichtig. Ich wollte raus. Was hatte ich hier gesucht? Ich schwamm einige Meter und fühlte wieder die Unterströmung, tat noch ein paar Stöße und brauchte soviel Kraft, mich auf der Stelle zu halten, daß ich schnell aufgab und mich zurückwerfen ließ auf den Strand. Sah mich um. Legte mir einen Weg zurecht, der an der Wand der Höhle entlangführte, bis fast zum Ausgang, dort konnte ich ins Wasser springen und den Rest der Strecke schwimmend zurücklegen. Sammelte Kräfte. Noch einen Moment ruhen, dann ging ich los. Die Felsen waren scharfkantig und glitschig. Unter mir sah ich einen Schwarm Kalamaren silbrig durchs Wasser schießen. Die Wand begann überzuhängen, und noch einen Moment hielt ich mich, kam einen weiteren Schritt voran, da rutschte mir der linke Fuß weg, das Knie schlug gegen den Felsen, und ich fiel ins Wasser unter die Kalamaren, die mich umstrichen, als sei ich Beute. Wieder versuchte ich, diesmal dichter an der Wand, schwimmend zum Ausgang zu gelangen. Ich befand mich im Strömungsschatten eines Felsens und kam voran. Vorstellungen von menschenverschlingenden Kraken, von vorzuckenden Moränen, die sich in mir verbissen, peinigten mich. Das Salzwasser brannte in meinen Wunden. Blut zog Haie an. Vielleicht reizte es die Kalamaren. Meine Atmung war zu unregelmäßig, und ich verlor schnell an Kraft. Als mich die Strömung traf, hatte ich ihr nichts entgegenzusetzen. Sie wusch mich zurück wie Treibholz.

Auf dem Strand streckte ich mich aus und sammelte Kräfte. Sicher war mehr als eine halbe Stunde vergangen. Der Fischer würde Hilfe holen.

Ich setzte mich auf, lehnte mich an ein Stück Granit, das, weil glattgewaschen, fast bequem war.

Nun saß ich da, auf dem halbmondförmigen silbrigen Strand, an den ich so unbedingt gewollt hatte, wartete und konnte mir nicht vorstellen, wie ich wegkommen sollte. Schwimmen? Das schaffte ich nie. So wie ich jetzt hier in diesem Schlund kauerte, vor knochenbrechender Brandung, die Meeresungeheuer spie, die Untiere auf mich zuschwappen ließ und geil auf mich machte, so war mein Leben unter der Oberfläche immer schon gewesen. Mein Leben war inszenierte Existenz in einer ZweiZimmerKücheDieleBadWohnung. Es war die Simulation von Sicherheit. Die Abgründe und Untiefen und grauenhaften Monster kaschierte Rauhfaser, aber

Grauenhaftigkeit lag, gut versteckt, allem zugrunde. Scheinrealität machte als hauchdünne Schicht gegen das sicher, was das wirkliche Leben gleichzeitig mit seiner angenommenen Sicherheit abspielte. Wie eine Endlosschleife. Dort lebte ich den Terror der täglichen Existenz – und wollte nichts davon wissen, schottete mich ab, hatte keine Ahnung, und wenn etwas zu dämmern begann, blickte ich schnell woandershin. Hier war ich tatsächlich nackt im schwarzen Loch. Die sinnlose Gleichförmigkeit meiner täglichen Existenz war vollgestopft mit Füsslimonstern. Glubschäugigen. Was ich jetzt erlebte, was ich in den letzten Monaten erlebt hatte, hatte ich mir auf meinem Sofa vorgestellt – nur eben nicht für mich. In Vorstellungen und Fantasien entfloh ich dem täglichen Einerlei, mit Gedanken und Geschichten für Computerspiele, die jetzt ich geworden waren. Wie also damit umgehen, daß ich auf einem Screen erschien? Zweidimensional? Wie klarkommen damit, daß man mich aus dem Weg haben wollte? Daß man mich umbringen wollte? Daß man die Höhle als mein Grab vorgesehen hatte? Das war kein Film, kein Fernsehen, keine virtuelle Realität, wie die zugeschmierten Ritzen der alltäglichen Existenz. Wie verhielt sich ein Held aus einem der von mir ersonnenen Computerspiele jetzt?

Ich erinnerte mich an eine Geschichte, die mir Josef vor seinem Tod erzählt hatte.

– Das ist eine Kommunikationsgeschichte, sagte er. Die Geschichte einer Zecke.

Ich habe sie nie verstanden, aber als ich in der Grotte saß und wartete – worauf eigentlich? auf Rettung? durch wen? hilf dir selbst! –, in diesem Halbdunkel also, das zwischen Tag und Nacht nicht mehr unterscheiden ließ, fühlte ich mich wie Josefs Zecke. Und ich verstand ihn und seine absurde Geschichte, die er mir zu erklären sich immer geweigert hatte, zum ersten Mal.

– Eine Zecke ist in ihrer Kommunikation ein zweidimensionales Wesen. Geboren begibt sie sich direkt zum nächsten vertikalen Objekt, das ihr in den Weg kommt. Zur Welt kommt sie auf einem haarigen Tier, von dem sie sich fallen läßt.

Pflofff! Er lachte. Das muß dich als Grammatiker interessieren. Kommunikation ist doch dein Forte. Aber weiter. Paß auf! Die nächste Vertikale, die sie erreicht, das kann irgendwas sein, ein Grashalm, ein Baum, Strauch, eine Mauer, was auch immer, die erklettert sie. Wichtig ist nur, daß sie nach oben kommt. Oben ist da, wo ihr die Luft ausgeht. Da installiert sie sich und wartet ab. Das ist alles. Sie hängt oder klebt an ihrem Ende der Vertikalen und wartet einfach ab. Nichts passiert. Wochen, Monate, Jahre vergehen, und die Zecke wartet ab. Sie scheint tot, eher wie ein kleiner Dreckklumpen, der festgewachsen ist, aber sie lebt. Lebt und wartet auf das große haarige Tier – oder auch ein kleines –, aber das ist relativ, denn im Verhältnis zu ihr ist alles groß. Wenn jetzt dieses große haarige Tier – und sei dir im klaren, daß auch wir große haarige Tiere sind – unter ihr vorbeistreicht und die Zecke die nach oben strebende Ausdünstung wahrnimmt, wenn also kommuniziert wird, revitalisiert sie sich sofort und läßt los. Jetzt geht alles ganz schnell. Sie fällt! Hat sie Glück, trifft sie das Tier, beißt sich fest und reproduziert. Hat sie Pech, trifft sie daneben, fällt auf den Boden und stirbt.

Du führst das Leben dieser Zecke, hängst im Limbo und wartest darauf, daß dein großes haariges Tier unter dir vorbeistreicht und du seine Ausdünstung wahrnimmst, damit du, dann endlich revitalisiert, dich fallen lassen kannst. Hoffentlich erfolgreich, mein Lieber. Aber vielleicht ist es auch schon zu spät für dich. Und das sagt dir ein Mann, der Frau und vier Kinder hat und nach deinem Weltbild eher als du vor Langeweile umkommen müßte. Du und deine immerwährende Langeweile. Laß doch einfach los! Du kannst nicht auf der einen Seite sagen, alles sei von Langeweile bestimmt und aus diesem Grund lohne es sich fast nicht zu leben, und auf der anderen Seite Angst davor haben, einen Schritt zu tun. Du mit deiner Welt von Regeln. Vielleicht ist alles Grammatik. Aber es gibt immer Abweichungen, Ausnahmen.

Du bist fix installiert. Gelangweilt. Gefangen in der langen Weile. Aber warte nur ab …

– Aber wenn ich daneben fiele?

– Pech gehabt! Dann bleib kleben für alle Ewigkeit! Und warte! Einfach abwarten, schrie er. Oder Initiative ergreifen. Oder abwarten und die

Fresse halten. Das haarige Tier kommt, dann wirst du schon loslassen und dich einlassen.

Und lachte dreckig. Mein Freund Josef.

Ich war immer eine ängstliche Zecke. Loszulassen habe ich mich nie getraut. Vielleicht ist Angst auch Intelligenz. Immerhin habe ich nicht schlecht gelebt. Über den Abgründen. Den zugeschmierten.

Jetzt klebte ich im Felsen. Aber das war anders. Es war schon lange her, daß ich losgelassen hatte. Seit Josef damals auf meinem Schreibtisch lag. Vielleicht war er mein großes haariges Tier, und ohne es zu wissen, war er der Impuls meines Loslassens geworden. Haare genug hatte er gehabt.

Und ich war unterwegs. Die Regeln meiner Grammatik hatten sich verändert. Und wie ich unterwegs war! Und fror. Draußen war es jetzt ganz dunkel, und drinnen war es nicht warm. Und dunkel erst recht.

Ikarus und Dädalus.

Vielleicht war das die Lösung. Hier in der Höhle sollen sie gefangen gewesen sein, hatte mir der alte Spanier erzählt. Hier bauten sie sich ihre Flügel. Abgehoben zum Flug hatten sie aber von einem Felsen landeinwärts. Vielleicht war von dort auch nur der Sohn gestartet, und der Vater hatte seinen Weg aus der Höhle auf die Klippe gefunden – während der Sohn in blindem Vaterhaß höher hinaus mußte als der Alte. Um es dem zu zeigen.

Für einen Moment, so schien es, trat völlige Stille ein. Die Brandung hatte aufgehört, keine Dünung schlug mehr gegen die Felsen, und sehr weit entfernt hörte ich griechische Musik. Meinte sogar Stimmen zu hören. Ich war nicht weit vom Dorf entfernt, aber die Öffnung, die ich vor mir wußte, denn sehen konnte ich sie jetzt nicht mehr, war viel zu weit entfernt, um auch nur einen Ton aus dem Dorf zu hören. Da setzte die Brandung wieder ein, und das Gehörte schien wie etwas, das es nie gegeben hatte. Vielleicht hatte die Dünung nie aufgehört. Vielleicht hatte das Wasser auf eine bestimmte Weise gegen die Felsen geschlagen, so daß der Akkord aller Töne, die sich in der Dünung vereinigten, für einen Moment griechische Musik und menschliche Stimmen simuliert hatte. Was ich gehört hatte, war das Wasser. Das Libysche Meer. Die Felsen.

Aber was, wenn es doch eine Öffnung gab, von der niemand wußte? Aber ich sah nichts, war von einem Futteral aus samtener Schwärze umgeben. Nicht die Hand vor den Augen.

Mir blieb nichts anderes übrig, dachte ich, als mich zusammenzurollen auf dem Sand und zu versuchen zu schlafen. Frisch dann an das Problem heranzugehen. Ich war sehr müde. Ich fror. Driftete. Ab. Das Rauschen lullte. Ein.

Ich schreckte hoch, denn ich lag im Wasser. Wellen leckten gierig über meine Beine, meinen Körper. Wie lange hatte ich geschlafen? Es war stockfinster.

Ich tastete, überall Wasser. Es stieg. Flut? Ein Sturm? Ich wich zurück, bis ich den glitschigen Felsen hinter mir erreicht hatte. Meine Augen konnten sich nicht an die Dunkelheit gewöhnen, so sehr ich mich auch zu konzentrieren versuchte. Meine Hände und Füße mußten für mich sehen. Tastend nur konnte ich mich fortbewegen. Als ich – vor wie langer Zeit? – angekommen war, hatte ich noch wahrnehmen können, daß die Felsen hinter mir nicht zu steil anstiegen. Ich hatte allerdings auch gesehen, daß sie nirgends hinführten, hatte mit meinen Augen ins Schwarz hineingestochert, aber nichts ausmachen können. Ich solle in die Höhle, ins Wasser, an den Ursprung, hatte Don Jorge gesagt, und das, was ich suche, sei dahinter, darüber, darunter. Sehr hoch war die Höhle nicht, und wenn das Wasser noch einige Zeit weiter stieg, würde ich ertrinken. Ich kletterte, rutschte an den algigen Felsen ab und mußte an die Wände der Zisterne von Scala Dei denken. Jetzt war mir sogar egal, wohin ich faßte. Nur sehr langsam kam ich voran. Immer wieder rutschte ich ab. Verletzte mich an schärferen Felsen, aber fühlte keinen Schmerz. Hörte nur das Wasser dröhnen, fühlte es steigen. Jetzt hatten meine Hände trockeneren Stein erreicht, ich konnte zufassen, mich festhalten, mich hochziehen. Vor mir lag eine Öffnung, die sich nach oben verengte. Mit meiner linken Schulter stieß ich gegen eine Wand. Jetzt standen, krallten auch meine Füße auf trockenem Grund. Ich hatte vielleicht nur ein paar Meter zurückgelegt. Meine Ohren waren taub vom Brüllen der Brandung. Mit der rechten Hand ertastete ich eine Wand, über mir fühlte ich Fels, mein Kopf schlug dagegen. Ich ging auf die Knie und zog mich in den enger werdenden Schacht hinein. Meine Schultern schrammten auf, meine Knie brannten. Aber die Oberfläche des Steins veränderte sich. Sie wurde weicher, es war nicht mehr der Granit von weiter unten, es fühlte sich fast an wie Kalkstein, mit meinen Nägeln konnte ich hineinritzen und mir in dem Kamin besseren Halt verschaffen. Alles wurde glatter, weniger schmerzhaft zu greifen. Der Kamin wurde jetzt so eng, daß ich nur wenige Zentimeter Spiel hatte, aber ich konnte mich gut halten, es war flacher geworden. Weit konnte ich noch nicht gekommen sein, denn das Meer hatte an Lautstärke fast nicht verloren. Es wurde nur gelegentlich übertönt vom Rauschen in meinem Kopf, vom Hämmern in meinem Hals. Wie hoch konnte das Wasser steigen? Stieg es überhaupt noch? Adoni der Fischer hatte gewußt, was geschehen würde, als er sagte, ich solle ruhig hineinschwimmen, es sei völlig ungefährlich. Er wollte mich umbringen. Sie wollten mich beseitigen. Ich muß mit meinen

Fragen einen Nerv getroffen haben. Ich blieb einen Moment erschöpft hängen. Ich hätte das wissen müssen. Ich hätte nicht hinein dürfen. Ich hätte meinem Instinkt folgen sollen. Schwimmend gab es keinen Ausweg aus der Höhle. Das hatte ich gefühlt, als ich losgeschwommen war. Warum war ich nicht umgekehrt? Für einen Moment hatte ich mich treiben lassen und ihn angesehen, und aufmunternd hatte er die Augenbrauen gehoben und mit der Hand gewinkt und mich ermutigt weiterzuschwimmen. Aber da hatte mich der Sog schon erfaßt. Es war ein seltsames Gefühl, umgebracht zu werden. Wie verhält man sich, wenn man in der Situation ist? Weitertasten! Dieses Schwein. Ich drängte den Gedanken beiseite. Wie weit war ich schon weg von meinem früheren Leben? War die Zecke auf wilder Fahrt? Weiter! Mit ausgestreckten Armen fühlte ich, daß der Kamin sich öffnete. Wenig zunächst, aber dann weiter, bis ich auf einer kleinen, fast ebenen Plattform aus weichem glattgewaschenem Kalkstein ankam. Ich befühlte die Wände um mich her, ließ meine Handflächen über die Seiten gleiten, um die Dimension der Ausbuchtung abschätzen zu können, und auch, um zu wissen, wo es weitergehen würde. Rechts eine kleine Mulde. Behutsam strich ich die Seiten der Mulde ab, fand meinen Weg nach unten zu einer kleinen Fläche und zuckte zurück ... was war das? Wieder hin, anfassen, ertasten. Ein kleines viereckiges Objekt. Eine Streichholzschachtel. Ich nahm sie hoch und schüttelte sie. Halbvoll. Trocken, soweit ich das beurteilen konnte. Zitternd nahm ich sie in beide Hände, abstützen mußte ich mich nicht mehr, ich saß fest, öffnete sie mit dem Zeigefinger der linken Hand, sie dabei fest zwischen Daumen und Ringfinger der rechten haltend. Schob sie nur ein klein wenig auf und fühlte mit den Fingerkuppen der rechten Hand, bis ich den Spalt fand. Er war oben. Ich drückte sie auf. Wäre er unten gewesen, hätte ich sie in meiner Erregung zu schnell geöffnet, wären die Zündhölzer auf den Boden gefallen. Ich entnahm der Schachtel ein Holz, schloß sie, faßte es fest und strich es an der Reibfläche an. Nichts. Wieder. Nichts. Wieder. Ein bläulicher Funke zuckte auf. Dann nichts mehr. Jeder weitere Versuch scheiterte. Das zweite Holz. Sehr behutsam hielt ich es. Strich. Wieder zuckte der bläuliche Blitz, gefolgt von einem gelbweißlichen Licht. Noch auf der Reibfläche brach das Holz und fiel zu Boden. Den Stumpf hielt ich in der Hand. Vor meinen Augen tanzten Lichterfunken. Blauweißgelb. In Zacken zuckten sie nach. Das dritte Holz. Mit angehaltenem Atem riß ich es an. Es flammte, knisterte, blitzte, fing sich, hielt sich. Gelbe Flamme, die leuchtete und mich blendete. Durch blinzelnde Lider sah ich nach oben, um dem gleißenden Lichtschein zu entgehen und sehen zu können. Die Wände waren hellgrau. Glatt. Grauenhafte Schatten spritzten über die Felsen. Gerade hatte ich mich gewöhnt und begonnen, meinen Kopf zu drehen, als ich mit einem Schrei das Holz fallen ließ. Die Flamme hatte meine Kuppen erreicht. Nahm das vierte Holz. Entzündete es hastig, um der Schwärze zu entkommen. Jetzt setzte ich mich aufrecht, weniger verkrampft, hielt das Streichholz ganz hinten, war darauf vorbereitet, es jederzeit mit Daumen und Zeigefinger der linken Hand am abgebrannten Ende zu fassen, um es so lange wie möglich zu nutzen. Sehen zu können. Sicherer geworden, sah ich mich um und schrak zusammen, daß mir das Holz aus der Hand fiel. Über mir an der Wand war etwas. Zittrig entzündete ich das nächste Holz und sah über der kleinen Nische, wo ich die Schachtel gefunden hatte, einen mit Kerzenruß gekennzeichneten Kreis und darin einen Stier. Dunkelheit. Ich schüttelte die Schachtel. Noch blieben mir genügend Hölzer. Es war ein Stier, wie ich ihn auf knossischen Fresken gesehen hatte. Unbeholfener. Aber ein Stier mit erhobenem Kopf, wie im Sprung. Darüber ein Fleck, der aussah wie ein von diesem Stoß in die Luft geschleuderter Mensch. In Knossos hatte es ein solches Fresko gegeben. Der Bullensprung. Junge Männer sprangen zwischen den Hörnern hindurch über den Stier. Aber das hier an der Wand war nicht alt, der Ruß ließ sich leicht abwischen. Die Stiere von San Fermines. Mein Vorrat an Lichtquellen nahm ab. Ich blieb eine Weile im Dunkel sitzen mit jagenden Lichtkugeln vor den Augen und überlegte, was als nächstes zu tun war. Ich durfte nicht einfach hier sitzen und die Hölzer verbrauchen, sie mußten mir helfen hinauszukommen. Ein letztes Licht. Vor mir weitete sich der Tunnel und verlor sich nach einigen Metern aufwärts im Schwarz. Es schien gewiß, daß bis hierher das Wasser nicht kam, das ich unter mir gurgeln hörte, sonst wären die Streichhölzer nicht trocken geblieben. Ein beruhigender Gedanke. Da ich meine Lichter sparen mußte, kroch ich blind in den Gang hinein. Ins schwarze Loch. Boden und Wände behielten ihre glatte Oberfläche. Gelegentlich stieß ich auf Schmutz, Erdkrumen und plötzlich auf Federn. Ich opferte ein weiteres Holz und sah einen Haufen Möwenfedern. Wie waren die hergekommen? Nicht von unten, also nicht über den Weg, den ich genommen hatte. Es mußte einen anderen Ausgang geben. Ich schob mich weiter. Schmerz fühlte ich nicht, obwohl ich schon beim Entzünden der ersten Hölzer gesehen hatte, daß Knie, Füße und Hände blutverkrustet waren. Mit einem Mal veränderte sich der Boden wieder. Wurde härter. Der Weg stieg nur noch geringfügig an. Mir wurde bewußt, daß ich das Geräusch des Meeres nur noch schwach hörte. Links von mir ertastete ich erneut eine Ausbuchtung. Ich opferte wieder ein Zündholz und entdeckte einen kleinen Raum, der wie aus dem Fels herausgemeißelt schien. Vor mir im Gang sah ich schwach beim letzten Licht des verglimmenden Holzes Stufen. Ein neues Holz. Es blieben mir noch sieben. Vor mir war eine Treppe. Ich blickte wieder in den Raum, und mein Herz sprang, als ich in der Ecke eine weiße Kerze entdeckte. Ein Stummel nur, aber Licht! Ich schaffte es mit dem dritten Holz, sie zu entzünden. Da stand sie in der Ecke und leuchtete, und ich stellte mich zum ersten Mal wieder auf die Füße. Wacklig. Die Kerze würde mir einige Stunden Licht geben, und mit Hilfe der Hölzer, die ich noch hatte, konnte ich sparsam mit ihr umgehen. Ich sah mich um, hob sie auf und leuchtete in den Gang mit der Treppe hinein. Er war sehr lang. Behutsam, eine Hand schützend um die Flamme haltend, ging ich weiter und entdeckte, daß der gesamte Felsen von einem Labyrinth von Gängen durchzogen war, die teils anstiegen, teilweise steil abfielen. Immer wieder öffneten sie sich in kleinere Räume. In einem fand ich einen weiteren Kerzenstummel, den ich mir zu den Streichhölzern in die Badehose steckte. In einem anderen entdeckte ich eine alte Klinge, völlig verrostet. Ich schob sie mir seitlich in die Hose wie ein Schwert. Oft hatte ich das Gefühl, mich im Kreis zu bewegen. Was ich brauchte, war ein Faden, um mich zu orientieren. Ich kratzte Zeichen in die Wände, hinterließ Rußflecken mit der Kerze. Wie lange ich lief, kann ich nicht sagen. Die erste Kerze war fast verbraucht, und ich balancierte sie auf der Klinge, um sie ganz nutzen zu können. Gerade als die Flamme flakkernd ersterben wollte, stieß ich auf eines meiner Zeichen. Entmutigt ließ ich mich zu Boden sinken. Bleierne Müdigkeit. Wie lange hatte ich nicht geschlafen? Wie lange irrte ich schon durch dieses Labyrinth? Ich rollte mich zusammen und schlief erschöpft ein. Träumte von Ikarus und Dädalus. Sah sie mit rostigen Klingen den Berg verwandeln, der ihr Gefängnis war. Ich war mit ihnen in ihrem Element. Im Irrgarten.

Ein metallisches Klicken weckte mich. Benommen brachte ich mich in die Hocke, faßte meine Klinge fest. Kalter Schweiß lief mir den Rücken hinab. Vor mir zuckte ein Lichtstrahl auf. Es war der Strahl einer starken Taschenlampe, der durch den Gang tanzte. Schritte. Ein Mann ging an mir vorbei, schnell, schien genau zu wissen, wohin er wollte. Der Lichtstrahl stieß nicht in meinen Raum. Ich getraute mich nicht zu atmen, drängte mich dichter an die Wand. Nur eine Silhouette konnte ich sehen, dann plötzlich den Lichtreflex von einer helleren Wand, und zwei Meter vor mir stand Stellios der Teufel. Er blieb stehen, drehte sich langsam um, und mit ihm schwenkte der Lichtstrahl in meine Richtung. Ohne zu denken, sprang ich schreiend von der Wand ab, die Klinge fuhr in ihn hinein, sehr weich und ohne ein Geräusch zu machen. Entsetzt hielt ich inne, die Lampe war auf den Boden gefallen, und sein Gesicht wurde von unten erleuchtet. Seine Augen sahen mich erstaunt an. Doch nur Bruchteile von Sekunden, dann verwandelte sich sein Gesichtsausdruck, und er langte mit gebleckten Zähnen nach mir. Ich fuhr ihm in die Haare, riß seinen Kopf herum und schlug ihm die Klinge in die Kehle, schlug und stach wildwütig. Ich hielt meine Faust in seinen Locken verkrallt und spürte nichts mehr. Schwieg dann. Hielt inne. Gurgelnde Geräusche kamen aus ihm. Ich fühlte warme Nässe an meinen Händen, Armen, überall an meinem Körper. Er war vor mir auf den Boden gesunken. Ich hatte ihn fast enthauptet. Sein Gesicht war blutig verwüstet. Seine Beine zuckten, dann war er still. Eine Lache rann auf meine Füße zu. Ich ließ die Klinge fallen und sank auf den Boden.

Wie weit war ich gekommen?

Wie lange ich so kauerte, weiß ich nicht. Irgendwann stand ich auf. Wischte mir Tränen aus dem Gesicht und schmeckte eisig Blut. Spuckte aus im Ekel. Ich sah mich an, von oben bis unten, sah das ganze Blut, würgte und erbrach Grünes. Griff die Lampe und rannte, woher er gekommen war. Stolperte über ein Hindernis, das ich im Rausch nicht gesehen hatte. Es war meine Reisetasche. Mit fahrigen Händen durchsuchte ich sie und fand alles, meinen Paß, mein Handtuch vom Strand, meine Shorts, die ich in Adonis Boot gelassen hatte. Meinen Computer, alles. Ich schaltete die Lampe aus und atmete tief. Konzentrierte mich. Hier war nichts Zufall, man hatte das unterirdische Labyrinth als mein Grab gewählt, man hatte mich umbringen wollen. Wollte es noch. Tausend Gedanken schossen mir durch den Kopf. Ich mußte mich in Sicherheit bringen. Ich mußte mich konzentrieren. Ich hatte einen Mann getötet!

Geweckt hatte mich ein metallisches Klicken. Vielleicht eine Tür, ein Schloß. Ich mußte zur Leiche zurück und sie nach Schlüsseln durchsuchen. So schnell wie möglich mußte ich aus der Höhle. Kehrte er nicht zurück, würden andere kommen. Als ich in all das Blut hineinleuchtete, würgte es mich wieder. Mit der Lampe in der Linken tastete ich seine Taschen ab. Hinten in seiner Jeans war ein alter Schlüssel. Ich steckte ihn in die Badehose. Die Leiche mußte weg. Ich faßte Stellios den Teufel unter den Achseln und zog ihn in den Raum, in dem ich geschlafen hatte. Sein Kopf knickte in merkwürdigem Winkel weg, aber er blutete nicht mehr. Ich drückte ihn fest an die Wand, an der ich mich zuvor verborgen hatte. Um das Blut auf dem Boden kümmerte ich mich nicht, nahm die Lampe und ging zu meiner Tasche. Die Klinge hielt ich in der Hand mit der Lampe und ging den Weg, den er gekommen war. Schon nach einigen Dutzend Schritten kam ich an eine eiserne Bunkertür. Hier war ich herumgeirrt, ohne die Tür zu sehen, ich steckte den Schlüssel ins Loch, und er drehte sich schwerfällig. Die Tür knarrte, als ich sie aufdrückte. Ich war in einem Kellerraum. In einer Ecke standen alte Holzfässer neben einer Treppe aus Stein. Ich stieg vorsichtig hinauf. Die Treppe war lang und am Ende mit einer Luke verschlossen. Ich drückte sie auf und spähte durch den Spalt, bevor ich sie vollends öffnete. Nun sah ich in einen flachen Raum. Es war Nacht. Durch die Fenster entdeckte ich, daß ich auf der anderen, dem Dorf abgekehrten Seite des Bergs war, in dem die Höhle lag. Das Dorf konnte ich also nicht sehen. Ich schob die Tür auf und stand in einem Olivenwäldchen. War es noch dieselbe Nacht, an deren Abend mich der Fischer zur Höhle gerudert hatte, oder war inzwischen ein Tag vergangen? Ich sah mich um. Niemand war zu sehen. Als ein Esel schrie, blieb mir das Herz stehen, durch Husten brachte ich es wieder in Gang. Mühsam orientierte ich mich, aber ich wußte, wo ich war. Nur ein paar hundert Meter nach links, und ich würde an die Steilküste auf der anderen Seite des Dorfes kommen. Vor ein paar Tagen hatte ich einen Spaziergang hierher gemacht. Ich ging bis zu den Klippen und sah tief unter mir die Dünung weißlich schimmern. Ich faßte Klinge und Schlüssel und warf sie in weitem Bogen ins Meer.

Alle Spuren mußten verwischt werden. Ich mußte, das war mir klar, ans Wasser, mich säubern. Ich durfte von niemandem gesehen werden. Säubern, anziehen und zu Fuß so schnell wie möglich so weit wie möglich weg, in die Stadt nach Heraklion, dann mit dem nächsten Flugzeug oder Schiff nach Athen, dann nach Spanien. Wenn sie die Leiche fanden, würden sie mich in Deutschland vermuten. Alle wußten, daß ich Deutscher war, im Hotel hatte ich mich eingetragen und meinen Paß hinterlegt. Also steckten sie alle unter einer Decke, auch der Vermieter. Meine Sachen hatten sie in die Höhle gebracht, um die Spuren zu beseitigen. Ich war nie dagewesen. Dabei sollte es bleiben. Zum ersten Mal – seit wann? – spürte ich Hunger. Wenn ich mich rechts hielt, kam ich an einen kleinen Bach, der an einer Stelle leicht gestaut wurde, dort konnte ich mich reinigen. Ich streifte mir ein Paar Leinenschuhe über und machte mich auf den Weg.

Thymianbüsche zerkratzten mir die Beine. Mit der Tasche in der Hand rannte ich den Berg hinab, kletterte über Steinmauern, rutschte aus, fiel, überschlug mich, rannte weiter. Nach einer Viertelstunde kam ich unten im Tal an den Bach, ein tröpfelndes Rinnsal, und folgte ihm nach links. Ich stolperte durch sein Bett, bis ich das Rauschen der Stauung hörte. Schwang mich noch zweidrei große Felsbrocken hinauf und sah den kleinen Pool vor mir. Fast mit Wollust ließ ich mich hineingleiten. Und trank. Trank süßliches Wasser. Platschte mit beiden Händen hinein und fühlte mich lebendig, wie ich mich schon lange nicht mehr lebendig gefühlt hatte. Ich wusch mir die Haare, rasierte mich, so gut es ging, reinigte meine Wunden mit Rasierwasser, verbrauchte alle Pflaster, die ich hatte, für die schlimmsten Schnitte und Schürfungen. Bürste-te mir die Fingernägel, um alles Blut von Stellios dem Teufel von mir zu entfernen. Plötzlich kam mir der Gedanke, daß sich unser Blut gemischt hatte, und ich dachte an Aids. Und lachte unter Tränen. Ich war auf jeden Fall von heute, bei all meinem Herumstochern in Vergangenem. Nicht weit vom Bach entfernt fand ich eine Stelle mit weicher Erde, dort vergrub ich Badehose und Leinenschuhe. Dann säuberte ich meine Tasche vom Blut, trocknete mich ab und zog mich an. Feste Schuhe, Jeans, ein dunkles T-Shirt. Man hatte sehr sorgfältig gearbeitet, nichts vergessen. Alles war da. In meiner Jeans war noch meine Geldklammer mit einigen tausend Drachmen, in meiner Brieftasche steckten meine Kreditkarten, Schecks. Sogar eine Schachtel Zigaretten hatte man mir nicht aus der Tasche genommen. Ehrliche Leute. Meine Uhr fand ich in meinem Necessaire. Zehn nach eins. Am übernächsten Tag. Ich hatte also fast sechsunddreißig Stunden in der Höhle verbracht.

Ich setzte mich auf einen Felsen, rauchte eine Zigarette, die mich zittrig, aber ruhig machte. Ich mußte das Dorf umgehen, um in den nächsten Ort zu kommen. Es gab zwei, einen am Meer und einen oben in den Bergen. Ich entschied mich für den Ort am Meer. Timbakion. Timbuktu. Den Aufstieg in die Berge hätte ich jetzt nicht geschafft. Ich war zu geschwächt. Um nach Timbakion zu gelangen, mußte ich Agia Galini umlaufen und dahinter, noch hinter dem Friedhof, zum Meer hinuntergehen. Das war nicht ungefährlich. Überall konnte plötzlich einer der Griechen aus dem Dorf auftauchen. Ich mußte meinen Bogen so groß wie möglich beschreiben. Ich ging zurück und wieder durch das weiter unten fast trockene Bachbett, bis ich nach einer halben Stunde die ersten Lichter des Dorfs sah. Verließ den Bach. Schlug mich nach links und lief, bis ich an den Fluß kam. Gelegentlich trieben Musikfetzen zu mir herüber. Hinter der Brücke sprang ich die Böschung hinunter, und geduckt, um von der Straße aus nicht gesehen zu werden, rannte ich bis zu einem Schilfwald. Jetzt war es einfach, und rasch kam ich ans Meer, nachdem ich den Fluß, der kaum Wasser führte, durchwatet hatte. Unten am Meer blies eine leichte

Brise. Ich ging über den Strand auf die Lichter von Timbakion zu. Ich hatte einen Mann erschlagen. Umgebracht. Die Polizei würde mich suchen. Vielleicht auch nicht. Es kam darauf an, was die Dörfler zu verstecken hatten. Es war Notwehr. Aber ich wollte es nicht darauf ankommen lassen. Ich wollte nicht ins Gefängnis. Nirgendwo nicht. Würde mich die Tatsache, daß ich getötet hatte, verändern? Aber jetzt war keine Zeit oder nicht die Zeit, darüber nachzudenken.

Von Timbakion lagen nur wenige Häuser direkt am Meer, das Zentrum des Orts befand sich im Landesinneren. Als ich an den ersten Häusern vorüberging, schlugen Hunde an. Ich hatte vor, bis ans Ende des Dorfes zu gehen, um dann hinter dem Ortseingang, in sicherer Entfernung, auf die Straße nach Mires zu kommen. Dort würde ich warten, bis der erste Bus oder das erste Taxi kam. Besser Taxi als Bus. Obwohl, dachte ich, wenn der Taxifahrer mit ihnen unter einer Decke steckt, ist es gefährlicher, mit einem Mann im Wagen zu sein als mit einer ganzen Gruppe von Leuten, auch wenn sie mich erkennen.

Der Morgen graute, als ich die Straße erreichte. Ich verbarg mich hinter einem Busch, wann immer ich einen Wagen hörte. Als die Sonne schon am Himmel stand und es warm zu werden begann, kam ein Bus. Heraklion. Ich winkte. Der Fahrer hielt an, ließ die Tür aufschwingen, und ich stieg ein. Im Inneren einige Touristen, die dösten, einige alte Frauen in Schwarz. Niemand sah mich an. Das heißt, sie sahen mich schon an, aber nicht merkwürdig, eher so, wie man eben jemanden anschaut, der in einen Bus einsteigt. Ein Touristenpärchen flüsterte, und sie zeigte in meine Richtung, als ich mich gesetzt hatte, vielleicht wegen der Wunden in meinem Gesicht, auf meinen Armen. Nach einiger Zeit jedoch verloren sie das Interesse, er döste weg, sie las weiter. Ich trug meine schwarze Sonnenbrille. Als wir in Mires einfuhren, drückte ich mich in den Sitz und verbarg mich hinter der Gardine am Fenster. Als es wieder losging, schlief ich ein, geschaukelt von den gleichmäßigen Bewegungen des Busses.

Ich sitze mit einer Frau in einem Käfig, und um uns sind Löwen. Ich erkläre ihr, daß wir uns nur still verhalten müssen, dann werden die Löwen nicht auf uns aufmerksam und gehen bald wieder weg, wir können den Käfig verlassen und sind in Sicherheit. Sie redet amerikanisch. Sagt, die Löwen sind Teil der Natur, wie wir auch, und wollen uns nichts Böses, im Gegenteil, wir sind hier, um zu erleben, wie wir als Menschen mit ihnen in Harmonie zusammenleben können. Wir sollen sofort den Käfig über eine kleine Luke im Dach verlassen und uns frei und gefahrlos unter den Tieren bewegen. Ich flehe sie an, das nicht zu tun. Ich versuche der Frau zu erklären, daß die Löwen uns zerfleischen, wenn wir den Käfig verlassen. Sie schreit zurück, ich sei losgelöst von der Natur, vergewaltige sie entweder oder töte sie. Aus Furcht. Mit diesen

Worten öffnet sie die Klappe und steigt auf das Dach des niedrigen Käfigs. Die Klappe hält sie auf. Ich beschwöre sie, zurückzukommen oder zumindest nicht auch mich der Gefahr auszusetzen und die Klappe wieder zu schließen. Sie lacht, verspottet und beleidigt mich. Noch während sie mir eine Beleidigungsformel nach unten in den Käfig schleudert, springt sie ein Löwe an, die Klappe entgleitet ihr und fällt zu, gerade bevor ein zweiter Löwe hereinspringen kann. Ich verriegle sie. Jetzt sind alle Löwen da und zerren sie mit Mäulern und Klauen weg. Sie schreit, blutet, stirbt. Ich sitze sicher und schreie sie an, fast freue ich mich, denn ich bin davon überzeugt, daß so viel Dummheit bestraft werden muß. Die Löwen legen sie vor die Gitterstäbe und fressen. Ich rieche den warmen Dampf ihres Bluts.

Ich erwachte ohne Luft und fühlte noch im Nachzucken des Schlafs Traurigkeit, denn sie hatte keine Chance, sie war zu ignorant. Ich war auch erstaunt über mein Gefühl von Selbstgerechtigkeit in diesem Traum. So als habe diese Frau, die ich nicht kannte und die mich auch an niemanden erinnerte, ihre gerechte Strafe bekommen. Ein Speichelfaden rann mir vom Mund übers Kinn bis aufs T-Shirt.

Ich war der letzte, alle anderen waren bereits ausgestiegen. Heraklion Busbahnhof. Sofort Taxi und zu einem kleinen Hotel in der Nähe des Markts. Eine Zwergin öffnete mir und sah mich aus runzligem Gesicht mißtrauisch an. Sie stieg vor mir die Treppen hinauf. In einem Bad stand ein weißhaariger alter Mann in Pyjama und Morgenrock. Mit dem ausgestreckten Arm stützte er sich an die Wand, mit der anderen hielt er sich Schlafanzughose und Morgenmantel auf und pinkelte. Oder tat so. Die Zwergin stieß ihn an, daß er fast das Gleichgewicht verlor, zog Handtücher aus einer Lade, fluchte. Der Alte ignorierte sie. Stand nur da und konzentrierte sich auf seinen Wasserlaß. Die Zwergin wollte meinen Paß. Ich sagte, es sei nur für eine Nacht, und gab ihr Geld. Als sie Wechselgeld brachte, hatte ich mich bereits bis auf die Unterhose ausgezogen. Fast unverschämt musterte sie mich von oben bis unten. Ich nahm ihr das Geld aus der Hand, drückte ihr ein Trinkgeld zurück und schob sie aus dem Zimmer. Einmal im Bett, sackte ich sofort in traumlosen Schlaf.

Später Nachmittag, als ich erwachte. Wollte ich das Schiff nehmen, hatte ich noch Zeit bis acht. Aber ich beschloß zu fliegen, wollte versuchen, noch heute einen Flug nach Spanien zu bekommen. Ich wickelte mir ein Handtuch um die Hüften, schloß mein Zimmer ab und ging zum Bad. Der Alte stand wie am Morgen. Ich machte mich auf die Suche nach einer anderen Dusche. Die Zwergin patroullierte die Gänge und schob mich schnatternd eine Treppe hinauf.

Geduscht, erfrischt, hungrig, die letzten Ereignisse wie Traumfetzen im Kopf, stieg ich die steile

Treppe hinunter und hastete durch die Gasse, um auf der Hauptstraße ein Taxi zu erwischen. Plötzlich erstarrte ich, drückte mich mit dem Gesicht an eine Fensterscheibe, tat so, als schaute ich hinein. In einem langsam vorbeifahrenden Wagen sah ich zwei Männer aus dem Dorf. Hatten sie die Leiche entdeckt und suchten bereits nach mir? Der Wagen bog in die nächste Straße. Es schien, als hätten sie mich nicht gesehen. Tief geduckt saß ich dann im Taxi und fuhr durch die Stadt. Richtete mich erst wieder auf, als wir außerhalb der Stadt waren, und spähte zurück, nach Verfolgern.

Dann ging alles glatt. Schon nach einer Stunde flog eine Maschine nach Athen. Im Flugplan fand ich nur noch einen Flug, der an diesem Abend Athen in Richtung Südwesteuropa verließ. Ich schlang Essen in mich hinein. Schlief. Und landete kurz nach Mitternacht in Marseille. Automaten finden, Geld herausholen – wie wäre ich ohne diese kleinen Plastikhelfer zurechtgekommen? Hatte ich mir in letzter Zeit noch oft Gedanken über Geld gemacht, so war diese Sorge jetzt völlig dem Wunsch nach Sicherheit und Geborgenheit um jeden Preis gewichen. Morgen würde ich mit dem Zug nach Spanien fahren. Nach Navarra.

Chiang Mai, Thailand, ein Schmetterling steigt auf. Es gibt keine Garantie dafür, daß sein erster Flügelschlag nicht einen Wirbelsturm in New York auslöst. Das besagt die Theorie vom Schmetterlingseffekt.

Das Universum besteht aus Myriaden dicht nebeneinanderliegender Teilchen. Wird eins angestoßen, stößt es das nächste, das wieder das nächste und so fort immer weiter an, und eine Welle setzt sich fort und verändert die Welt.

Der Tod meines Freunds Josef, der mich aus der Bahn warf, ist nicht diese Minimalbewegung eines aufsteigenden Insekts. Aber das Bild, als welches der Schmetterlingseffekt ja verstanden sein will, stimmt. Es war ein einschneidendes Ereignis, andererseits aber vielleicht nur der Auslöser für einen ohnehin bestehenden Wunsch zu gehen, der mir nicht bewußt war. Durch seinen Tod und die absonderlichen Umstände, die mit der Anlieferung seiner Leiche zusammenhingen, erhielt mein Unterbewußtsein die Bestätigung, daß dieser Wunsch richtig war. Mir war damit die Rechtfertigung geliefert worden.

Ich verstand damals in meinem Wahn, alles zu berechnen und die Welt und meine Existenz darin als berechenbare Einheiten zu sehen, daß die Grundlage von allem Untiefe und Unsicherheit ist. Wie in jener Höhle. Nicht das Gegenteil. Ebbe und

Flut scheinen regelmäßig stattzufinden. In Wirklichkeit stimmt das nicht. Wollte man heute vorhersagen, um wieviel Uhr in drei Jahren die erste Ebbe des Tages einsetzt, so wäre das total unmöglich. Der Versuch einer Erklärung mit Mond und Mondphasen ist stümperhaft und steinzeitlich. Alle sechs Stunden findet der Wechsel statt, so will man uns glauben machen. Was aber, wenn die morgige erste Ebbe drei Sekunden später kommt? Was dann? Diese drei winzigen Sekunden setzen sich nun fort und potenzieren sich über die Zeitspanne von drei Jahren. Die Ebbe, die dann um elf Uhr morgens beginnt, ist gar nicht die Ebbe, von der wir glauben, daß sie es sei. Es ist vielleicht eine andere, eine, die erst in drei Tagen geplant ist. Das sind Unsicherheiten. Andererseits, wen kümmert es schon, wenn gegen elf eine Ebbe kommt und gegen fünf eine Flut, ob es nun die oder eine andere ist? Oder ob sie ein wenig früher oder später einsetzt. Niemand stellt seine Uhr danach. Aber das sind eben nur Menschen, die so denken, nicht Wissenschaftler. Alles kann durch den Flügelschlag eines Insekts in Asien aus dem Lot gebracht werden oder durch einen Sack Reis, der umkippt. Jederzeit stellt sich das, was wir als feste greifbare Welt zu kennen glauben, als hauchdünne Sicherheitsschicht dar. Dann ist alles, was wir gemeinhin als festen Boden betrachten, die allerzerbrechlichste Hülle überhaupt. Dann kann alles ständig explodieren. Dann ist alles untief.

Was ich nicht verstand, war, daß Ordnung –

eben die Ordnung, die ich anstrebte –, daß Eindeutigkeit und Struktur Ressourcen darstellen, die prinzipiell endlich und nicht beliebig vermehrbar sind. Auch sie fallen dem Abkühlungsprozeß anheim, den man als Entropie bezeichnet. Dieser Prozeß kann verzögert, aber nicht aufgehalten werden. Wärme fließt immer in eine Richtung: Richtung Kälte. Unaufhaltsam. Mein Fehler war, das Gesetz nicht auf mich angewendet zu haben. Ich verstand es immer als natürliche Gesetzmäßigkeit und betrachtete mich als intelligentes Wesen außerhalb dieses Prozesses. Damit außerhalb der Natur. Das war ein Fehler. Meine Existenz ist festgelegt. Ich bin des Todes. Soviel ist gewiß.

Ich begriff, daß das Entropiegesetz meine Vorstellung zerstörte, es könne mir gelingen, durch Wissenschaft und Technologie eine geordnete Welt zu schaffen. Jede Entropievermehrung bedeutet Zunahme tödlicher Unordnung. Indem ich also Ordnung schaffen wollte, erzeugte ich unwissentlich Unordnung. Wissenschaftliche Rationalität, jede Steigerung der Produktivkräfte oder auch der Kommunikation, also jeder Erfolg eines Individuums oder einer Gruppe setzt die Lebensfähigkeit des Ganzen aufs Spiel. Ich erkannte nichts, denn je näher man der Wahrheit kommen will, um so weiter entfernt sie sich. Denn je intensiver man hinsieht, desto mehr wird sie zu dem, was man sehen will oder zu sehen hofft.

Warum ich das nicht früher schon verstanden habe? Weil meine Wahrnehmungswiderstände viel zu groß waren. Gedanklich und sprachlich war ich wie alle Menschen in Traditionen gefangen. Meine Wahrheit bildete sich aus meiner Biographie, und während ich auf der einen Seite den Fortschritt pries und vorantrieb, war ich sprachlich noch im tiefsten Mittelalter. Auch jetzt verstehe ich noch nicht, aber langsam dämmert es mir.

Ich lebte nach Regeln, die ich nicht gemacht hatte, und auf der Basis dieser Regeln entwarf ich neue Regelsysteme und setzte so Traditionen fort. Ein Sonnenuntergang ist für mich noch immer ein Sonnen-unter-gang, obwohl ich weiß, daß die Sonne nicht untergeht, sondern daß wir uns drehen und untergehen. Langsam. Das wissen wir seit vielen hundert Jahren.

So hatte mich also der Tod meines Freundes als seltsamer Attraktor aus der Bahn gehoben. Ich sollte ihm dankbar dafür sein. Denn wenigstens lebe ich jetzt keine Illusion mehr. Traditionsbefangen hielt ich an der Idee fest, daß Josef mein bester und einziger Freund sei. Aus der fraktalen Geometrie hätte ich wissen müssen, daß sich Oberflächen im Kontakt nicht überall berühren. Daß sie eigentlich nur scheinbar wirklichen Kontakt haben. Unsere Freundschaft hätte einer fraktalen Analyse nicht standgehalten, wir hätten wahrscheinlich keine Berührungspunkte gefunden. Ich nannte es Freundschaft. Jetzt ist es gleichgültig. Josef ist tot. Ich lebe.

Um die Mittagszeit des siebten Juli kam ich in Pamplona an. Ich spürte Spanien und fühlte mich wohl. Ein Hotel zu finden war unmöglich, alles war seit Monaten ausgebucht, und in der Zimmervermittlung lachte man mich aus, als ich nach einem Zimmer fragte.

Ich wußte nicht, was ich zu erwarten hatte, nach den Ereignissen in Griechenland war es mir schon fast unwichtig. Was konnte es Verheerenderes geben? Ich war aufgebrochen zu einer Suche, ich hatte ein Wort gefunden, dem ich hinterherjagte. Es sollte der Schlüssel sein für das, was ich eigentlich suchte, das Amulett. Dieses amorphe Objekt versprach Dinge, die ich nur erahnen konnte. Aber was die drei Silben bedeuteten, war mir fast gleichgültig geworden. Drei schäbige Silben. Vielleicht hatte dieses Wort ein Schicksal, wie vielleicht alle Wörter, auf jeden Fall aber hatte es Schicksal gespielt. Mir hatte es eins zurechtgeschnitzt.

Ich lief durch einen Jahrmarkt von Millionen Menschen und wußte abermals nicht, was ich suchen sollte. Im Heuhaufen. Ich schwitzte, die Luft in den schmalen Gassen stand. Ich trank viel und unterdrückte den pochenden Gedanken an meine Zukunft.

Nach langem Gehen öffneten sich die Gassen, und vor mir lag die Stierkampfarena. Ich kaufte dem ersten besten, der mir ein Billett anbot, die Karte ab und schob mit den Massen in die Arena zu meinem ersten Stierkampf. Das riesige Rund war von einer Linie rasiermesserscharf in zwei Teile geteilt: sombra y sol, Schatten und Sonne. Wie ich nach einiger Zeit herausbekam, war das nicht nur eine optische Grenze. In der Sonne saßen die Rowdies. Hier beherrschten Rot und Weiß die Sitze, drüben im Schatten trug man Anzüge, Strohhüte. Hierher hatte man Kühlbehälter mit Getränken geschleppt, Plastikeimer mit Sangria, Batterien von billigem Sekt. Ich saß apathisch. Rauchte. Schwitzte. Aus den Lautsprechern kratzte Spanisches. Carmen. Um mich her schrie man: Olé. Lachte. Trank. Schunkelte. Plötzlich Stille. Stimme aus dem Lautsprecher. Ich verstand nichts. Dann Einzug der Gladiatoren. Mehr Carmen. Viel Olé. Pferde kamen, dick eingepackt in goldschimmernde Panzer. Reiter darauf mit Lanzen, den Hut schief auf dem Kopf, immer der Sonne entgegen. Dann Leute zu Fuß. Toreros. Matadore. Fußvolk. Die Toreros machten ihre Runde durch die Arena mit ihren kleinen samtenen Schuhen, eingeschnürt in goldene Anzüge, die die Sonne reflektierten. Sie schritten, umgeben von prächtigem Gefolge. Als Espartaco kam, riß es die Menschen von den Bänken. Olérufe überschrien Bizet. Sitzkissen, Lederbeutel mit Wein, Blumen, Hemden flogen im hohen Bogen durch die Luft und in den Sand der Arena. Espartaco schritt. Sah vor sich hin auf einen unsichtbaren Punkt. Den Kopf leicht angehoben. Lächelte nicht. Der nächste Torero war sehr jung. Der dritte erstaunlich klein. Er schien der älteste der drei. Die Toreros schoben mit gespannten

Hohlkreuzen, die Backen fest zusammengepreßt, markierte Pakete vorn in ihren Hosen, einmal durchs Rund und verließen unter dem brausenden Applaus der Massen in der Sonne die Arena. Plötzlich Stille. Akustische und optische Stille. Die Farbenpracht machte dem Rotgelb der Arena Raum. Dann öffnete sich ein Tor, und ein schwarzer Stier rannte in die Arena. Durchlief auf unvorherbestimmbaren Bahnen das Sandrund. Holz splitterte unter Hörnern geballter Wut. Sechshundert Kilo. In Muskeln verpackt, schwarzfellig eingeschweißt, mit rasiermesserscharfen Hörnern. Toreros kamen hinter den Holzwänden vor, und mit dem Cape in den Händen machten sie den Stier auf sich aufmerksam. Rote Capes auf gelber Sandfläche. Spanien überall. Der Bulle kam sofort. Der spätnachmittägliche Glast machte alles unwirklich. Mein Bild rasterte sich auf. Das Rund der Arena flirrte wie ein Bildschirm. Meine Wahrnehmung zog sich zu einer zweidimensionalen Fläche zusammen. Ich schaute auf einen Computermonitor. So schien es. Ich schüttelte den Kopf, preßte die Augen zusammen, öffnete sie, und die Bildpunkte hatten sich wieder zu dem verdichtet, was ich für Realität hielt. Hinter einer der Barrikaden Espartaco. Niemand stellte sich dem Bullen, man wedelte ihn heran, kam er, verschwand der, der ihn angestachelt hatte. Speichelfetzen im Maul des Tieres. Dann kam Espartaco vor, stachelte das Biest an und ließ es zweimal, unter wildem Olégeschrei der Sonne, durch sein rotes Tuch laufen.

Lässig, so als sei kein Stier in der Arena, ging er zurück an seinen Platz hinter der Barrikade. Starr vor Wut scharrte sich der Stier Sand auf den Rücken.

Fanfaren.

Ein Torero mit zwei etwa achtzig Zentimeter langen Spießen in der Hand. Bunte Schnürchen darumgewickelt. Oléschreie. Dann Stille. Der Torero stellte sich, einen Spieß in jeder Hand, auf Zehenspitzen fast in die Mitte der Arena, das Hohlkreuz durchgedrückt, die Spieße ganz oben gefaßt, machte er mit tänzelnden Bewegungen den Stier auf sich aufmerksam. Ohne Hut. Der Stier schnaubte hörbar. Die Stille schrie. Vielleicht dreißigtausend Menschen waren gleichzeitig still. Aber sie atmeten; oder hielten die Luft an; bewegten sich. Ich konnte mein Herz hören. Oder vielleicht waren es unser aller Herzen. Der Torero tänzelte hin und her, seine Hüften beschrieben Schlangenlinien. Seine Pantöffelchen machten überall hörbare kratzende Geräusche. Der Bulle lief an. Der Torero auch. Wut schoß auf kalkulierte Schritte zu. Sprung. Und der Torero war den Rasiermessern entgangen und hatte seine Spieße im Nacken des Stieres plaziert. Noch einen Moment hielt die Masse die Luft an, dann, als der Stier nicht wieder loslief und auch schon andere Toreros mit ihren Capes ihn umstanden und von seinem Peiniger ablenkten, brach der Applaus los. Neben mir öffnete einer eine Sektflasche durch Schütteln. Der Inhalt spritzte über die vor ihm Sitzenden. Die freuten sich und schrien lauter.

Man ließ den Stier stehen. Der rannte gegen ein paar Barrikaden, versuchte die Spieße abzuschütteln. Glänzendes Blut auf seinem Nacken. Auftritt Espartaco! Die Masse raste. Einzelne brüllten Unverständliches über das allgemeine Geschrei hinweg. Auch Espartaco hielt zwei dieser Spieße in der Hand. Er will es wissen, schrie mein Nachbar und hielt mir einen Pappbecher mit Sangria hin. Die Menge johlte, das heißt, die Sonne schrie, der Schatten saß und schaute. Espartaco bewegte sich, als sei außer ihm niemand und nichts in der Arena. Mit keiner Miene verriet er, daß er den Stier beobachtete. Unter Begeisterungsschreien nahm er die weiß umwickelten Spieße und brach sie auf seinem Knie entzwei, warf mit herrischer Gebärde die Enden weg und faßte die nun sehr viel kürzeren Spieße, hielt sie, wie der andere, über seinen Kopf. Tänzelte. Beschrieb aber keine Schlangenlinie, sondern rollte mit dem rechten Fuß vom Ballen auf die Ferse und zurück, während der linke, auf die Zehen gestellt, ihm Halt gab. Sprach mit dem Stier. Es war wieder, wie auf ein Zeichen, still geworden. Torrrro, murmelte der Mann. Venga! Torrrro! Seine Rs rollten zärtlich. Da lief der Stier an, und Espartaco rannte auf ihn zu. Der Bogen, den sein Körper beschrieb, war fast unmöglich, er hieb die Spieße neben die anderen, sie blieben stecken, und er drehte sich vor den Hörnern weg. Der Bulle bremste, drehte, schon schossen die Helfer mit ihren großen, über den Sand schleppenden Capes vor, wollten den Bullen ablenken, aber der kannte seinen Peiniger. Ein Angstschrei flutete über die Tribünen, auch im Schatten. Aber Espartaco hatte ihn herankommen fühlen. Halb mit dem Rücken zum Tier, mit den Armen wie zu einer Pirouette über seinem Kopf, drehte er sich unter Beifallgebrüll, das aus der Stille knallte, vor den tödlichen Hörnern weg. Jetzt hatten die anderen den Stier abgelenkt, und ohne sich noch einmal umzusehen, ging der Torero, ohne seinen Schritt zu verändern, hinter die Barrikade. Drückte sich mit der flachen Rechten das geölte Haar an. Trank aus einem Lederschlauch, ohne ihn mit den Lippen zu berühren. Ließ sich den feinen Strahl in den Mund laufen. Kopf im Nacken.

Fanfaren.

Auftritt: die Pferde. Zwei. Eines ritt nach links, das andere nach rechts. Sektkorken knallten. Die Flaschen waren nicht zum Trinken, sondern zum Über-die-Leute-Schütten. Jemand hinter mir kippte mir laut schreiend ein Glas Rotwein über den Rücken. Ich drehte mich lachend um. Die Flüssigkeit hatte mich aus der Verkrampfung gelöst. Er lachte und klopfte mir auf die nasse Schulter und bot mir eine Zigarette an, ein Glas Wein. Der Stier rannte in die beiden Pferde, und der jeweilige Picador stemmte sich mit der Lanze in den Nacken. Die weißen Spieße im Nacken des Stiers blutüberströmt. Eine schwarzglänzende Blutbahn rann über seinen Rücken. Gegen die Holzwände drückte der Bulle die Pferde und hebelte sie nach oben, versuchte, als wüßte er, was er zu tun hatte, die

Hörner unter die Panzerplatten zu schieben. Blut. Von den Gesichtern der Pferde sah man nur riesige weiße Augen. Geblähte Nüstern. Bloßgelegte Zähne und Kiefer. Buhrufe. Die Sonne schrie Unflätiges. Der Stier teilte seine Aufmerksamkeit beiden Pferden gleich aus.

Fanfaren.

Jetzt begann Espartaco mit Hut und Cape einen Tanz mit dem Stier. Ließ ihn sich wieder und wieder durch das Cape drehen, auf immer kleiner werdendem Raum, bis er fixiert war. Bei jeder Drehung: Olé! Dreißigtausend Menschen schrien Olé. Zwischendurch die Stille. Torrro, flüsterte der Mann. Und der kam und lief ins Leere. Und blutete aus der Nase, und aus seinem Maul blähten große Speichelblutblasen. Schüttelte den gewaltigen Kopf. Stand da und brüllte, und der Mann wandte ihm elegant den Rücken zu und schritt vor ihm her, hob eine Hand mit leichter Drehung aus dem Gelenk in den Himmel. Der Bulle stand, und seine Zunge war ein roter heraushängender Fleischklumpen in seinem Maul.

Fanfaren.

Espartaco schlenderte an die Barrikade und holte sich seinen Degen. Es ging ans Töten. Noch hielt er ihn hinter dem Cape versteckt, auch vor dem Publikum, nur gelegentlich blitzte es auf unter dem roten Tuch. Reizte den Bullen weiter und ließ ihn noch ein wenig ins Leere laufen, durchs Cape. Dann warf er mit theatralischer Geste seinen Hut fort, stellte sich ein paar Meter vor dem keuchenden Tier auf. Stille. Torrro! Venga! Und er sprach die Einladung zum Tod einige Male aus, da lief der Stier an, und auch der Matador beendete sein Wippen und schritt auf den heranspringenden Bullen zu und stach ihm den Degen in den Nacken tief hinein, bis ins Herz, daß oben nur noch der goldene Griff herausschaute. Der Stier stand. Sprang dann unkontrolliert. Espartaco war weg. Seine Arbeit getan. Den Rest erledigten seine Helfer. Sie lenkten den sterbenden Stier, oder vielleicht war er schon tot, und was ich sah, waren nur noch motorische Reflexe, von einem zum anderen ab. Espartaco stand mit wollüstig vorgewölbter Unterlippe abseits. Für den Stier war es vorbei, er stand noch einen Augenblick und knickte dann erst mit einem, dann mit dem anderen Bein ein und fiel auf die Seite. Einer der Helfer kam und stach ihm mit einem erstaunlich kurzen Messer sehr gemessen in den Kopf, und ein letztes Zittern rann durch den Bullen. Espartaco machte die Runde. Alles raste, niemand saß mehr. Der Boden der Arena war mit Lederschläuchen, Blumen, Hemden, Sitzkissen bedeckt. Espartaco schritt die Masse ab und ließ sich feiern. Gelegentlich blieb er stehen, hob beide Hände in die Luft und schüttelte sie unmerklich, drückte sein Kreuz durch. Vor ihn segelte eine rote Nelke. Er schaute nicht auf, nickte nur einem seiner Leute zu, der eilfertig loslief, die Blume aufhob und sie Espartaco brachte. Der nahm sie entgegen, roch daran, verneigte sich. Zwei Pferde trabten in die Arena. Nur undeutlich waren die Pasodobles zu hören. Das Gespann zog ein Eisengestell hinter sich her. Man kettete ein Hinterbein des Kadavers fest, und unter brüllenden Toro-Toro-Rufen wurde er hinausgeschleift, auf den ersten Metern noch eine Blutbahn hinterlassend, dann nur noch Linien im Sand. Sein Blut wurde untergerecht, der Sand der Arena geglättet. Die Masse beruhigte sich. Musik schnarrte. Stierkampfmusik, das war mir klar. Pasodobles. Viel Blech. Da verzerrte sich meine Wahrnehmung wieder. Erneut rasterte sich das, was ich sah, auf, verschwamm, die Figuren wurden schemenhaft. Ein neuer Stier rannte in die Arena. Fast hatte ich den Eindruck, ihn mit einem Joystick manipulieren, seine Bahnen durch den Sand bestimmen zu können. Dann wieder das Gefühl, selbst manipuliert zu werden. Konzentration! Ich preßte meine Fäuste auf meine Augen, daß mir Lichtblitze durch den Kopf zitterten. Öffnete sie, und alles schien normal. Nur noch bunte Bälle tanzten nach. Unten passierte alles genau wie zuvor. Nur daß der nächste Torero den Stier nicht wie Espartaco mit dem ersten Stich tötete, sondern das Schwert wohl an einem der Halswirbel abbrach, so daß er sich ein neues holen mußte, ihn dann damit töten konnte und sich für den Fehler ein paar Buhrufe und Pfiffe einhandelte. Auch schien er sichtlich erleichtert, als alles vorüber war. Alles genau wie beim ersten Mal. Und danach beim dritten. Pasodobles. Fanfaren.

Pause.

Anschließend folgten noch einmal drei Kämpfe.

Und nichts geschah, was nicht vorher geschehen wäre. Alles lief nach einem festen, unveränderlichen Ritual ab, das jeweils mit dem Tod des Stiers endete. Fast wünschte ich, es könne einmal umgekehrt sein. Vielleicht verstand ich einfach nicht genug davon. Aber was sollte es hier schon zu verstehen geben? Nichts. Ich jedenfalls sah keinen Unterschied zwischen dem einen und dem anderen Kampf. Dann Ende. Carmen.

Fanfaren.

Menschen schoben aus der Arena.

Ich hatte genug gesehen. Meine Wahrnehmungsverschiebungen beunruhigten mich. Was hatte ich hier zu suchen?

Als ich auf dem Weg nach draußen in die Arena hinunterschaute, sah ich auf der anderen Seite Don Jorge. Ich war sicher, daß er es war. Er saß da, auf einen Spazierstock gestützt, und schaute auf den Sand der Arena. Ich begann zu rempeln und zu stoßen. Es war unmöglich. Als ich schließlich nach draußen kam, um die Stierkampfarena lief und auf der Schattenseite eintrat, war sie leer, nur noch vereinzelt flanierten Zuschauer hinaus oder standen in kleinen Gruppen, um abzuwarten, bis die Masse abgeflossen war.

Ich setzte mich und rauchte eine Zigarette. Er würde sicher morgen wiederkommen. Morgen also wollte ich mir erneut einen Platz in der Sonne besorgen und die andere Seite absuchen, ihn dann noch während der Corrida aufsuchen, um endlich Klarheit zu bekommen. Jetzt ging ich auf die Fiesta.

Hochstimmung in den Straßen Pamplonas. Meine Tasche hatte ich schon vor dem Stierkampf in der Gepäckaufbewahrung des Bahnhofs gelassen. Ich ließ mich treiben. Nie zuvor hatte ich eine so zum Bersten überfüllte Stadt gesehen. Als ich in die Altstadt kam, stand ich oft lange still, keiner kam voran. Ganze Straßenzüge waren verstopft. Die Hitze war betäubend. Dumpf schlugen Trommeln an, endlos im selben Rhythmus. Einmal kam ich in die Nähe einiger Trommler. Sie schienen wie verzückt, ihre Hände waren blutig, die Felle der Trommeln mit bräunlich angetrocknetem Blut verklebt. Schmerz schienen sie nicht zu spüren. Sie trommelten. Flöten oder Klarinetten gaben der Szene etwas Unwirkliches. Gegen den Strom anzukämpfen wäre unmöglich gewesen. Inzwischen war es Nacht geworden. Ich trank, was kam; aß, was an kleinen Ständen angeboten wurde. Mein weißes T-Shirt war in allen Schattierungen von Rot gefärbt. Ich fand mich in den Gassen mit den Füßen stampfen, tanzte, sang, lallte, watete durch Berge von Abfall. Jeder ließ unter sich fallen, was er nicht mehr brauchte. Menschen blieben eine kurze Strecke beieinander, verloren sich dann oder wurden abgedrängt. Conchita knutschte wie wild. Jane kam aus Australien. Dolores war hier, weil sie die Stiere sehen wollte. Gloria griff mir zwischen die Beine. Carmen sang. Rosa tanzte.

Wildfremde lagen sich in den Armen. Weil sie nicht weg konnten, pinkelten die Leute gegen die Wände. Eine Frau hockte sich in den Rinnstein. Drei Briten übergaben sich fluchend. Blieb der Pulk zu lange stehen, schrien alle wie wild: Agua! Agua! Agua!, und die Anwohner der Gasse kamen auf ihre Balkons und gossen aus bereitstehenden Eimern Wasser über die Menschen, die der Dusche die Arme entgegenstreckten. Alle naß. Stinkend. Modrig dampfend. Ich vergaß, was sich ereignet hatte. War reduziert auf eine Figur in diesem Spiel und stampfte und schrie und drängte und wurde gedrängt.

Irgendwann nach Mitternacht ging ich in ein Restaurant. Es waren nicht mehr viele Gäste da. Ich mußte essen, wenn ich die Nacht überstehen wollte. Ich mußte auf den Beinen bleiben oder mich auf eine Parkbank legen, aber selbst das war anstrengend. Ich aß reichlich und schwer, trank viel Wasser. Als ich aufbrechen wollte, hatte ich das Gefühl, wieder nüchtern zu sein. Mit der Nüchternheit kamen die Gedanken zurück, und Kopfschmerz zuckte im Hirn auf. In einem Hinterraum, dessen Flügeltüren offenstanden, sah ich zwei Kellnergehilfen Corrida spielen. Der eine hielt sich zwei Tranchiermesser an die Schläfen und beugte sich vor, der andere stand in der Haltung des Toreros mit einem Tischtuch in den Händen. Der Stier rannte an, der andere wich den scharfen Messern aus und ließ ihn durchs Tuch laufen. Das Spiel wurde wilder, ausgelassener, die Bewegungen schneller, die Messer kamen bei jedem neuen Anlauf dichter an den Torero heran. Ein Schrei, ein Stolpern, Geschirr, das zu Boden fiel und zerbrach, laufende Füße. Der Oberkellner hatte das Spiel beendet, und die Jungen stoben auseinander. Lachten.

Zurück auf der Gasse. Keiner fehlte. Es war so voll wie zuvor. Ich fühlte mich gestärkt. Lief mit, ließ mich weiter mitziehen.

Eine Hauptstraße war durch eine übermannshohe Absperrung aus starken Holzbohlen geschützt, hier liefen an jedem Morgen um acht die Bullen durch die Stadt zur Stierkampfarena. Noch drei Stunden. Ein kleiner Platz und etwas Luft zum Atmen. Bänke. Ich setzte mich und sank um und trieb weg.

Ein Knall weckte mich.

Es war hell, und ich blinzelte in die Sonne. Wieder rannte ich mit den Menschen, die immer noch oder wieder, wie ich, auf den Beinen waren, zur abgesperrten Gasse. Die war voll. Die meisten Leute trugen weiße Hosen und Hemden und hatten breite rote Schärpen um die Hüften geschlungen, ein rotes Halstuch um den Hals. Ich drängelte und bekam einen Platz vorn an den Planken. In der Hand hielten die Läufer gerollte Zeitungen. Es war relativ still. Dann ein dumpfes Stampfen und einzelne Schreie und Pfiffe, plötzlich kam Bewegung in die Menschen in der Gasse, sie dribbelten langsam an. Während die ersten, die passierten, noch langsam liefen, wurden die folgenden immer schneller, schließlich der erste Stier. Aus Lautsprechern blecherne Pasodobles. Es ging bergauf hier in der Kurve. In ihrer unbeholfen wirkenden Art stampften die Stiere heran. Vor ihnen die Läufer, hinter ihnen Menschen, die stehenblieben und verschnauften, rechts und links Leute, die mitliefen, die Stiere in der Mitte. Schnell. Zu schnell für einige, die abgekämpft aussahen. Ein Stier schlidderte aus auf all dem Erbrochenen und Verschütteten der Nacht zuvor, knickte aufs Knie; ein zweiter rannte in den Gestürzten hinein und schleuderte zur Seite, erwischte einen Läufer, der nicht schnell genug reagierte, mit seinen Hinterläufen; der flog durch die Luft und klatschte aufs Pflaster. Der zweite Stier rannte augenblicklich weiter, der erste, der gestürzt war, brachte sich nur schwerfällig wieder auf die Beine, verlor den Anschluß. Die Männer und einige Frauen in Rotweiß sprangen auf die Planken, auf Fenstersimse, schmissen sich in die Gosse. Andere, meist nicht in Rotweiß gekleidet, standen da und warteten. Der Stier stieß ins Leere, hatte die Richtung verloren und stand nur Meter von mir entfernt. Er rammte in praller Wut gegen die Planken, die erzitterten. Drehte ab. Menschen schrien, einige Draufgänger schlugen dem Stier mit gerollten Zeitungen auf den Kopf, auf den Rücken und hechteten sofort in Sicherheit. Langsam rannte der Stier an, in alle Richtungen stoßend. Da stand einer mir genau gegenüber an der Wand eines verbarrikadierten Schmuckladens. Unentschlossen sah er aus, Ausländer, Anglo. Weg, wollte ich schreien, wie man auch im Kino an spannenden Stellen schreien will. Wo es auch nichts nützt. Da zuckte knisternd ein statischer Wischer über mein Gesichtsfeld. Ich schüttelte den Kopf. Monitorgeflimmere. Dann wieder fine-tuning. Der zögerte einen Bruchteil zu lange, der Bulle warf sich herum und rammte seine Hörner in den Mann und hob ihn hoch. Drückte ihn nach unten. Die Augen des Mannes waren erstaunt aufgerissen. Rotweiße sprangen hinzu, hieben auf den Bullen ein, schrien. Zuschauer kreischten. Der Stier setzte noch einmal zum Stoß an und pinnte den Mann gegen die grünlich gekachelte Fassade des Ladens. Blut und Knochensplitter spritzten durch die Luft. Der Stier ließ ab, ging seitlich weg. Eines seiner Hörner steckte noch in dem Mann, und so schleifte er ihn ein paar Meter mit, bevor der reglose Körper, der seinen erstaunten Gesichtsausdruck nicht verloren hatte, vom Horn glitt und in einer sich schnell vergrößernden Blutlache liegenblieb.

Das reichte mir. Brechreiz im Magen, Kater in allen Gliedern, drängte ich durch den Pulk, bis ich frei stand. Ging in die nächste Kneipe und trank sehr schnell zwei eiskalte Biere – soviel Blut – und torkelte in der Annahme, meinen Magen beruhigt zu haben, zurück in die trotz der frühen Morgenstunde bereits wieder gleißende Sonne.

Nach einigem Überlegen, wie ich die Zeit bis zum Nachmittag totschlagen sollte, ging ich in ein

Sportgeschäft, kaufte eine Badehose, ein Handtuch, ein neues T-Shirt und ein paar Shorts. Meine alten Sachen warf ich in der Plastiktüte des Geschäfts in eine Abfalltonne. Von einem Taxi ließ ich mich zu einem Schwimmbad fahren.

Den Tag verbrachte ich schlafend im Schatten oder im Wasser. Zum Mittagessen vier Aspirin und viel Wasser. So gestärkt stand ich um fünf vor der Arena, kaufte einem Schwarzhändler eine Karte ab und fand meinen Platz.

Alles wie gestern. Pasodoble. Sonne. Schatten. Ausgelassene Menschen. Fanfaren. Rotgelb. Dann zogen die Helden wieder auf. Alles wie gestern. Da ich die Abläufe jetzt kannte, war es noch langweiliger, oft suchte ich in Gedanken den Schalter für den Schnellvorlauf an meinem ganz privaten Videorekorder. Vorspulen! Von der Barrikade aufwärts war alles Fest. Von der Barrikade abwärts alles Einsamkeit. Die Einsamkeit des Stiers, die Einsamkeit des Toreros. Vor allem die Einsamkeit des Bullen. Die Masse empfing ihn mit ausgelassenen Rufen. Die Sympathien schienen bei ihm zu sein. Als aber die Linie zwischen Leben und Tod markiert wurde, schied sich unten alles von oben. Für den Stier ging es um Leben oder Tod; für den Torero um Ruhm oder Vergessen. Hier oben Fiesta; dort unten Ritual und Gewalt. Die einzige Möglichkeit für den Stier, sich in der Erinnerung einzugraben, war der Tod des Toreros. *Sein* Tod war sicher. Der Torero mußte triumphieren, denn sonst versank er im Nichts, aus dem er gekommen war. Was sollte es hier mehr zu verstehen geben? Es war langweilig, und der Ernst, mit dem die Leute im Schatten dem Spektakel zuschauten, absurd.

Ich sah oft schon nicht mehr hin. Dafür spähte ich die andere Seite ab, besonders die Gegend, wo ich Don Jorge gestern gesehen hatte. Bis zur Pause sah ich ihn nicht. Nach den ersten drei Kämpfen war meine neue Kleidung total durchnäßt und leuchtete in verschiedenen Farben. Ich ging in die Galerie, um ein Bier zu trinken. Als ich mich gerade an den Tresen vorgekämpft hatte und meinen Plastikbecher Bier in der Hand hielt und den Schaum abtrank, sah ich den Alten aus der Toilette kommen. Ich warf das Bier unter dem Gejohle der anderen in die Ecke und lief ihm nach. Noch bevor er seinen Aufgang erreicht hatte, war ich bei ihm. Außer Atem hielt ich ihn an der Schulter fest.

– Sie! Seine Augen funkelten nicht unfreundlich. Ich dachte mir, daß ich Sie hier treffen würde.

Ich erzählte ihm, daß ich ihn gestern gesehen, aber vergebens versucht hatte, ihn zu erreichen.

Fanfaren.

– Kommen Sie, sagte er und zog mich in die Ränge.

Ich wollte woandershin, aber er war nicht von den Stieren wegzubringen.

– Dummer Mensch! Haben Sie noch immer nichts gelernt? Zuerst die Stiere. Dann gehen wir essen, und ich werde Ihnen alles erzählen.

Mir fiel erst jetzt auf, daß er nicht im Rollstuhl

war. Ich wollte ihn fragen, aber er brachte mich ungehalten zum Schweigen. An meinen Platz wollte ich nicht zurückgehen, aus Angst, Don Jorge wieder zu verlieren, und da neben ihm kein Stuhl mehr frei war, hockte ich mich auf die Stufen. Im Schatten herrschte eine andere Atmosphäre. Die Leute waren ruhig, sahen konzentriert zu, und nur gelegentlich, wenn das Ritual sie packte, ließen sie sich zu vereinzelten, allerdings kräftigen und ernüchternd ernsten Olés! hinreißen. Während drüben die Stimmung die Sache interessant machte, lag hier alles in langweiliger Erstarrung. Absurd, denn was war das schon, was sich diese Leute mit so viel Ernst und Expertise betrachteten? Tumbe rituelle Endlosschleife.

Einige Male versuchte ich mit ihm zu sprechen, aber er ignorierte mich. So schwieg ich, bis der letzte Pasodoble verklungen war und wir hinausgingen. Diesmal hielt ich ihn zurück und bat ihn zu warten, bis die Arena leer war, denn ich hatte gestern nacht gesehen, was die Menschenfluten bewirken konnten. Jetzt wollte ich ihn auf keinen Fall wieder verlieren. Und wenn ich mich an ihm hätte festbinden müssen.

Er führte mich von Stierkampfarena und Altstadt weg in eine kleine stille Straße, dort in eine Bar. Man begrüßte ihn, fragte nach den Kämpfen.

– Na, mein Lieber, haben Sie die Stiere verstanden?

Ich schüttelte den Kopf. Ich wußte nicht, worüber ich zuerst mit ihm sprechen wollte.

– Natürlich haben Sie nichts verstanden. Was Sie gesehen haben, war Kunst. Mehr als Kunst. Kunst ist nicht nur die Übertragung von Information, Kunst will anstecken, Krankheit übertragen. Vorzugsweise Fieber. Kunst ist Pornographie. Wenn Sie einen Torero sehen, der die Tiefe seines Tuns fühlt und der während der entscheidenden Momente mit dem Stier allein ist dort unten, allein unter Tausenden, dann sehen Sie jemanden, der für sich und seine Kaste triumphieren will. Dann erst kommen die anderen. Was Sie da sehen, ist mythisch, und alles spricht vom Tod. Denn durch die Tötung des Stiers tötet der Mann seine eigenen Triebe, wird Herr darüber, nachdem er zuvor damit gespielt hat. Aber wie ist es Ihnen ergangen in den letzten Wochen?

Ich war in Griechenland. Ich sah ihn prüfend an.

– In Griechenland. Carajo! Das hätte ich Ihnen nicht zugetraut. Wir haben uns allerdings schon gewundert, denn wir haben Sie aus den Augen verloren. Aber ich wußte, daß ich Sie hier wiedersehen würde. Und, voilà, da sind Sie.

– Wir? Sie und die Frau aus dem Laden?

Er sah mich an.

– Sie werden später alles verstehen.

– Ich will es aber jetzt verstehen. Ich laufe schon zu lange umher. Verstehen Sie! Ich will endlich wissen, was hier passiert.

Ich sprang auf, mein Weinglas zersplitterte auf dem Boden. Der Kellner faßte mich am Arm. Ich riß mich los, bereit, zuzuschlagen.

Der Alte stand auf und legte mir beruhigend die Hand auf die Schulter, redete mit dem Kellner, bestellte neuen Wein, lachte in die Runde.

– Ruhig, mein Freund! Beruhigen Sie sich! Sie werden alles erfahren. Wenn Sie wollen, gleich jetzt.

Verstockt ließ ich mich wieder nieder. Der Wein war schwer, ich fühlte ihn überall gleichzeitig und schüttete ihn, als sei es Wasser.

– Haben Sie sich schon einmal die Anzüge der Toreros angesehen?

– Nein, sagte ich gereizt.

– Ruhig! Er lächelte, trank. Das sollten Sie einmal machen. Interessant ist das. Das sind Meisterwerke. Wenn Sie die Linien der goldenen Schnüre und Kordeln verfolgen, werden Sie feststellen, daß das, was auf den ersten Blick nur wie symmetrische Verzierung wirkt, in Wirklichkeit ein komplexes Labyrinth darstellt. Sie hätten Ihre Hausaufgaben machen sollen. Sie hätten die Grammatik des Stierkampfs lernen sollen.

– Mir stehen Grammatiken bis hierhin! Und hielt meine Hand über den Kopf.

– Sicher! Noch ein Glas Wein? Und ohne abzuwarten, bestellte er.

– Es ist seltsam, daß Sie immer nur die Oberfläche beachtet, nie daruntergeschaut haben. Wie ein Narr nur auf der Oberfläche entlanggeschlichen, ach, was sag ich, geschlichen, gerannt sind Sie. Das einzige, was zu entziffern Ihnen gelungen ist, war der Stadtplan. Und noch der mußte Ihnen zugespielt werden.

– Zugespielt?

Er lachte nur und schüttelte den Kopf.

– Aber warum? Warum? Ich schrie. Die Leute sahen herüber.

Psst, machte er und nickte den anderen Gästen zu.

– Alles, was ich erlebt habe, war wirklich.

– Wirklich, äffte er mich nach. Was wissen Sie schon von Wirklichkeit. Was Sie dafür halten, ist nichts weiter als eine Kreation des Nervensystems; das Modell einer möglichen Welt. Erfahrungen sind auch nichts anderes als Konstruktionen. Was Sie erleben, erleben nur Sie so. Niemand anders. Ich nicht und niemand. Aber genau wie jemand aus einem anderen Kulturkreis keinen Zugang zu Ihrer Art und Weise des Erlebens und Erfahrens hat, so haben Sie ebenfalls keinen zu seiner.

– Wollen Sie sagen, daß ich geträumt habe?

– Vielleicht. Vielleicht träumen Sie noch immer. Was weiß ich?

– Aber ich weiß doch, was ich weiß. Hören Sie mir auf mit Ihrer Hausapothekenmischung aus Philosophie und Psychologie. Sagen Sie endlich was! Wer sind Sie? Warum ich?

– Wenn Sie nicht so überheblich wären, oder sagen wir erregt, hätten Sie längst begriffen, daß ich Ihnen bereits alles gesagt habe.

– Aber was mache ich mit dieser Information? Sie hilft mir doch nicht, das Amulett zu entschlüsseln, und nicht, das Duende zu verstehen. Und ich stampfte mit dem Fuß auf.

– Amulett? Er sah mich fragend an. Nun gut, kommen wir zum Duende. Ihr Goethe hat es sehr schön definiert, als er über Paganini sprach: mysteriöse Gewalt, die jeder fühlt und die kein Philosoph erklärt. García Lorca hat geschrieben, daß das Duende eine Gewalt ist und keine Arbeit, es ist ein Ringen, ein Streiten und kein Denken. Es ist keine Frage des Könnens von irgend etwas Bestimmtem, sondern eine Art zu leben; das heißt des Blutes; das heißt, es ist eine Frage der Kreativität. Das Duende hat nichts zu tun mit dem Dämon des Zweifels, nichts mit dem katholischen Teufel, der nicht sehr intelligent dargestellt wird, das Duende, von dem ich spreche, und das alles sage nicht ich, das sagt der Lorca, nach dem Sie suchten, ist dunkel und schauderhaft. Jeder kreative Mensch, egal wie er heißt, der sich an verschiedenen Punkten der Welt in verschiedenen Disziplinen durchsetzt, schafft das wegen des Kampfes, den er mit seinem Duende ausgetragen hat. Nicht mit einem Engel, nicht mit einer Muse. Engel und Muse kommen von außerhalb des Körpers. Der Engel gibt Licht, und die Muse gibt Formen. Das Duende dagegen muß man in den letzten Behausungen des Blutes suchen und erwecken, sagt García Lorca. Verstehen Sie jetzt?

Ich sah ihn zweifelnd an. Schüttelte mit dem Kopf. Da saß ich wie damals im Tarockladen in einem ersten Stock, den es nicht gab. Wieder war ich in eine seltsame Rolle diesem Mann gegenüber geschlüpft, fast kindhaft. Er sprach, ich hörte zu. Das

Unverständnis in meinem stillen Lauschen ist nichts anderes als Frust, nie eine Antwort zu bekommen, die ich verstehe oder die mich weiterbringt. Zu schreien hatte auch keinen Sinn. Ich stampfte mit dem Fuß auf.

– Was hat das mit mir zu tun, fragte ich.

– Ach! Und er wischte mit der Hand durch die Luft. Man erkennt es daran, daß einem das Blut kocht wie durch einen tropischen Virus. Es kocht Ihnen doch. Hat Ihnen doch in Ihrem Leben noch nie so gekocht wie jetzt. Oder etwa nicht?

Ich nickte und trank.

– Es zerstört alles. Alles was man gelernt hat, alles was man als Ordnung anerkennt. Jede Geometrie des Lebens. Jede Grammatik. Und er lachte.

Ich hob die Hand.

– Vielleicht, vielleicht, vielleicht, redete er weiter, um mich gar nicht erst zu Wort kommen zu lassen. Alle Künste haben das Potential – und auch das Leben ist eine Kunst –, aber wo García Lorca das größte Feld für das Duende sah, ist in der Musik, im Tanz und vor allem in der mündlichen Poesie, der mündlichen Überlieferung; im Erzählen von Geschichten, wenn Sie so wollen.

Schauen Sie sich das Hildebrandslied an. Da schrieb ein Mönch, vom Duende besessen, eine Geschichte auf das erste und die Rückseite des letzten Blattes einer lateinischen theologischen Handschrift. Weil er dann kein Papier mehr hatte, brach er ab. Aber er schrieb sie nur auf, weil er diese beiden Blätter fand. Das Ende, wer also wen erschlägt von den beiden Rittern, Vater und Sohn, werden wir nie erfahren. Das ist es, was ich meine, da gelang es einem, aus einer von Traumfragmenten ausgelösten Verzückung sich in einer solchen Weise zu konzentrieren, daß seine Aktivität genau dann greifbar und erlebbar wurde, als sein Blick auf zwei freie Seiten von zwei Blättern fiel, und er schrieb den ersten who-done-it der Geschichte, sagte uns aber nicht, wie es ausgeht, weil er keinen Platz mehr zum Schreiben hatte. Das ist es.

Ich wollte etwas sagen, denn alles, was ich gerade zu verstehen geglaubt hatte, war wieder zerfasert.

– Hören Sie! Die Künste, die ich nannte, brauchen einen lebendigen Körper, der sie interpretiert, denn sie alle sind Formen, die immer wieder geboren werden und sterben und die sich in keiner präzisen Gegenwart aufhalten. Geschichten. Spanien ist für alle Zeiten vom Duende bewegt ... als Land des Todes. Als Land, das für den Tod offen ist, will ich sagen, denn das Duende kommt nicht ohne die Gefahr eines möglichen Todes. Das Duende verletzt, es hinterläßt Narben, und im Herzen der Narbe, die sich niemals schließt, dort sitzt es.

Jetzt meinte ich ihn zu verstehen, vor allem aber verstand ich meine Situation, ohne daß sie nur das entfernteste mit dem zu tun gehabt hätte, was er sagte.

Es drängte mich, ihm zu erzählen, was mir geschehen war, seit wir uns getrennt hatten, beziehungsweise, seit ich ihn nicht mehr hatte finden können.

– Noch einmal die Corrida, fuhr er mir in meine Gedanken. Die Liturgie der Stiere bewirkt ein authentisches religiöses Erlebnis. Kampf: auf der einen Seite mit dem Tod, der einen zerstören kann, und auf der anderen Seite mit der Geometrie, mit den Abmessungen, der fundamentalen Voraussetzung. Der Stier hat seine Planetenbahn; der Torero hat seine Umlaufbahn. Der Schnittpunkt ist das furchtbare Spiel. Muse oder Engel nur, wenn der Stier noch sauber von Verletzungen ist – denn jede Wunde des Stiers ist ein Symbol; denken Sie an den heiligen Sebastian –, und dann, später, im Moment des Tötens, braucht er die Hilfe des Duende, um einen künstlerischen Akt daraus zu machen. Der Torero. Hat er sie nicht, ist er irgendein Mann, der mit dem Tode spielt. Ein Dummkopf. Ein Torero, zerfressen vom Duende, läßt alles vergessen. Der Tod wird zelebriert.

Er sah mein völlig verständnisloses Gesicht.

– Das ist Ihr Lorca! Der, den Sie gesucht haben, als Sie zu mir in den Laden kamen.

– Aber warum ich?

– Warum nicht Sie? Haben Sie denn nichts verstanden? Sie waren am richtigen Ort zur richtigen Zeit. Sonst nichts. Und Sie sahen gelangweilt aus.

– Was wissen Sie von meiner Langeweile?

– Nichts! Aber jetzt wirken Sie ein wenig lebendiger.

– Nein, ich lachte verzweifelt, von Langeweile keine Spur. Und das Buch, das Sie mir gaben?

– Ein Geschenk.

– Sonst nichts?

– Ich hoffe, Sie halten es in Ehren. Das Erzählen von Geschichten ist mein liebstes Hobby. Das ist mein Duende.

– Nicht das Verwirrspiel? Und Ayesha Gümüşsuyu?

– Eine schöne Geschichte, nicht?

– Nichts weiter, nur eine Geschichte?

– Gibt es mehr?

– Aber wie gehen all diese Geschichten aus?

– Wie Ihr Hildebrandslied.

– Also nicht.

– Eben! Aber Sie sehen schlecht aus. Sie haben zu schnell getrunken. Wir sollten etwas essen.

Er hatte den Kellner schon gerufen und zahlte. Meine Gedanken verzettelten sich.

Wir standen auf und gingen. Jetzt sprudelte es aus mir heraus. Ich erzählte ihm von Griechenland. Von der Höhle, von dem Toten. Er sah mich ungläubig von der Seite an, zischte einige Male: Carajo! Aber sagte sonst nichts, hörte nur zu. Ich erzählte ihm von der Jüdin Silberwasser, von Istanbul … Er faßte mich am Arm.

– Kommen Sie, hier entlang! Das sind interessante Verbindungen.

– Interessant? schrie ich. Ja, bei Gott! Aber was haben Sie damit zu tun?

– Absolut nichts!

– Aber wie bin ich denn an Sie geraten?

– Was weiß denn ich! Ich habe Ihnen eine Geschichte erzählt ...

– Und mir ein Buch gegeben.

– Das auf sich selbst zurückwies. Daß Sie sich dann auf diesen Weg gemacht haben und daß es dort tatsächlich etwas zu finden gab – er lachte –, das hätte ich mir allerdings nicht träumen lassen.

– Aber warum?

– Sie kennen doch Don Quixote, nicht wahr? Unseren Quixote.

– Was ... wollte ich wieder dazwischenfahren, habe ich damit zu tun? Aber er schnitt mir das Wort ab.

– Don Quixote fand in der Welt nur die paranoiden Giganten seines Inneren. Nichts anderes. Ist es Ihnen so anders ergangen? Haben Sie etwas erlebt, was Sie nicht ohnehin schon längst in sich trugen, das in Ihnen schlummerte und dessen Sie sich nur nicht bewußt waren? Denken Sie darüber nach.

Paranoid? Ich?

– Aber warum?

– Sie wiederholen sich, mein Lieber. Erinnern Sie sich an die Geschichte der Party?

Er wartete keine Antwort ab. Ich nickte nur.

– Am vierten Tag kam Langeweile auf. Abgesehen von allem anderen, sagen wir ganz einfach, daß wir uns an einem vierten Tag begegnet sind.

Unbemerkt waren wir zurück in die Altstadt gekommen. Menschentrauben umschlossen uns wieder, und ich mußte schreien, um mich verständlich zu machen. Eine letzte Frage hatte ich noch. Was war seine Verbindung zu Josef? Ich wollte sie stellen, aber er hielt sich den Zeigefinger vor die Lippen. Gehen wir ins Restaurant, es ist nicht weit von hier, deutete er mir in Zeichensprache an. Aber ich hielt es nicht aus und schrie über die Trommeln und die Klarinetten und das Stampfen und die brodelnde Masse:

– Was haben Sie mit Josef zu tun? Was wissen Sie vom Amulett?

Er hielt sich die flache Hand hinters Ohr. Ich wiederholte meine Frage. Er sah mich an. Sagte dann mit ausdruckslosem Gesicht etwas, das ich nicht verstand. In diesem Moment rannte ein Mann wie ein Stier, mit spitzen Fingern an der Stirn, gebückt auf uns zu, rammte zwischen uns, bahnte sich einen Weg, indem er uns trennte. Weil ich aggressiv reagierte, drehte er um und rammte wieder. Ein zweiter begann Stier zu spielen. Ein dritter entfaltete ein unsichtbares Cape und kämpfte zwischen uns mit den beiden Stieren. Don Jorge war schon abgedrängt worden. Die ausgelassene Pantomime füllte den Raum zwischen uns aus. Ich hörte nur Fetzen: Josef, ein oder zweimal, dann mit wild gestikulierenden Händen, das Restaurant ist … und er deutete in eine Richtung, dann wurde ich fortgespült. Je wütender ich mich der Menge entgegenstemmte, um so wilder riß sie mich fort. Ich sah noch für einen Augenblick seinen Kahlkopf in der Menge leuchten, dann ließ ich mich sinken, setzte mich unter all den Menschen auf die Stufe einer Tür, legte mein Gesicht in die Hände und murmelte: Und warum sind Sie nicht im Rollstuhl? Und warum bin ich hier?

Eine betrunkene Frau setzte sich neben mich und leckte mir über Hals und Ohr. Ich sah sie nicht einmal an, stand auf und ließ mich wegraffen vom Strom, kehrte nicht mehr zurück. Ging aus dem Feld.

Tracy und ich leben schon seit mehreren Jahren zusammen. Von meiner Frau habe ich mich kurz nach Gassners Verschwinden getrennt. Ich bin sehr erfolgreich geworden, so erfolgreich, daß ich meinen Lehrstuhl, den ich damals herbeigesehnt hatte wie nichts auf der Welt, wieder aufgegeben habe. Nicht einmal mit dem Titel schmücke ich mich mehr. Wir pendeln zwischen Kalifornien und Deutschland, reisen viel. Überhaupt hat sich mein Leben sehr verändert, und ich denke heute in vieler Hinsicht anders als noch vor einigen Jahren. Aber das ist gut so. Jede Art von Dynamik ist positiv. Stagnation ist das Ende.

Eine Zeitlang behielt ich ihn noch im Auge, hatte den Weg seines Verschwindens ja vorgezeichnet. Bis Singapur war alles da. Die Verbindung mit Tracy war hergestellt worden. Dann war er plötzlich weg. In Istanbul verlor sich seine Spur endgültig. Was wie ein Witz mit Hilfe einer kleinen, den Tod simulierenden Droge begann, wurde Wirklichkeit. Ich habe Gassner in die Welt eines Computerspiels geschickt. Nur daß es mir selbst aus der Hand glitt. Wer weiß, was mit ihm geschah.

Eine Weile noch suchte ich in der Drahtwelt nach Gassners Anschluß. Jede Verdrahtung hat ihre eigenen Charakteristika, ist identifizierbar, wie die Fingerabdrücke eines Menschen. War Gassner irgendwo vernetzt – und ich konnte mir nicht vorstellen, daß er dem widerstehen konnte –, würde ich ihn finden. Als ich auf eine Kombination stieß, die nur von ihm sein konnte, begann ich, Texte zu senden. Fragmente, meine Ansichten, Dialoge. Ob er sie erhielt, werde ich vermutlich nie erfahren. Zu erklären habe ich ihm nichts. Was ich tat, war notwendig für mich.

Ein letztes Mal wende ich mich dem Monitor zu und beginne laut zu lesen:

> *Für den Gefangenen ist die Flucht immer etwas Schönes gewesen, und auch eine individuelle Flucht kann ein notwendiger erster Schritt zur Einleitung einer kollektiven Flucht sein. Dies muß auf der Ebene der Worte und der phantastischen Bilder Gültigkeit besitzen: aus dem Gefängnis der Darstellungen der Welt flüchten, welche dir in jedem Satz deine Sklaverei vorhalten, bedeutet, einen anderen Kode versuchen, eine andere Syntax, einen anderen Wortschatz, durch den du der Welt deiner Wünsche Form verleihen kannst.*

Was ich las, übertrug sich auf dem Schirm in Schriftzeichen. Das war einer von Gassners Beiträgen zu unserem damaligen Projekt. Ob er mich empfängt? Was für eine Rolle spielt das? Italo Calvino, rufe ich langsam hinterher, und die Laute werden zu Wörtern. Schaue noch ein paar Minuten hin, stelle mir ein vor Erstaunen verformtes Gesicht vor, beuge mich endlich dem Schalter

zu, und im Draufdrücken sage ich behutsam: Mach's gut, du!
Schreibe: Ende!

Seitdem sind vier Jahre vergangen. Ich verließ Pamplona und ging in ein kleines Dorf, El Barco de Valdeorras, in den Bergen zwischen Galicien und Asturien. Warum? Der Name gefiel mir. Die Einsamkeit der Berge auch. Also zog ich dorthin. Zufall? Es gibt keinen Zufall. Nichts geschieht einfach so. Ich wohnte nur ein paar Autostunden von Deutschland entfernt, fuhr jedoch nie mehr hin. Dort kannte man mich oder hätte mich erkennen können. Wahrscheinlich hielt man mich inzwischen für einen Doppelmörder. Inzwischen. In der Zwischenzeit. Und ich war unschuldig. Immerhin so unschuldig, wie einer unschuldig sein kann. An Josef dachte ich schon lange nicht mehr. Wozu auch. Der Name und alles mit ihm in Zusammenhang Stehende schien wie Traumfäden. Wie nie gewesen. Es blieb allein das Gefühl von Schuld. Ich hatte Geld auf eine örtliche Bank transferieren lassen und konnte mir so das Leben einrichten in dieser fremden Welt. Ich hatte mir ein neues, potentes Notebook gekauft und spielte an einigen Programmen herum. Das Modem brachte ich nicht zum Einsatz. Ich traute mich nicht. Es ist angeschlossen. Ich bin mit der Welt vernetzt über dünne Drähte. Aber eben passiv. Ich benutze sie nicht. Man suchte mich, und in der Welt der Verdrahtung kenne ich mich aus. So fände man mich sofort. Blitzschnell.

Dieses Leben im Dorf war einfach. Ich hatte ein kleines abseits stehendes Haus. Ich paßte mich dort ein, so gut es ging, und da ich unter Spaniern lebte, hatte ich mein Haar natürlich schwarz gefärbt. Alles, was je mit dem Amulett oder dem Duende in Zusammenhang gestanden hatte, vergaß ich. Natürlich kann man nichts vergessen. Aber man kann versuchen, nichts Neues hinzuzuerleben. Sich abzuschotten gegen alles, was damit zu tun haben könnte. In manchen Nächten jedoch pirschte es sich wieder an, das Gewußte. Das Erlebte. Ich habe es nie verwinden können, daß mir fast alles durch bloße Verkettung von Umständen geschah. Durch einen seltsamen Attraktor. Als ich begann, jene Zeit aufzuzeichnen, wurde mir klar, daß ich selbst eine Fiktion war und das, was ich jetzt lebte, auch. Ich, so wie ich mich dachte, existiere nicht. Schreibe mich nur auf meinem Bildschirm zusammen, und so werde ich, wird mein Leben zu einer Ansammlung von für sich genommen völlig leeren Zeichen. Alles ist so, wie ich mir heute zu sein und gewesen zu sein vorstelle. So grau wie der Plasmaschirm des Monitors und so dunkelgrauschwärzlich wie die Schriftzeichen, die immer oben links erscheinen und unten rechts verschwinden, ist alles. Manchmal schaue ich mir die Kodes meines Zusammengeschriebenen an, im Kodierungssystem des Textverarbeitungsprogramms. Zahlenreihen und seltsame Zeichen reihen sich dann. Immer noch von links nach rechts zwar, immer noch von oben nach unten, aber nicht lesbar. Oder nur lesbar für den, der es entschlüsseln kann. Und dann zurück ins Alphabet, so wie ich es zu kennen glaube. Und Zeichen und Wörter verschwinden in den Tiefen des Rechners. Neue tauchen auf. Ganze Passagen. Habe ich die geschrieben? Ich kann mich nicht mehr erinnern. Control-Delete-Alt! Alles weg! Plötzlich blinken Dialogfetzen auf. Szenen aus meinem früheren Leben. Und ich schreibe. Und lese mich. Meine Biographie wächst aus mir. So wie ich aus ihr gewachsen bin. Was zuerst kam, ist heute so schwer zu bestimmen. An die Aussetzer und das statische Knistern habe ich mich gewöhnt. Es läßt sich durch ein Schütteln des Kopfs, durch kräftiges Husten oder schnelle Betäubung beheben. Dann wird die Übertragung wieder deutlich, und alles gleitet glatt.

Umgang mit Tieren und Menschen jedoch fällt mir immer noch schwer. Oder sollte ich sagen, wieder?

Das Gefühl, beobachtet zu werden, hat mich nie verlassen. Ständig werde ich, davon bin ich überzeugt, beobachtet. Vielleicht manipuliert. Wie lange man mich noch läßt, weiß ich nicht. Wer kann das sagen? Ich erinnere mich an Don Jorge, der sagte, daß Realitäten die Konstruktion des Nervensystems seien, daß Realitäten sich in anderen Kulturkreisen anders darstellten. Und jetzt lebe ich hier. In dieser anderen Welt. Vielleicht hatte er recht, vielleicht war ich ein Quixote und hatte tatsächlich meine ureigenen paranoiden Giganten getroffen oder gefunden oder erfunden. Was ist schon Wahrheit?

Ich lebe auf einem Grat, schon seit Josefs Tod. Erst recht seit dem Totschlag. Ganz bestimmt schon immer. Das ist mir jetzt nur bewußter. Die tägliche Möglichkeit des gewaltsamen Todes hat mein Leben stärker verändert als alles. Die Idee, einfach abgeschaltet zu werden. Vielleicht verstehe ich heute Don Jorge. Vielleicht nicht. Ich hatte früher immer Angst davor, daß der Tod von innen kommt – daß ich vorsichtig sein muß, daß ich mir Schaden zufügen könnte, daß ich das Unglück selbst über mich bringen würde. Jetzt habe ich nur noch Angst, daß Gefahr von außen kommt. Nicht aus mir. Jetzt weiß ich, daß nicht ich mir die größte Gefahr bin. Ich weiß, daß ich mich vor äußeren Einflüssen schützen muß. Man verfolgt mich. Ich habe mich sehr verändert. Und weiß doch, daß ich nichts tun kann. Weiß ja nicht einmal, ob das tatsächlich meine Gefühle und Wünsche sind oder ob ich manipuliert werde.

Früher habe ich ein Messer angesehen und gedacht: Aha, ein Messer! Heute sehe ich ein Messer an, und auf der einen Seite macht mir angst, daß ich es gebrauchen könnte, auf der anderen Seite fühle ich mich magisch angezogen, es wieder zu benutzen. Es in jemanden hineinzuschieben, ganz sacht; es hineinzustoßen, mit Gewalt; oder es einfach gleiten zu lassen in einen Körper.

Irgendwann erschienen die Worte Italo Calvino auf meinem Schirm. Mitten in den Text hinein, den ich gerade schrieb. Dann: Du! Dann: *Ende!* Man hatte mich entdeckt. Noch während ich dasaß und schrieb. Sofort brach ich die Modemverbindung ab und beschloß, mein Haar zu entfärben und das Dorf zu verlassen. Ich war nicht nervös, nur mußte ich gehen. Das war alles. Verschwinden. Rot lodernd stellte ich mich noch vor ein grellrot lackiertes Tor und machte ein Foto mit Selbstauslöser. Das tat ich jetzt häufiger. Es half mir, mich meiner zu versichern. Und ich blendete mich ein in die Schattierungen von Rot. Verschwand fast darin. Ich sollte mich rot kleiden und das Foto nochmals machen. Dann wäre ich nur als Kontur noch zu erkennen. Fast weg. Dennoch da.

Ich gehe und begebe mich auf eine als immerwährende Reise geplante Reise in einem Leben, wie ich es mir vorstelle, ohne Regeln, denn nach der Entdeckung kann ich hier nicht mehr bleiben. Ich fliege von Ort zu Ort und spinne ein Netz aus Fäden um die Welt. Verbannt. Verflucht. Schuldig – vielleicht. Unstet und flüchtig. Vielleicht wird mich der erste beste erschlagen, dem ich begegne.

Herbert Genzmer
Die Einsamkeit des Zauberers

Roman
Insel Verlag
1991. Gebunden. 181 Seiten

»Ein Mann landet auf dem New Yorker Flughafen; noch geschüttelt von seiner Flugangst, überfällt ihn die Panik, seine Frau nicht wiederzuerkennen. Aus der Angst wird Ekel, Ekel vor der Frau, Ekel vor ihrem Körper und ihrer Lust, Ekel vor der Stadt – Abscheu vor all dem, was zuvor so normal war. Der Mann taumelt durch New York ... *Die Einsamkeit des Zauberers* ist das dritte Buch, das der 1952 in Krefeld geborene Herbert Genzmer über Amerika geschrieben hat, sein bestes – und sein waghalsigstes.«

Jochen Siemens, Stern

Herbert Genzmer
Letzte Blicke, flüchtige Details

Roman
1995. Gebunden. 196 Seiten

»Genzmer erzählt mit der Kälte eines unbeteiligten Beobachters die Geschichte eines jungen Mörders, der eines Tages grundlos und lächelnd seine Eltern tötet. Auf seiner ziellosen Flucht wird er von einem obskuren Mann, dem ›Schatten‹, in ein Spiel auf Leben und Tod verwickelt. Es folgt ein literarisches Roadmovie, das wie ein Film von David Lynch ist. Genzmer läßt die Geschichte ohne Logik und ohne Erklärungen konsequent in die Katastrophe treiben ... Genzmers Roman, ohne Zweifel einer der faszinierendsten der letzten Zeit, endet in einem fulminanten Showdown auf den Klippen von Sagres, dem westlichsten Punkt Europas ...«

Christian Jürgens, Die Neue Gesellschaft / Frankfurter Hefte

Neuere deutschsprachige Literatur
in den suhrkamp taschenbüchern

Baur, Margrit: Ausfallzeit. Eine Erzählung. st 1617
– Überleben. Eine unsystematische Ermittlung gegen die Not aller Tage. st 1098
Berkéwicz, Ulla: Adam. st 1664
– Engel sind schwarz und weiß. Roman. st 2296
– Josef stirbt. Erzählung. st 2296
– Maria, Maria. Drei Erzählungen. st 1809
– Michel, sag ich. st 1530
Blatter, Silvio: Avenue America. Roman. st 2388
– Das blaue Haus. Roman. st 2141
– Kein schöner Land. Roman. st 1250
– Das sanfte Gesetz. Roman. st 1794
– Schaltfehler. Erzählungen. st 743
– Die Schneefalle. Roman. st 1170
– Tage im Freiamt. Zunehmendes Heimweh. Kein schöner Land. Das sanfte Gesetz. 3 Bände in Kassette. st 649, st 1250, st 1794
– Wassermann. Roman. st 1597
– Zunehmendes Heimweh. Roman. st 649
Buch, Hans Christoph: Haïti Chérie. Roman. st 1956
– Die Hochzeit von Port-au-Prince. Roman. st 1260
– Tropische Früchte. Afro-amerikanische Impressionen. Erstausgabe. st 2231
Burger, Hermann: Brenner. Band 1: Brunsleben. Roman. st 1941
– Der Schuß auf die Kanzel. Eine Erzählung. st 1823
Cailloux, Bernd: Der gelernte Berliner. Erstausgabe. st 1843
Endres, Ria: Werde, was du bist. Dreizehn literarische Frauenportraits. st 1942
Federspiel, Jürg: Die Ballade von der Typhoid Mary. st 1983
– Böses. Wahn und Müll. st 1729
– Geographie der Lust. Roman. st 1895
– Die Liebe ist eine Himmelsmacht. Zwölf Fabeln. st 1529
– Die Märchentante. st 1234
– Der Mann, der das Glück brachte. Erzählungen. st 891
– Massaker im Mond. Roman. st 1286
– Orangen und Tode. Erzählungen. st 1155
Felder, Franz Michael: Aus meinem Leben. Mit einer Vorbemerkung von Peter Handke und einem Nachwort von Walter Methlagl. st 1353
Gall, Herbert: Deleatur. Notizen aus einem Betrieb. st 639
Genzmer, Herbert: Cockroach Hotel. Ängste. st 1243
– Freitagabend. st 1540

250/1/11.94

Neuere deutschsprachige Literatur
in den suhrkamp taschenbüchern

Genzmer, Herbert: Manhattan Bridge. Geschichte einer Nacht. st 1396
Goetz, Rainald: Irre. Roman. st 1224
– Kontrolliert. Roman. st 1836
Gstrein, Norbert: Das Register. Roman. st 2298
– O2. Novelle. st 2476
Hänny, Reto: Am Boden des Kopfes. Verwirrungen eines Mitteleuropäers in Mitteleuropa. st 2210
– Flug. st 1649
Happel, Lioba: Ein Hut wie Saturn. Erzählung. st 2217
Heimpel, Hermann: Die halbe Violine. Eine Jugend in der Haupt- und Residenzstadt München. st 1090
Hessel, Franz: Heimliches Berlin. Roman. Nachwort von Bernd Witte. st 2269
Hohl, Ludwig: Die Notizen oder Von der unvoreiligen Versöhnung. st 1000
Horstmann, Ulrich: Das Untier. Konturen einer Philosophie der Menschenflucht. st 1172
Hürlimann, Thomas: Die Tessinerin. Geschichten. st 985
Kirchhoff, Bodo: Dame und Schwein. Geschichten. st 1549
– Die Einsamkeit der Haut. Prosa. st 919
– Ferne Frauen. Erzählungen. st 1691
– Gegen die Laufrichtung. Novelle. st 2467
– Infanta. Roman. st 1872
– Mexikanische Novelle. st 1367
– Ohne Eifer, ohne Zorn. Novelle. st 1301
– Der Sandmann. Roman. st 2330
– Zwiefalten. Roman. st 1225
Kiss, Ady Henry: Manhattan II. st 2416
Klix, Bettina: Tiefenrausch. Aufzeichnungen aus der Großstadt. st 1281
Koch, Werner: Jenseits des Sees. st 718
– See-Leben. 3 Bände in Kassette. st 783
– See-Leben I. st 132
– Wechseljahre oder See-Leben II. st 412
Laederach, Jürg: Flugelmeyers Wahn. Die letzten sieben Tage. st 1755
– Laederachs 69 Arten den Blues zu spielen. st 1446
Menasse, Robert: Phänomenologie der Entgeisterung. Geschichte vom verschwindenden Wissen. st 2389
– Selige Zeiten, brüchige Welt. Roman. st 2312
Meyer, E. Y.: Eine entfernte Ähnlichkeit. Erzählungen. st 242
– In Trubschachen. Roman. st 501

250/2/11.94

Neuere deutschsprachige Literatur in den suhrkamp taschenbüchern

Meyer-Hörstgen, Hans: Hirntod. Roman. st 1437
Mitscherlich, Alexander: Toleranz – Überprüfung eines Begriffs. Ermittlungen. st 213
Morshäuser, Bodo: Die Berliner Simulation. Erzählung. st 1293
– Blende. Erzählung. st 1585
Neuwirth, Barbara: Dunkler Fluß des Lebens. Erzählungen. st 2399
Offenbach, Judith: Sonja. Eine Melancholie für Fortgeschrittene. st 688
Pakleppa, Fabienne: Die Himmelsjäger. Roman. st 2214
Praetorius, Friedrich-Karl: Reisebuch für den Menschenfeind. Die Freuden der Misanthropie. Erstausgabe. st 2203
– Tod eines Schauspielers. Bekenntnisse. st 2463
Rakusa, Ilma: Die Insel. Erzählung. st 1964
Reinshagen, Gerlind: Drei Wünsche frei. Fünf Theaterstücke. Mit einem Nachwort von Anke Roeder. st 1817
Rothmann, Ralf: Kratzer und andere Gedichte. st 1824
– Messers Schneide. Erzählung. st 1633
– Stier. Roman. st 2255
Sanzara, Rahel: Das verlorene Kind. Roman. Mit einem Nachwort von Peter Engel. st 910
Schindel, Robert: Gebürtig. Roman. st 2273
Schleef, Einar: Gertrud. st 942
Sloterdijk, Peter: Der Zauberbaum. Die Entstehung der Psychoanalyse im Jahr 1785. Ein epischer Versuch zur Philosophie der Psychologie. st 1445
Winkler, Josef: Der Ackermann aus Kärnten. Roman. st 1043
– Friedhof der bitteren Orangen. Roman. st 2171
– Der Leibeigene. Roman. st 1731
– Muttersprache. Roman. st 1044
– Das wilde Kärnten. Drei Romane. st 2477
– Das Zöglingsheft des Jean Genet. st 2320

250/3/11.94